アラフォー少女の異世界ぶらり漫遊記 1

道草家守

RB
レジーナ文庫

三上祈里 勇者王ヴァージョン
ライゼン
祈里の旅に同行することになった傭兵の青年。
三上《みかみ》祈里《いのり》
十年前、三十歳で勇者として異世界に召喚された元OL。魔王討伐後、グランツ国を作り、王となった。とある薬を飲んだせいで美少女に変身し──!?
CHARACTERS
登場人物紹介

魔王
十年前、祈里によって倒された。
カルモ
祈里達が探検した迷宮に住んでいたリッチ。
ムート
祈里達が旅の途中で出会った羊飼いの少女。
ムザカ
グランツ国将軍。気さくな性格で祈里の良い飲み仲間だった。
セルヴァ
グランツ国の宰相。
オカン気質で祈里が勇者の時代から彼女に振り回されていた。
ナキ
グランツ国賢者。天才的な魔法使いだがかなり臆病な性格をしている。

目次

アラフォー少女の異世界ぶらり漫遊記 1

第一章　旅立ち編

その一　アラフォー、美少女になる。

男は童貞のまま三十歳になったら魔法使いになれると言うけれど、まさか三十歳まで処女だったら異世界に召喚されるとは思わないじゃないか。

私、三上祈里《みかみいのり》には、三十歳の誕生日に異世界のとある帝国に召喚され、「男の勇者」として魔王を討伐した過去がある。

髪がショートカットだったせいか、Tシャツにジャージという色気のない格好だったせいか、はたまたコンビニケーキをつまみに日本酒をかっくらっていたせいなのか。

ともかくメイドさんに風呂場でひん剥《む》かれるまで女だと気付かれなかった。

そして、帝国基準で女と思えなかったらしい私は、そのまま「男の勇者」として扱われたのだ。

まあ、勇者って広告塔には、女より男のほうが都合が良かったのだとすぐ気付いたけどさ。

　とはいえ帰り方もわからない私はしかたなく、陰険メタボ皇帝のうっすい髪をぶちぶち抜く妄想をしながら、言われた通り討伐に出たもんだ。

　ここは異世界人を誘拐したり魔王がいたりすることからわかるように、呪文を唱えて魔法をぶっ放し、剣を片手に魔物をぶった切るファンタジーな世界だった。

　そんな世界で過酷な旅を乗り越え、多大な犠牲を払って魔王を倒した後、ついでに帝国もぶっ倒し、仲間と共に国を一つ作ったのだ。

　だって帝国ってば私が帰れないの黙ってたし？　なんなら隷属《れいぞく》の首輪なんぞ用意していたし？

　……わりとノリと勢いでやりすぎたかな、と反省はした。

　でもさ、勇者パーティの中で口うるさい目付け役だったセルヴァが華麗に軍師に転身して、国内外の協力者をまとめ上げて一大勢力作りーの。飲み仲間だった傭兵のムザカが面白がってがんがん敵を薙《な》ぎ倒《たお》し将軍なんて呼ばれーの。常識人だと思っていた褐色《かっしょく》ケモミミ美女なナキまで、べそべそ泣きながら魔法を大盤振る舞いしてくれたのだ。

　ほかの仲間達もそれぞれの得意分野で能力をフル活用した結果、帝国がさくっと滅びたのは今では酒の席での語り草になっている。

いやそれでも私が王様に据《す》えられたのは解《げ》せないよ。

だって勇者していたとはいえお局様《つぼねさま》だったOLが王様ですよ、奥さん。笑えない？

まあ仲間達は当の私を差し置いて相談済みであったらしく、「馬鹿皇帝よりあなたのほうが断然ましです」とか言われたら、良いかなーとか思っちゃったんだよね。

というわけで、そのまま十年、私は、グランツと名付けたこの国でお飾りの王様業なんてものをしていたの、だが！

「なあんで、こんなに見合い話がくるかなあ⁉」

深夜の自室で、私は酒瓶を抱えてやさぐれていた。

部屋は無駄に広いけど、居心地の良さは最高だ。置いてある家具の値段？　気にしちゃいけない。

やさぐれている理由は外《ほか》でもない。お茶会という名のお見合いに強制参加させられたからだ。

「たしかにさぁ。美女美少女にちやほやされるのは楽しかったよ？　でも私はお・ん・な！　どれだけ可愛くってときめいたって結婚できないんだよおお！」

これが悪役令嬢的なえげつない子達だったらまだスルーできたけど、軒並《のきな》み良い子だっただけに大変良心が痛んだものだ。

三十のまま私の外見年齢が止まっていて優良物件に見えるのも悪いけど、女でしたってネタバレができずにいるのがさらに事態を悪化させている気がする。

いや無理でしょ、「勇者王万歳」とか持ち上げられてる中で「実は女でした、あとよろしく☆」なんてぶっちゃけるのは無理。少なくとも私は無理だった。

でもさあ！

「私は、おひとり様がいいんだよぉおおお……」

だって地球時代から換算しておひとり様歴の長い私は、今さら恋とか愛とか面倒くさいのだ。

じたばたと床を転がれば、林立していた空の酒瓶がごろごろ転がった。

ええとなん本空《あ》けたっけ。ひいふうみい……ああもういいや、とりあえずいっぱい。

これも全部メガネ宰相セルヴァのせいだ。美人な嫁さん子持ちのリア充め、幸せにやりやがれ。

……いや、本当はわかってる。あいつが私を心配しているだけだってことくらい。

お見合いだって私を休ませたいための口実だ。じゃなきゃ女ってわかっているのにお嬢さんを勧めるか。

でもこのやり口は気に食わないのだよ！　まったく仕事ならいっくらでもやるのにさ。

「くっそう、いっそどっか高飛びしてやろうかな」

私はつまみにくすねておいたするめをかじりつつ不貞腐《ふてくさ》れた。

だけど、勇者である私の顔は全世界に出回っちゃっていて、お忍びしようにもどこでも王様とバレてしまう。それじゃあまったく面白くない。

あーあ、外見が変えられる魔法ないかなあ！　仮にあっても、そんな器用な魔法は使えないから無理なんだけど！

「ああもう、今日は大奮発で二百年ものエルフ領ワインを空《あ》けてやるぅ！　ってあれ？」

ふらふらしながら未開封ゾーンの酒瓶の中から持ち上げたのは、やったら小さい瓶だった。

しかも中身はあやしすぎる虹色だ。こんなお酒くすねてきたっけ？

くるりと瓶を裏返した私は、ラベルを見て一気に酔いが醒《さ》めた。

「そうだこれがあった、『実年齢にモド～ル』！」

この薬、今日の昼に我が国最高の魔法使いであるナキが届けてくれた魔法薬だ。

まさか一ヶ月前に酒に酔って絡んだ時の無茶ぶりを、実現してくれるとは思ってなかったよ。

さすが賢者ナキ！　ネーミングが死ぬほどださいけど！

ナキの獣耳をへたらせた半泣きの顔を脳裏に描きつつ、私はニマニマした。

これを飲んでアラフォーに戻れば立派なおじさん、お嬢さんがたも幻滅して万々歳！

このお見合い攻勢から逃れられるってもんだ！　あれ、おばさんだっけ？　まあいいや。

「今こそ飲みどき！」

私はそのあやしい虹色の液体を一気にぐびっとやる。どろっとした感触が喉を這《は》いずっていった。

「実年齢にモド〜ル」は、粘土と七味唐辛子に大福とチョコレートとフルーツフレーバーのナニかをぶっ込んだ味がした。

――お酒と薬は一緒に飲んじゃいけません。

そんなこともすっぽり抜けていた私は、強烈なめまいと共に意識を失ったのだった。

意識を失っていたのは、ほんの数十分らしい。

まだ外が暗い中、ぱちっと目が覚めた私は、くらくらする頭を抱えながらのそのそと起きた。

「くそう、せっかく良い気分で酔ってたのに、あのくそまずさは何さ。これで老けてなかったらナキをもふりの刑にしてやる……てあれ」

脳内で尻尾をもふもふしてナキを半べそにしつつ私は体を起こしたのだが、はてと首をかしげた。

なんか、やたらと声が高いような。

しかも妙に体が軽いような。

まさか老けられたのか⁉

「〝光よ〟」

私はいそいそと初級の光魔法の呪文を唱えて光源を確保すると、ガラス窓の前に走った。

ふっ、表向き男の部屋に鏡台なんぞがあるわけないだろう。

くっそう、にしても裾《すそ》がめちゃくちゃ邪魔！　これメイドさんが用意してくれた体にぴったりなパジャマのはずなのに！

「ぐふぅ⁉」

しかもなんか銀色のものを踏んでずっこけた。

なんだよもう、髪を引っ張られた時みたいに頭痛いし。寝てる最中に何か頭にひっつけたのかな。でも銀色のものって心当たりないんだけど。

混乱しつつも起き上がった私は、そこでようやく異常を目の当《ま》たりにする。

床についた手が、やたらとちっこかった。

「…………………………老けると手が小さくなるものだっけ？」

いやいやそんなことはあるめえ。あくまで年を食うとなくなるのは、体の大きさじゃなくて肌の張りだ。逆に増えるのは脂肪と皺《しわ》で、元の世界にいた時は忍び寄る老いに震えていたさ。こんなぷりっぷりのお肌になるはずはない。

しかも、はらりと手元に落ちてきた銀の糸は、もしや髪か？　私の？

まさか、まさか。

そうっと厚いカーテンを開けてガラス窓の前に立った私は、言葉を失った。

そこにいたのは、それは美しい少女だった。

白くありながら温かみのある肌にはシミ一つなく、こぼれそうなほど大きな瞳は深淵《しんえん》な森の緑。

ぽかんと開いた唇はほのかな桜色に色づき、心なしかつやを帯《お》びている。通った鼻筋は気品があり、意志の強そうな眉もあくまで可憐《かれん》で高貴な印象と愛らしさが両立していた。さらに滝のように流れる、星屑《ほしくず》を撚《よ》り紡《つむ》いだみたいな銀の髪が、柔らかな頬を彩《いろど》っていた。

要するに、そうそうお目にかかれないような超絶美少女なのだ。

しかも私が瞼《まぶた》を動かすと、目の前の美少女もまつげをばさばささせている。

なっが、まつげなっが!! いやでも、これ、私の顔。まったく面影《おもかげ》ないけど。

反射的に自分の体を見おろせば、腕も足も華奢《きゃしゃ》な子供の体がある。

大体十から十二歳くらいだろうか。ちょうどセルヴァんところの長女と似た体型だ。

「何この現実味のない美少女。やばすぎるだろ。貢《みつ》ぐわ。絶対貢《みつ》いじゃうわ」

精霊っていわれても信じるぞ私。まあ実際の精霊は死ぬっほどやっかいだけどな。

私は喪女とはいえ、可愛いものや綺麗なものが嫌いじゃない。むしろ愛《め》でるのは大好きだ！

ひとしきりガラス窓で美少女を眺めて楽しんでいた私は、はっと我に返った。

「いやいや実年齢に戻るはずなのに、なんで若返った上に別人になってんの」

ナキは泣き虫だけれど魔法の腕はぴか一だ。千年に一度の天才は伊達《だて》じゃない。「これで大丈夫ですぅ」と言ったからには絶対に注文通りの効力を発揮するはずである。

……いや待てよ、これを渡された時に「魂《たましい》に刻まれた年齢を元に、肉体の齟齬《そご》を是正してぇ……」とも言ってたな。

「私の精神年齢が十歳児ってことかよ」

可愛いけどこれじゃあ美少女すぎて女だってバレバレだし、別人すぎてお見合いお断り作戦ができないじゃないか。あとは高飛びするしか方法が……てあれ。

思いっきりうなだれていた私は、ぴくんと顔を上げた。

「もしかしてこれってそんなに悪くないどころか、むしろ良いのでは」

考えてもみよう。四十歳に戻ったとしても、男と勘違いされているままの場合、脂《あぶら》がのっているとか言われて、見合い攻勢が収まらない可能性が高い。伊達《だて》に十年男に間違われてないからな！

けれども十歳児（女）の場合、お嬢さんからの求婚はもちろんなくなり、代わりに野郎が来ても「てめえら全員ロリコンなんだな？」と両断できるのでは。

しかも美少女顔に私の面影《おもかげ》がないということは、勇者王だと気付かれずに出歩き放題なのでは⁉

「バレなければ地酒とおいしいご飯も食べられるしセルヴァに嫌がらせもできるって一石何鳥よ」

そう気が付いた瞬間、頭の中は休暇の二文字で一杯になった。

だって、勇者業からそのまま王様業に入ったから、休みらしい休みを取ったことないんだよ？

私、めっちゃ頑張ったし、ちょっとぐらい好きにしたっていいんじゃないかな。せっかくの異世界なのに、ファンタジーな街も観光したことがないなんて人生の損失だろう！

そうだそうしよう。ずっと行ってみたいと思っていたじゃないか。

なんてったってこっちに召喚される前は、おひとり様のエキスパートだったのだ。一人暮らしに一人焼き肉に一人旅だってお手の物。何より私の冒険心がうずいている！

……ついでにあいつとの約束も果たせるしね。

「行き当たりばったりも乙《おつ》なもの。よーし善は急げ、十年分の有休でお忍び旅を満喫《まんきつ》だーっ！」

小さく雄叫《おたけ》びを上げた私は、わっくわくとお忍び旅に繰り出したのだった。

☆☆☆

はははは っ！ 自由の身になった祈里さんだぞー！

城を抜け出した私は、ホップステップジャンプで一路、交易都市ソリッドを目指していた。

ふふん私、王様だもん。城の警備状況だって把握してるもん。すり抜けるくらい朝飯前だもん。

そんな感じで走ってわかったのは、体力と筋力が外見年齢と同じ十歳児並みに落ちていることだった。部屋の窓から外に出るだけでぜえはあしたし。

けれども魔力の総量は、まったく変わってないみたいなのは安心した。それなら勇者時代に培《つちか》った強化魔法で体力不足は補えるし、相棒の聖剣ミエッカも抜けたから問題ない。

この子、使い手以外には塩対応だからな。あ、さすがに腰に佩《は》くと地面に引きずったから、背中にひもでくくりつけている。

よーし。さっさと王都から離れて、旅に必要な道具を揃えようっ！

と、思っていたのだが。

気が付いたら箱詰めされていた。

「……」

がらごろがらごろと周囲は大変けたたましい。音からして、たぶん安い荷物運び用の幌馬車《ほろばしゃ》だ。

ええっと確か色々遊びながら歩いていたけど、途中でめちゃくちゃ眠くなったから良さげな木の下でお昼寝ならぬ夜寝を楽しんでいたんだったな。

あ、それでこの馬車の人達は、いたいけな美少女である私を見つけて、保護してくれたと。

そうだよねー道ばたで推定十歳の銀髪美少女が眠りこけていたら、そりゃ心配になるよねー！

けれど、もそもそ動いてみると、ご丁寧に足と腕が縄で縛られていた。

「いやいや普通は縛らないしそもそも箱詰めしないな」

当然のごとく背中に負っていた私の剣も見つからない。

まるでどころじゃなく、隠して運ぶ気満々である。

うん。ギルティ。

耳を澄ませば、かすかに男の声が聞こえてきた。一人ではないのは確かだな。

箱に詰められた美少女なんて、退廃的！　と思うけど、実際にやるのは悪い人である。

よーし、ひと眠りしたおかげで体力もばっちり回復したし、さくさくやりますか。

魔法を使える人間を縄でふん縛るだけなんて、甘っちょろいにもほどがある。

私が魔法を使うのに、呪文は一切必要ない。あふれる魔力にただ一言願えば良い。

「〝風よ〟」

たちまち私の魔力が風として荒れくるい、どかんと箱どころか幌馬車《ほろばしゃ》の屋根まで吹っ飛ばした。

あっれー。箱だけ壊すつもりだったのだけど……って精霊がいたせいか。

褒めてーって顔でふよふよしている。うん良し、威力は予定外だけど褒めてしんぜよう。

あともうちょっと協力してねー魔力あげるから！

「な、なんだあ⁉」

「荷物が爆発したか⁉」

「ちげえ、ガキだ。拾ったガキが魔力を暴発させやがった」

馬車の傍《かたわ》らを歩いていた男達が驚いて混乱していた。けれども幌《ほろ》が吹き飛んだ馬車の上で仁王《におうだ》立ちする私に気付くと、剣呑《けんのん》な顔で取り囲んできた。

ひいふうみい……全部で五人か。旅の商人って雰囲気だが、どうにも顔が荒《すさ》んでいる。

馬車内には一応商品らしき荷物があって、今の暴風で梱包が破れて一部が見えていた……って。

「これ、魔法射出できる君じゃない。でも認証マークが入ってないってことは、無許可で製造されたやつ！　もー売るのも買うのも違法だぞ」

先端に魔法触媒が付いた杖《つえ》の形をしたそれは、一定の魔力を込めると呪文を唱えなくても魔法が使える優れものだ。だけどうちの国グランツには著作権法と特許が整備されていてな。特に攻撃系の魔法具は売るのも買うのも認可制なのだよ！

「と、いうか、そもそもいたいけな美少女である私を箱詰めなんてひどいんじゃない？　一体ドコに移送しようとしていたのかな？」

拾った違法な魔法射出できる君で肩をとんとんしながらすごむと、違法密売人のおっさん達は一瞬息をつめた。けど、すぐに奇妙な感じに顔を歪《ゆが》める。

なんて言うか、こう子供の悪ふざけを見るような感じで。

「立場がわかってねえらしいな。たとえ魔法が使えても、こっちは大人が五人もいるんだぜ」

「変なガキだが、顔だけは恐ろしく良いからな。おとなしく縛られるんなら許してやってもいいぞ」

「それとも、多少は痛い目みないとわからねえか？」

おっさん達の態度に私はちょっと首をかしげたけど、あっと気付く。そうだ、今私子供だった。

いつもならこのあたりで、全員泣き入れてくるものだからさ。なるほど、お子様だともっと徹底的にやんなきゃいけないんだな。

余裕綽々《よゆうしゃくしゃく》のおっさん達が近づいてくるのに、私はにやりと笑ってみせた。

そっちがその気ならしょうがない。この体がどこまでできるか試すのにもちょうどいいし！

「よーし。じゃあお仕置きの時間だね！」

瞬間、私は振り返ると、背後から襲いかかってきた六人目の男に、魔法射出できる君を向けた。

盗賊達もさ、私に対して油断しきっていたわけじゃないってことだ。

けれど残念。さっきから精霊達がね「うしろうしろー！」って某コント番組よろしく教えてくれていたのだ。おっさん達にはまったく見えてないだろうけど。

心底驚いている六人目のおっさんに、私は極力魔力を少なくした魔法射出できる君をぶっ放した。

貼られていた雷撃のラベル通り、おっさんに光の球が飛んで感電させる。

だがその一発で、魔法射出できる君の先端にはまっていた触媒が割れてしまった。

「あーやっぱり一発で壊れちゃうじゃない」

攻撃用は複雑な術式が必要だから、安全のためにも認可制にしたのだ。

そもそも魔法射出できる君は、乾燥とか浄化とか生活魔法を使うものなのにまったくもう。

私がぶつぶつ文句を言っていれば、残りのおっさん達が信じられないといった顔で叫んでいた。

「なんで壊れるんだ、おかしいだろ⁉　十発は撃てる代物《しろもの》だぞ⁉」

「正規品なら何発撃っても壊れないから、そもそもアウトだよ」

目を剥《む》いているおっさん達にそう返しつつ、私はぽいっと壊れた魔法射出できる君を放り出してきょろきょろと馬車の床を見渡す。

あ、あったあった。

つかんだのは我が相棒の聖剣ミエッカだ。

剥《む》き出しで置いといてくれて助かったけど、一応これ国宝なのになあ。

「おうおう自分から武器を放り投げて隠れるなんて、やっぱりガキだ、な……？」

私がちょっと太めのグリップを握ってすらりと剣を抜いて振り返れば、騒いでいたおっさん達が珍妙な表情になった。

「嬢ちゃんそれ、なんだ」

「うん？　何って私の剣だけど」

「いやどう見たって鉄バッ」

「のようなものに見えても剣だけど何か」

「あ、はい」

私が片手に持っているのは、優美な曲線を描いて鈍色《にびいろ》に輝く、鉄バット……のようなものだ。

野球を知っている人なら十人中十人が鉄バットと称するだろうけど、これはあくまで剣なのだ。グリップに派手めな鍔《つば》が付いてるし。

いやね、この聖剣ミエッカは、主人と定めた持ち主に一番使いやすい武器になるらしいんだ。

んで、ただのＯＬだった私が持ったことのある長物といえば、バッティングセンターでストレス発散に振るっていたバットぐらいなもんだったんだよ！

さらに言えば、こっちにも野球に似た遊びがあったのも悪かった。

はっはっは、こいつを初めて引き抜いた時の周囲の視線の痛さときたらやばかったぜ……

「じゃ、じゃあなんで今それを取り出すのかな」

当時を思い出して遠い目をしていれば、おっさんの一人が正しい突っ込みをする。

私はミエッカでとん、と馬車の床をついて、にっこり笑ってみせた。

「そりゃあ、おじさん達と遊ぶためだよ？　安心してね。命までは取らないから」

まあ、死ぬほど痛いと思うけど。

にしても手は小さくなっても、この握り手はしっくりくるぜ。この分なら振るえそうだな。

私がそんな風に考えてることなんて知らないおっさん達は、げはげはと笑い出した。

「いやあお嬢ちゃんは冗談がうまいねえ！　そんな遊び道具で俺達を追い払えると思ってるとは」

「魔法具のほうがよっぽど役に立つだろうになあ！」

まあ普通に考えれば、鉄バットより魔法射出できる君のほうが役に立つと思うわなあ。

そもそも彼らは美少女な私なんてひとひねりできると思っているから、これだけ余裕なんだろう。

ま、私にもこいつらの思惑《おもわく》なんて関係ないんだけどね！

しがないＯＬだった私に勇者ができたのは、この世界の人の何十倍もある魔力と、この世界の神々の加護。それからこの聖剣ミエッカがあったおかげだ。それはお子様になった今も変わらない。

楽しげに笑うおっさん達にかまわず、私は体内魔力を循環させる。

「ミエッカ、お仕置きモードでよろしく」

強化魔法発動、聖剣との同期完了。

あ、久々に振るうからミエッカったらちょっとテンション上がってるね？

「さあ、お遊びはここまでだ」

盗賊の一人が言いながら、私に手を伸ばしてくる。

その前に、私はミエッカを構えていた。

同時に虚空《こくう》へと、圧縮された空気の弾を作り出す。初級魔法の風弾は、勇者時代から
よくお世話になった魔法である。

バッター、振りかぶってぇ……

「ホームランっ!!」

「うわあああ!?」

ミエッカで思いっきりぶっ叩いた風の弾は、精霊達のおかげで巨大な竜巻となり、おっ
さん達を巻き込み舞い上げた。私の銀髪もきらきらと舞い散る。

おっさん達を巻き上げても竜巻の勢いは止まらず、そのまま空の彼方《かなた》へ飛んでいって

しまった。

あっれー掛け声ホームランにしたせいか、思っていたよりも強くなったな。しかも魔力の制御が甘くなっているか。これは要課題っと。

まあ、撃退には成功したので良しとしよう。ミエッカも問題なく振るえるってわかったしね。

どんどん遠くなっていく彼らの無事をちょっぴり祈りつつ、ミエッカを鞘《さや》に戻した私は、はじめに倒したおっさんの側にしゃがみ込んだ。

ふふふだってね、このおっさん達は犯罪者。私は誘拐されかけた被害者。

そ・れ・な・ら。

「迷惑料、たあっぷり貰わなきゃね」

腕まくりをした私は、馬車の上で気絶するおっさんの懐《ふところ》をうきうきとあさり始めた。

はー良かった！　王様になると現金使わないから、お金持ってなかったんだよね。当座の資金はこれで大丈夫だろう。

え、はんざい？　どうせこのおっさん警邏《けいら》隊に被害を訴えられないもん。子供に倒されましたなんて言っても、信じてくれる人なんていないだろうしね！

おっといけない、美少女らしからぬあくどい顔になってたぞ。

にしても自分の国でこういう輩《やから》に遭遇するのはちょっと悔しいなあ。警備強化するのも限度があるけれども。あ、でも私がぶん殴っていけばいいのか。問題ない。これはお忍び旅。遭遇した不正や事件はその場で解決してしまえばいいのである。

ふふりふりと笑いつつお財布を検《あらた》めた私は落胆した。このおっさん、財布の中身が少ない。

ほかのおっさんを空の彼方《かなた》に吹き飛ばしたのが悔やまれる。

街に着いたらまず資金調達を考えなきゃなあ。まあでも、こうして悩むのも楽しいし！

今後の方針が決まったところで、私はいそいそと馬車から降りようとした。

おっとおかしいな、足が地面に届かないぞー。

最終的に弾みをつけて飛び降りた私は、きらんとポーズを決めた。

「謎の美少女が活躍してしまったのだった！　なんちゃって」

アラフォーだと痛いだけだが、今の外見は美少女だから楽しいだけである。

誰も見ていないし大丈夫大丈夫。

「えーっと馬車は街に向かっていたはずだから、こっちだね」

私はるんたった、と街へと歩き始めたのだった。

☆　☆　☆

方向は間違えていなかったようで、しばらく歩くと私は交易都市ソリッドに辿《たど》り着《つ》いた。

そろそろお腹《なか》も空《す》いてきたし、まずは腹ごしらえかなあっと思っていたのだが。

「待ちなさい」

ソリッドに入る手前で、おもっくそ門番さんに止められた。

止めたのは勤続二十年以上は経ってるだろうな、って感じのナイスミドルのおじさまだ。

でも私、悪いことしてないのになんで⁉

「お嬢ちゃん。一体どこから来たんだい。親御さんはどうしたのかな」

「え、いないけども」

素で答えたのだが、おじさまがなんだか深刻な表情で私の格好を見おろしている。

十歳児になったことでどの服も着られなくなってしまった私の服装は、シャツを腰で適当なスカーフで絞ったなんちゃってワンピースだ。

足もとは靴下を重ねて布靴にしたモノを履いていたのだが、走っている最中に邪魔になって脱いでしまったために裸足《はだし》である。背中に結びつけている愛剣は、今の私じゃ大きさがちぐはぐだろう。

……こう、自由の身になったことでひゃっふーしてたけれども、めちゃくちゃあやしいな。

もっとぶっちゃけるんなら、命からがらどこかから逃げてきた風にあやしいな⁉

「いやいや大丈夫ですからね。街にさえ入れば一人でなんとかできますんでー」

「いや、何かあったのならおじさんに話してみないか。ここなら君を守ってあげられるからね」

うわーん。使命感に燃えているところ大変申し訳ないけど、それが一番いらないんだー！

やばい、やばいぞ。これで詰め所に連行されたら、強制的に保護コースじゃないか。

「ええっとぉ……」

どっと冷や汗をかきながら言い訳を考えていると、ふ、と背後に気配を感じた。

「探したぞ、先に行っているとは思わなかった」

親しげに声をかけられて振り返れば、そこにいたのは、見上げるように背の高い青年だった。

いや、推定十歳児の私だと大体の大人は見上げるけども。

黒い髪を襟足《えりあし》にかからないくらいに短く切り、健康的に日焼けした異国調の面立《おもだ》ちは精悍《せいかん》で理知的だ。ものすごく落ち着いて見えるが、この肌の張りは絶対若い。下手すると二十代以下だろう。

というか、え、誰。

くたびれた旅装に背負い鞄《かばん》。腰に帯《お》びた長剣からすると、旅の傭兵って感じだけど。

「なんだね、君は」

おじさまが警戒の眼差《まなざ》しを向ける。しかもさりげなく私をかばうように移動したぞ。

やべえ、仕事のできるおじさまだ。惚《ほ》れそう。惚《ほ》れないけど。

そんな中、青年の鮮やかな緑の瞳が一瞬こちらを向いた。

森林に差し込む木漏《こも》れ日のような深い緑は、静かで吸い込まれそうな気さえする。

その目は語っていた、合わせせろと。

……何故かはわからんが、どうやら助けてくれるらしい。

「こいつは俺の妹なんです。夜のうちに精霊に誘われたらしくて、はぐれてしまっていました。そういう時のためにこの街を目印にしていたもんで、中に入ろうとしたんだと思います」

うまいぞ青年！　精霊は気まぐれでいたずら好きだ。特に綺麗なものには目がなくて気に入った人間を攫《さら》うこともある。気が向いたら魔法の手助けをしてくれるけど、実に面倒くさい。

「確かに精霊が好きそうな顔立ちをしてるな。ただ兄妹にしてはずいぶん雰囲気が違うが……」

まだおじさまはあやしむように私と青年を見比べているけど、あともう一押しだ。

かくなる上は！　私は全力で十歳児ムーブを出しながら、青年に抱き着いた。

「よかった、お兄ちゃんが見つかって。祈里とっても怖かったよう」

目をうるうるさせつつ、そのまんま服にすりすり。

十歳児ってどんな感じだったっけ、思い出せ、思い出すんだ私！

あざとく可愛く、お兄ちゃんに再会できてほっとするいたいけな美少女になるんだ！

私の態度に青年は一瞬震えたものの、そっと頭に手を乗せてくる。ぎこちないが及第点。

「本当に、驚いたんだぞ」

なんかその声に実感がこもりすぎている気がしたが、私も必死だ。

永遠のような沈黙が過ぎた後、門番のおじさまはため息をついた。

「まあ、顔は似てないが、瞳を見れば一目瞭然《りょうぜん》だな。そんな縁が揃うことは滅多にない」

ありがとう！　その滅多にない偶然が揃っちゃったんだけど！

「すまないな。最近ちょいと物騒なものだから、疑ってしまってね」

「ああ、それと関係あるかもしれません。途中で馬車が置き去りにされているのを見ました」

ぴしっと固まる私には気付かず、門番のおじさまは血相を変えて青年に詰め寄った。

「なんだって、この先かい⁉」

「ここから一番近い、分かれ道のほうですね」

そ、それ私がぶっ飛ばしたやつー‼

けれどもそんなこと言えるわけもない。私にできるのはこの十歳児ムーブを維持することだけだ。

「……なるほど、ありがとう。行って良し」

「ありがとうっ、おじさまっ」

それどころじゃなくなったおじさまが道を空《あ》けてくれたおかげで、私はなんとか門をくぐることができたのだ。

だが、門が見えない場所まで歩いたところで、限界を迎えた私は両手を地面について
うなだれた。
律儀についてきてくれた青年が傍《かたわ》らに立つ。
「……大丈夫か」
「自分の痛さ加減にダメージ食らってるだけだから大丈夫」
必要だったとはいえ、中身アラフォーにお子様ロールは厳しかった。
ぐあああさぶいぼ立ったぁぁあああ恥ずかしいいいいぃっ！
羞恥《しゅうち》でごろごろ転がりたい衝動を堪《こら》えてしばし震える。
なんとか心を落ち着かせて顔を上げれば、案の定、青年が心配そうにこちらを覗き込
んでいた。
目は緑色だが、肌の色といい顔立ちといい日本人を彷彿《ほうふつ》とさせる容姿をしていて親し
みが湧く。
ただまあ油断しちゃいけない。何せ私が吹き飛ばした馬車を知っていたのだから。
「なんで助けてくれたの」
注意深く問いかければ、青年は何故か沈黙した。
え、まだ普通の質問だと思うけど？

私が内心首をかしげていると、なんとか気を取り直したらしい青年が口を開いた。

「……あの盗賊達みたいに門番を風で飛ばされでもしたら、街に入るどころじゃなくなるからな」

「失礼な、記憶をちょろっと飛ばそうとしただけだもん」

記憶改ざん魔法は得意なのだ。

答えてから、やっぱり青年にあの現場を見られていたのだと思い知る。うーわー夢中になっていたとはいえ、周囲の警戒を怠《おこた》るなんてなんたる失態！　……待てよ、盗賊を吹き飛ばすところを見られていたってことは、つまりあのなんちゃってポーズも見られていたわけで……！

この青年こそ記憶を飛ばすべきではないか。

半眼でぷるぷるしている私の不穏な気配に気付いたのか、青年は語気を強めに言ってきた。

「俺は君を脅す気もないし、どうこうするつもりはない。ただつい手が出てしまったんだ」

その必死な声音に、魔法を編みかけていた私はゆっくりと構えを解いた。

さすがに助けてもらったのに恩を仇《あだ》で返すようなまねは良心が痛むし、ここまでバレてるんならごまかすのも疲れる。

それにこの青年、純粋に厚意で助けてくれたとしか思えないんだ。私が物陰に入っても一切何もしないしね。……結構な美少女になってると思ってたけど、自意識過剰みたいだな。それでも。

私はちらっと、青年を上目遣いで見た。

「……あのポーズだけは記憶から消してくれるかな」

「そこは誰にも言わないでくれ、じゃないのか」

「だって、誰かに言ってあんたにメリットある」

「ないな。わかった善処する」

妙なことになってしまったと思いつつ、私は肩の力を抜いた。

「いやあ、まさか門で止められるとは思わなくてさ。助けてくれてありがとう」

私が頬をかきつつお礼を言ったのに、青年はじと目になる。

「その格好であやしまないでくれというほうが無理だ」

「これからあやしまれない格好を用意するんだよ。その前に資金調達ね」

「さっき奪った金では足りないのか」

「一式揃えるにはねー。この髪でも売ろうかと思って」

ざらっと、適当にくくっただけの銀髪を持ち上げてみせる。

これだけ長くて状態も悪くなければ、良い値段で引き取ってくれるはずだ。

早速引き取り場所を探しに行かねば！　と、きびすを返そうとしたら途中で肩をつかまれて止められた。

「やめておいたほうが良い。君くらい魔力がある人間の髪は、絶対に悪用される」

「確かにそれはちょっと怖いけど……って君、私の魔力がわかるの」

魔力を多く持つ人間の一部は魔法資材として高い価値を持つため、呪いや身代わりに利用される。つまりその道の人に使われた場合、持ち主にまで影響が出て危ない。

それにしても、目の前の相手がどれくらいの魔力を持っているかを知るのには才能がいるのだ。たとえ研鑽《けんさん》を積んだ魔法使いでも正確には把握できなかったりする。だから私の髪もただのカツラに使われると踏んだのだが。まさか偶然出会った青年に魔力を見抜かれるなんて吃驚《びっくり》だぞ。

「俺は魔力に聡《さと》いほうらしいからな。それよりも切るのはもったいないだろう。綺麗なんだから」

「いやだから売るんだけれども」

そんなこと真顔で言うなんて、お兄さん結構なたらしじゃありませんかね？

とはいえ、褒められて悪い気はしない。だってこの銀髪さらっさらなんだぜ？

一方言葉を失っていた青年は、諦めたようにため息をつくと私の胴を指さした。

「恐らくだが。そのスカーフだけで十分な資金になるはずだ。シャツも売れば靴代になるだろう」

「え、そうなの⁉」

いや待てよ、そういえば前に私付きのメイドさんが、このスカーフを破いたら私の給料吹っ飛びますとか冗談交じりに言ってたな。確かにめちゃくちゃ手触り良いし、良いモノなのだろうなーとは思っていたけど、普段使いの一品にそこまで価値があるとは思ってなかったぞ。

庶民の感覚を忘れない親しみやすい王様が売りだったのに、これはまずい。

だけど教えてもらえたのは好都合だ。

「ありがとう青年。良いことを聞いた！」

「ライゼンだ。傭兵をしている」

「祈里だよ。おひとり様旅を満喫《まんきつ》してるとこ」

本名を名乗って大丈夫なのかって？　ふっそれが問題ないんだな。

この国では、勇者の名前として一時期大流行したことがあってな、十歳以下の子供にイノリって子は山ほどいるのだ。男女共に付けられる名前として広まってるしな。

まあそもそも、こんな十歳児がグランツ国の勇者王だなんて、誰も気付くはずがない。

「おひとり様旅……？」

「一人旅って意味だよ。行先はこれから決めるんだけどね」

昔は時々行っていたお忍び視察も、ここ最近、ご無沙汰だったんだ。国境辺りが騒がしいと聞いてるし、ついでに見ておきたい。

まあもちろん、休暇のほうが大事だけどね。セルヴァの監視が厳しかったこともあって久々の自由な時間なのだ。満喫《まんきつ》する気は満々だし、旅行の醍醐味《だいごみ》って準備から始まると思う。

「祈里……」

改めて口に出すと、なんだかお腹《なか》の奥からわくわくしてきた。

「なんだい？」

うきうきと回る観光地に思いを馳《は》せている私に、ライゼンはなんだか珍妙な顔になっていた。こう、本気で言ってるのかこいつ、みたいな。

「その、俺はこの街にしばらく滞在する。何かあったら傭兵ギルドに言伝を頼んでくれ」

「何から何までありがと。でも大丈夫だ。こう見えておひとり様歴は長いからね」

「いや、そうじゃなくて」

何せ私は、映画も焼き肉もカラオケも全部一人で楽しんできたおひとり様マイスターなのだ。勇者時代の経験でこっちでの旅のしかたも心得ているし、なんの憂《うれ》いもない。

「じゃあまた、縁があったらね！」

良い人に出会えて幸先が良い。

ライゼンにお礼を込めて手を振った私は、商業街へ走り出したのだった。

閑話　一方その頃宰相殿は。その一

――勇者王が守りしグランツ国、王都。

城からほど近くに屋敷を構える宰相セルヴァは、その日すがすがしい朝を迎えていた。

昨夜、外交官である妻アルメリアが帰宅し、子供達と一家団らんができたからだ。

本当は丸一日ほど家族と過ごしたいが、セルヴァは今日も出勤である。

枯葉色の髪を丁寧に撫《な》でつけ、上等な文官服を一分の隙もなく身につけた彼は、しかし職場に辿《たど》り着《つ》いたとたん、メイド長に捕まった。

いつも冷静な彼女に問答無用で人気のない空き室へ連行されたセルヴァは面食らった

が、彼女の若干焦りを帯《お》びた表情に気付き真顔になる。

「何がありましたか」

「イノリ様が姿を消されました」

その程度では勇者の従者であったセルヴァは驚かず、ただ眼鏡の奥の目を細めた。

「ムザカ将軍が詰め所にいたはずです。やけ酒に彼を付き合わせているかもしれません。あるいは、ナキのところで彼女に愚痴《ぐち》をこぼしているやも。それか正体をなくしてどこかの塔の上で寝こけている可能性もあります」

この国の王である祈里は酒好きだ。けして弱くはないが、しかし一定量を超えると絡み酒となり周囲へ被害が出る。

部屋にいない場合、酒に強い仲間のところで酔い潰れていたり、どこぞで眠っていたりするのが常だった。さらに言えば今回は己がそうなるように仕掛けたため、予想の内である。

しかしメイド長は、能面のような顔で言った。

「私どものほうで城内を捜索いたしましたが、どこにもお姿はありませんでした。さらにお部屋の私物がいくつかと聖剣がなくなり、こちらのお手紙が残されておりました」

「手紙ですと」

差し出された手紙を受け取ったセルヴァは、嫌な予感にかられながらも封を開く。

セルヴァへと宛てられたそれには、彼女独特の癖のある文字でこう記してあった。

『溜まりに溜まった有休取ってきます。ついでに国内視察してくるからあとよろしく☆』

セルヴァは、手紙をぐしゃりと潰した。

確かに、日頃働きすぎである彼女を休ませようと、必要もない見合い話を勧めて仕事を妨害した。

そして不貞腐《ふてくさ》れでもして仕事を放棄してくれればいいと、彼女が数日は休んでも問題ないよう密《ひそ》かに準備を進めてもいた。

今回の見合い話は、一向に結婚しない王に不満を溜めていた国内の貴族や周辺諸国のガス抜きにもなり、あとは祈里が休んでくれれば完璧だったのだ。

計画の半分は成功した。彼女が休む気になってくれたのも喜ばしい。

しかし、しかしだ。

城を抜け出して良いとは言っていない!!

調整したとはいえ、三ヶ月先までみっちりと入っている予定を走馬燈《そうまとう》のように思い出したセルヴァは、怒りで髪をゆらりと逆立てた。

「あーのーおーうーはぁーっ!!」

完全防音を良いことに恨み言を吐き出したものの、即座にこれからの算段を始める。

すぐに切り替えられる程度には、彼は祈里の突飛な行動に慣れてしまっていた。

セルヴァは半眼でメイド長を見る。

「昨日の陛下の行動を教えてください」

「夕方過ぎに、賢者様が訪ねてこられた後、昨夜一晩は部屋に近づかないようにと申し渡されておりました。部屋に残されていた大量の空《から》の酒瓶から、お一人で晩酌をされていたものと思われます。事態に気付いて僭越《せんえつ》ながら私どもが室内を捜索したところ、大量の酒瓶に交じってこちらの瓶が放置されておりました」

淀《よど》みのない報告の後、メイド長は布にくるんだ瓶を差し出す。

かすかに残っていた中身はあやしい虹色。

塗り薬だろうか、と考えつつ「実年齢にモド～ル」というふざけたラベルを見たセルヴァは、大方の予想がついた。ついてしまった。

こんなものを現実に作ってしまう人物など、この国に一人しかいない。

「ナキはどこにいます」

「賢者様は昨日の日中から、お部屋にてぐっすり眠っておられるそうです。念のため誰も近づけさせないよう周知させております」

「……助かります。修繕費が余分にかさまなくて済みました」

ナキ・カイーブは普段はひどく気弱でおとなしい美女だが、睡眠の邪魔をされた瞬間、普段自制している魔力を全解放して攻撃魔法を飛ばしてくる。

以前、彼女の部屋に忍び込んだ暗殺者は、彼女が放つおびただしい攻撃魔法で撃退された。

しかし研究塔は半壊、貴重な魔法触媒の大半が消費されてしまったため、以降彼女の安眠は絶対に脅《おびや》かしてはならないとされたものだ。

「今回、陛下はナキの睡眠日数を予想していましたか」

「三日、と言われておりました」

舌打ちをしかけたセルヴァだったが、耐えて黙考する。

良くも悪くもナキの薬は名前がわかりやすいため、効力が推測できる。開き直った祈里が勢いだけで行動したにしても、必ずそこに勝算があったに違いない。

彼女がこの魔法薬を使用したとして、導き出される行動は。

セルヴァはメイド長と別れると、信頼できる自分の部下達へ指示を出した。

「各関所で秘密裏に黒髪の四十歳前後の男性、……いえ四十前後の女性を指名手配します。何がなんでも捕まえますよ」

大体彼女は自分の影響力に無頓着《むとんちゃく》すぎるのだ。勇者王が過剰に勤勉なために、下につくものが休みづらくなっていることがわかっていない。極端に走りすぎなのだ、あの王は。それに彼女の視察と称した脱走は必ず騒動を引き起こす。そして事後処理はすべてセルヴァに回ってくるのだ。仕事を増やされるのは断じてごめん被《こうむ》る。

有休をとるのは良い。この国ではたとえ王であろうとその権利はある。

「ですが視察ならば休みじゃないでしょうが！　有休なめないでくださいよ！」

怨念混じりの気炎を吐きながら、セルヴァは王を連れ戻すための算段を始めた。

せっかく妻と有意義に過ごせる時間を削られた恨み、はらさでおくべきか。

だがしかし、王を休ませることに固執するあまり、自分の行動が明後日《あさって》の方向に飛んでいることには気付いてなかったのだった。

その二　お供をゲットしました。

「良いかい、イノリちゃん。困った時は誰かに頼るんだよ、きっと助けてくれるからね！」

「ありがとうっ、おねーさん」

ソリッドに着いて翌日。

心配そうな宿屋のおかみさんにきらっと無邪気な笑顔を返して宿屋を後にした私は、げっそりとした顔で道を歩き始めた。

いやうん。身につけていたスカーフも、ワンピース代わりにしていた服も十分な資金に、ぶっちゃけえげつない金額になった。

おかげで動きを妨《さまた》げないチュニックに、スカートのようにひらひらしているキュロット。防寒の魔法が編み込まれているタイツに頑丈なブーツという、可愛いと実用性を両立させた服装にチェンジしていた。剣帯も革製の良いやつを手に入れられて快適である。

手に入れたお金の半分が飛んだが満足だ。

だって鏡に映った美少女が可愛いんだよ、中身がアラフォー女ということを全力で忘れて、着飾らせたっていいじゃないか楽しかった!

しかも店主は私を勇者でもなんでもない一般人として扱ってくれたもんだから、うきうきだ。

だが忘れていたのだ。中身がどうあれ、今の見た目が十歳児な美少女なことを。

そして自分が敷いた法制度を。

「我が国民のお人好しさ加減をなめてた……」

端的に言えば、人の厚意が重すぎた。

まずは服屋さん。

私を見た店員さんはたっぷり十秒硬直した後、めちゃくちゃかいがいしく世話を焼いてくれた。

結構ひどい格好していたし、サービスで髪を切り揃えてくれたまでは助かったさ。けれども服のリクエストに「旅ができるような丈夫なやつ」って答えたとたん、事情を根掘り葉掘り訊《き》かれた末、死ぬほど心配されてしまったのだ。

なんとか逃げきったものの、次の道具屋では家出娘として扱われかけましたよね。

『ちっちゃいのに大変だったね。一人で行かせるなんてひどい……いや、あんたの親戚だったね』

ものすごく痛ましげに慰《なぐさ》められて、もう親切以外の何があるって感じで泣かれすらしたよ……

とっさに思いついた「両親が死んだので親戚を頼って隣町へ行く」という言い訳を全力で押し通したら、ものすごく熱心に言い聞かせられた。

『いいかい、この国は子供にとても優しいんだ。勇者王様がそう取り決めてくださったからね。親を亡くした子供がちゃんと暮らせる施設も決まり事もあるんだ』

よく知ってるよ。それ作ったの私だから！

こっちに来てすぐの頃、スラムで子供が物乞いして暮らしてるのを見てショックでさ。この国、グランツには全力で日本基準の社会保障を導入して、国民にも全力で啓蒙《けいもう》活動に励んだわけ。

おかげで、今じゃ蛇口から出る生水が飲めるし、子供が一人でお使いに出られる治安の良さだ。

だがその全力活動の甲斐《かい》あって、国民の間に子供は守るものって認識が広まり、大人達は子供が一人でいるとかまってくるようになっていたらしい。

もちろん、うちの国民が私みたいなあやしすぎる子供にまで親身になってくれるのは嬉しい。

けれども、今、その優しさはいらなかった……

とりあえず、徹夜のテンションが抜けてどっと疲れがきた私は、雑貨店で紹介してもらった宿で一夜を明かそうとしたのだが。宿屋で重大なことに気付いてしまい踏んだり蹴ったりだったのだ。

噴水のある広場にやってきた私が噴水の縁に腰掛けてうなだれていると、屋台をがらがらと引いてきたおっちゃんが声をかけてきた。

「おんやあ、ずいぶんべっぴんな嬢ちゃんだなあ！　大事なもんでも落としたかね」

私の美少女っぷりに、一拍置いて驚かれるのにも慣れたものだ。

「ううん、好きなものが買えなくて悲しいだけだから……」

「そりゃあ残念だったなあ。ほれ、これやるから元気出しな。お金はいらねえよ」

そう言って、おっちゃんがさっと作ってくれたのは、ソーセージをコッペパンに挟んだホットドッグだった。ソーセージには焼き目がついていてほかほかと湯気《ゆげ》が立っている。

厚意で作ってくれたそれに、私は全力でにっこりと笑ってみせた。

「わあい、ありがとう！」

「それ食ったら家に帰るんだぞー」

「はあい！」

いや見た目子供でも？　中身アラフォーな大人ですし？　ちゃんと空気読んで子供っぽくお礼は言いますとも。ただ、子供だからと優しくしてもらうのはちょっと……いやだいぶ良心が痛む。

とはいえ貰ったもんは嬉しいので、私は持たされたホットドッグにかぶりついた。

腹が減ってはなんとやらだしね。

ソーセージにケチャップとピクルスの微塵切《みじんぎ》りがのってるだけのシンプルなそれはまだ温かい。

がぶっとかじったとたん、ぱりっとソーセージの皮が破け、じゅわっと肉汁のうまみとケチャップの甘酸《あまず》っぱさが口一杯に広がった。

「うんまっ」

思わず声が出た私は、お腹《なか》が空《す》いていたことも相まってがぶがぶ食べすすめていく。

素朴とも言って良い組み合わせだけど、だからこそ親しみのあるおいしさだ。

こういう屋台食いも何年してなかっただろう。最後にお忍び視察した数年前じゃないかな？　あの頃は、抜け出すたびにセルヴァに怒られてたなあ。別に暴れてた魔物を退治したり、だめ貴族を粛正《しゅくせい》したりしただけじゃないか。それも向こうからやってきてたんだぞ。

にしてもホットドッグおいしい。こういうジャンクなものをつまみに一杯やるのが良いんだよな。

「はービール欲しい……」

思わず呟《つぶや》いたそれに、ホットドッグ屋のおっちゃんが面白そうに笑った。

「ずいぶん親父くさいこと言う嬢ちゃんだなあ」

「ねえおっちゃん、お金払うから売ってくんない」

「だめに決まってんだろう。酒は十六歳まで我慢しな」

「デスヨネー」

棒読みで返した私は、やってきたお客さんに営業を始めるおっちゃんを尻目に、しょぼしょぼとホットドッグをかじった。

そう、この体だと誰もお酒を売ってくれないのだ。

くっそう、誰だよお酒は成人になってからって決めたの私だよ！

だって成人やってそろそろ二十年ですよ？　買おうと思って買えなかったことなんてなかったし、盲点すぎて宿屋のおかみさんにお酒を頼んで笑われるまで気付かなかったからね⁉

いやお子様になってるけど、心はアラフォーだし飲みますよ？

旅の醍醐《だいご》味《み》と言えば、おいしいご飯とお酒に決まってる。お酒がない旅なんて一体何を楽しみにしたら良いんだ。すぐそこに売ってるのに買えないなんて拷問《ごうもん》か。

「もしやこの外見で一人旅は無理くないか」

子供に全力で過保護なこの国じゃ一人で出歩けないだろ。たぶんほっつき歩いていたら保護されちゃうぞ。盗賊に拉致《らち》られるならまだしも、養護施設に放り込まれたら簡単に出てこられないじゃないか！　なんで法律作っちゃったんだよ。でも子供は守るべきだろ！

こっほん。まあともかく子供ってやつは不便なんだなあ。

というか、常時監視状態ってこれ王様やってた時とそう変わらなくない？

遠い目になる私に、屋台のおっちゃんとお客さんの世間話が聞こえてくる。

「なあ知ってるかい。うちの王様、城を飛び出したらしいぜ」

「おお、とうとうか！　数年前にはナイラ地方に出た魔物を追っ払ってくれたって聞いて羨《うらや》ましかったもんだが。この街を通ってくれねえかな」

「ははは、まさか。あんな目立つお方が来たら、すぐ噂《うわさ》になるさ」

その目立つ王様は、目立つ美少女になってここにいます。

内心どや顔かました私は、そそくさと広場を離れた。

セルヴァの行動が意外と早いな。ナキの目が覚めるまでは時間が稼げるだろうけど、なるべく遠くに行っておきたい。

しかたがない認めよう。旅に出るには大人が必要だ。

けれども、あくまで私の目標は悠々自適《ゆうゆうじてき》なお忍び旅。外見は子供だとしても心はアラフォー、かいがいしく世話を焼かれるのは勘弁だ。

私が自分のペースで楽しんでいる間はほど良くほっといてくれる、都合の良いすっきりさっぱりとした関係を築ける物わかりの良い人はいないものか。

いるわけねえよなあ！　そもそもこんな完璧美少女を子供扱いすんなというのが無理だ！

「あ、でも昨日の青年はかなり良い感じだった」

唇についたケチャップをなめとりつつ、私は昨日会った黒髪の青年を思い出す。

彼は忠告はしてくれたけれども、わざわざ店についてくることまではしなかった。

お金も出そうとしなかったし、根掘り葉掘り事情を訊《き》いてこようともしなかった。

必要なことだけを必要なだけ手伝ってくれたのは、おひとり様希望な私的に大変気楽だったのだ。

「しかも私の名前を正確に発音してくれたし」

あれは地味に嬉しかった。

とはいえ、彼でなくとも誰かを雇うのは悪くないな。できれば気の合う人が良いけれども。

確かあの青年、傭兵ギルドにいるって言ってたな。

のだった。


「あー。道のり、誰に訊《き》こう」

行動方針を決めた私だったが、またすごい詮索されるんだろうなあと、肩を落とした

☆　☆　☆

傭兵ギルド、と称されているけど、その内実はまあ日雇い職斡旋所《あっせんじょ》だ。

もちろんひとたび戦争になれば、所属した者は、クランごとに国に雇われて従軍することもある。だが普段は魔物や盗賊の討伐や護衛が主な仕事だ。

仕事の仲介をしているから一般人でもわりと気軽に護衛や荷物運びを頼みに来る、地域密着型の人材派遣所でもある。さすがに私みたいなお子様が頼むのは、珍しいだろうけど。

というわけで、親切な街の人に場所を訊《き》いてやってきた傭兵ギルドのドアを開けたとたん、私は思いっきり視線を浴びた。

中はお役所の窓口と酒場を一緒くたにしたような造りだ。手続きを待つ間に一杯引っかけるためですね、知っていますとも。

だってギルドで飲み比べやって意気投合した元傭兵が、今うちの将軍やっているからね。

ムザカってば将軍になった今でもギルドに出入りしてるっぽいのに、私はさせてくれないんだよなあ。くすん。私だって勇者時代は新進気鋭の傭兵としてめっちゃギルドに貢献してたんだぞ。ちょっとお酒飲むくらいいいじゃないかと思うのにダメなんだぜ。王様って不便すぎる。

はーやっぱりこの猥雑《わいざつ》な雰囲気はいいもんだなー！

そう思いつつ一応見回したけど、残念ながらあの黒髪のライゼンの姿はなかった。

まあ予想の範囲だと、私は現役を引退してのんびりやってます風なおじさまの座っている受付に向かう。彼の居場所を訊《き》いてみるほうが早いと思ったからだが、新たな難問が立ちはだかった。

う、受付に顔が出せない、だと……⁉

こんなところで躓《つまず》くなんて。くっそう、この世界の人間の背が高すぎるんだよこんちくしょう！

「あのお嬢ちゃん。無理しなくても隣にドワーフ用のカウンターがあるから。そこで聞くよ」

八つ当たりしつつ限界まで背伸びをしてぷるぷると震えていると、身を乗り出してくれたおじさまが一段低いカウンターを指し示して教えてくれた。

……気付いてなかったわけじゃない。そうだ、ついうっかりいつもの癖で忘れてただけなのだ。

無言でドワーフ用の低いカウンターに行った私は、何事もなかったようにおじさまを見上げた。

おじさまの表情が生温かいのは気のせい。気のせいだ。

「すみません。ライゼンという傭兵さんはこの街にいますか。黒髪に、緑の瞳の」

「それは銀級のライゼン・ハーレイかね」

ハーレイ。ハーレー！　名字だろうけど、あの私的に大陸間の旅に一番似合いそうな乗り物と似た響きなんていいな！

若干テンションが上がったが、おじさまの銀級という言葉に落胆する。

銀級、というのは傭兵の階級の一つだ。一人前と認められる銅級のさらに上と言えばそのランクの高さがわかるだろうか。ぶっちゃけ雇うのに、それなりのお金がかかる。

安全な街道の護衛任務なら銅級でも十分だから、資金に余裕がない今は躊躇《ちゅうちょ》した。

やっぱり、デキる人オーラが出てると思ったんだよなあ。

しょんぼりしている私をどう思ったのか、おじさまは親切に教えてくれた。

「彼ならこの街に滞在しているよ。今日一日はゆっくり休むと聞いたから、夕方頃には顔を出すだろう。彼に何か用かい」

「いいんです。お世話になったお礼が言いたかっただけなので。あの、グランツ国外まで護衛をしてくれる人を雇いたいんですが。いるでしょうか」

「君一人かい⁉　うーん、今はここを拠点にしている傭兵ばかりでちょっと厳しいね。ちょうど街を移動するパーティでもあれば良かったんだが」

おじさまは驚いた顔をしながらも、名簿らしきもののページをめくってくれた。

「乗合馬車に乗せてもらうのが一番なんだが、今は本数が減ってしまっているしなあ」

「え、なんでですか」

そういえばそんなものもあったかと思い出した私は、おじさまの言葉に目を丸くする。

交通は物流と経済の要《かなめ》だし、結構力を入れて整備したんだよ？　セルヴァが。

私は魚と肉を食べれば国民が強くなる、食材が増えれば料理のレパートリーが広がって私が楽しい！　って力説しただけだがな！

そういうわけで、グランツの警邏《けいら》隊はまともに仕事をしているはずなんだけど。

「いやね、街道沿いに盗賊が出没しているんだ。盗賊の中には人攫《ひとさら》いに手を出している輩《やから》もいるらしくてね。今討伐隊を組んでるところなんだよ」

ふんふんなるほど。ちょっと市場に物資が少ないと思ったら、物流が滞《とどこお》っていたんだな。

おじさまの口ぶりは幼い子供相手になってる分穏やかだけれども、一週間以内に大規模な討伐が行われるのだろう。

私はちらりと壁際に張られていた指名手配のチラシを流し見た。

どいつもこいつもむさ苦しい顔ばかりで数が多い。これだけ多ければ城にも報告が上がるはずなのに私が知らないってことは、ここ数週間で急激に増えたということだ。

とはいえうちの警邏《けいら》隊は優秀である。そう遠からず解決はするだろうが、警備が強化されて抜け出しにくくなるのは困るなあ。

うーんと悩んでいれば、ちり、と首筋の産毛《うぶげ》が逆立つのを感じた。

「お金があるんなら一応募集をかけてみるかい」

「ううん、まずは乗合馬車を探してみます」

「なら西門の広場に行ってみると良い。もしかしたら急ぎの商隊に紛れ込めるかもしれないよ」

親切なおじさまにお礼を言った私は、傭兵ギルドを出て西門へ向かった。

十年前の勇者としての旅は徒歩か馬での移動だったから、乗合馬車は完全に盲点だったんだ。

子供の足でえっちらおっちら歩いて西門広場に辿《たど》り着《つ》くと、残念ながら乗合馬車は運休していた。ですよねー。

うーん。商隊にまぜてもらうか、いっそこのまま強行突破するか迷うな。

道の隅で肩を落として悩んでいると、すっと脇に人が立った。

「お嬢ちゃん、助けてあげようか」

銀の髪を揺らして見上げれば、柔和な顔立ちのおっさんがいる。

いやたぶん三十代だろうけど。どうにもおっさんと称したくなる雰囲気だ。

私が何かを言う前に、おっさんはにっこりと愛想良く続けた。

「君、旅に出たいんだろう？　これからおじさん達はレイノルズのほうへ出発するんだよ。良かったら一緒に行かないかな」

「え」

レイノルズ自治区は農業が盛んで、ワインやチーズがおいしいところだ。自治区とはいえグランツ国内だから、関所の管理も緩かったりする。

あーいいな、おいしいワイン飲みたい。

「おじさん一人？」

「いいや、向こうで仲間と合流することになっている。それよりも君みたいな可愛い女の子が一人で旅をするなんて危なすぎるよ」

ふうん、そうか。何人いるのかな。

「さあこれから発つんだ。一緒に行こうね」

にこにことしたおっさんが腕を取ろうとしたのを、私はすいとよけた。

「おじさん、傭兵ギルドから私のことつけてきたよね」

おっさんに貼り付いていた笑顔が、わずかにはがれる。

ギルドで感じたねっちょりとした気配は、こいつで間違いない。

身なりはどこぞの商人風を装《よそお》ってるけど、こいつの立ち振る舞いは戦い慣れた人間のそれだ。

そんな風に素性を隠している奴が善人面して、国外へ連れ出そうとするなんて、ねえ？

「誘拐でもする？」

にこ、とずいぶん上達した美少女スマイルを向けてやると、おっさんは表情をこわばらせた。

けれどすぐさま笑顔に戻り、私の手を引こうとする。

「いやいや、そんなことあるわけないだろう。だがね、俺達についてこなければ、君は旅に出られないぞ」

「ふーん？」

まあ、見た目は美少女ですし？　こういうこともあるんじゃないかな、とは思っていた。

というか二日連続で誘拐犯に遭遇するなんて、いま流行《はや》ってるの？

本性を現したおっさんが、有無《うむ》を言わさない力でつかんでくる腕をちらっと見る。

これを振り払うのは簡単だ。

けどね、自分の国でこういう輩《やから》が堂々としているのは大変気分が悪いわけですよ。

にしても、十歳児の肩に男の手が乗ると、かなり大きく見えるんだなあ。というか私の腕細《ほそ》っそ！

「なんにも心配いらないからね。おじさん達がいいようにしてやるから」

うつむいておとなしくなったと見るや、おっさんは私を抱き込んで移動しようとする。

強化魔法発動。

きらーんと目を光らせた私は、おっさんの腕を取ると同時に足を引っかけて投げ飛ばした。

彼は何が起こったかわからないといった表情で宙を舞い、にゃあと悪魔のような笑みを浮かべる私を逆さまになって見ている。

「ぐほぉっ！」

見事に一回転して地面に叩きつけられた彼に、周囲の人間の注目が集まった。

「な、何を」

さすがに鍛《きた》えているのか、おっさんは怒りのままにすぐさま起き上がる。

だが、その時にはすでに準備を整えていた。

さあ私、美少女の仮面をかぶるのよ！

「いやぁこわぁい！　触らないでっ！　変なおじさんに連れ去られるっ！」

私は、自分の体を抱きしめてよろめいてみせたのだ。

うわあ、絹を裂くような悲鳴ってけっこう喉にくるのね。

いやだって私いま十歳児だし。このまま叩きのめしたらおかしいことくらいわかるもん。

ならばと、うちの国民の面倒見の良さを頼ることにしたのだ。

精神力ががりがり削られるけど、頑張れ私！　いたいけな美少女を演じきるんだ！

「おじさんのことなんて知らないもんっ！　お父さんもお母さんもいないのに、私をどうするつもりなの!?」

思いっきり叫びつつ、うるうると目を潤《うる》ませて震えてみせれば、周囲の優しい人達が殺気立ち始めるのがわかる。

はっはー！　うちの国民は子供には最高に優しいんだぞー！

ちょっと良心が痛むけど、ほかの子供も助けてくださいねー！

あともう一押しだなと考えていた時、息を吹き返したおっさんがいびつながらも笑みに見えるものを顔に貼り付けた。

「ああもう、そんなわがまま言うんじゃないよ。リタ、商隊のみんなを待たせてるんだから。お騒がせしてすみませんね。この街から離れたくないってだだこねてるんですよ」

ちっ、考えたな。子供のわがままだと思い込ませて野次馬を散らす作戦か。

というかリタって誰だよ。

へこへこと周囲に頭を下げつつ再び捕まえようとする男の手から逃れた私は、次の策を考える。

よし、サクッとぶっ飛ばす路線に変更！

「私、リタなんて名前じゃないもん。お兄ちゃん、助けて――――！」

とりあえずそれっぽいことを叫び、バレない角度で拳《こぶし》の狙いを定めていた時、名前を呼ばれた。

「祈里っ」

この姿で私の名前を知っている人なんて、ましてや正確に発音できる人間なんて一人しかいない。

誘拐犯な男の背後から駆け寄ってきたのは、黒髪に緑の瞳の青年ライゼン・ハーレイだ。

え、まじかよ助けが来ちゃったよ。

だがチャーンス！

「なっ」

誘拐犯も驚いたんだろう、突然現れたライゼンに気を取られた。野次馬の気もそれている。

目を輝かせた私は、素早く強化魔法を利かせた右拳《みぎこぶし》を男の腹にめり込ませた。

そして声もなく崩れ落ちる誘拐犯には目もくれず、暫定《ざんてい》お兄ちゃんであるライゼンに抱き着く。

ふっ野次馬には、私が兄に再会できて喜びのあまり駆け寄ったようにしか見えないだろう。

こんな時、拳《こぶし》が小さいっていいね！　え、喜ぶところが違う？　細かいことは気にするな。

「お兄ちゃんっ会いたかった！」

「あ、ああ……」

ライゼンの顔が引きつってる気がするけど、まあいっか！

私は再会を喜ぶ美少女を演じつつ、なんでこの青年が来てくれたんだろうと首をかしげていたのだった。

☆　☆　☆

どう見ても保護者な「お兄さん」が来たことで一気に形勢が傾き、街の人の非難の眼《まな》差《ざ》しと手が出た結果、件《くだん》のおっさんはお縄についた。まあ気を失ってたしね。

簡単な事情聴取から解放された私とライゼンは、ひとまず腹ごしらえにとご飯屋さんに入った。

彼は私が出てすぐにギルドへ行ったらしく、そのまま追いかけてきてくれたそうだ。

「また助けられたね。お礼におごるから食べてよ」

「いや、さすがにその外見の君におごられるのは」

「いいからいいから、あ、おねえさーん！」

微妙な顔をするライゼンを無視して、店員のお姉さんに叩ききゅうりに大根サラダともつ煮込み、さらに鶏肉の唐揚げを頼む。

お、やったお茶漬けあるじゃない。後で頼もっと。

食材や料理の名前は、召喚特典だった自動翻訳機能で地球と似たものに翻訳されてるだけなんだけど。

え、なんで居酒屋メニューが揃っているのか？　私が全力で広めたからに決まってるだろ！

ふっふっふ。お米も全力で見つけ出して布教した結果、グランツには米食文化が根付いたのだ。

だってお酒の〆《しめ》にお茶漬けが食べられないなんて考えられないでしょ？

ほんと気候が合って良かったよ……

ここを離れるとしばらく米はなしだから、思いっきり堪能《たんのう》しよう。

「お兄ちゃん、はいどうぞ！」

まだ渋るライゼンににっこり笑って、皿に取り分けたサラダを差し出す。顔を引きつらせた彼は受け取る代わりに頼んできた。

「すまない、兄呼びはやめてくれないか。地味に胸にくる」

「えー一応美少女なのに」

まあ考えとくだけ考えておこうと思いつつ、私は早速きゅうりをかじる。

うーんこれこれ！　ぴりっと唐辛子の辛《から》みがくるのがたまらない！

まぐまぐもぐもぐ。

「ねえ、ライゼン」

「なんだ」

「お説教とかしないの。子供が一人でうろついて、自分で危ない目に遭《あ》いに行っていたように見えたと思うんだけど」

大根サラダをつまんでいたライゼンが、緑の瞳をこちらに向けた。どんな言葉で答えるか考えている雰囲気だ。

「俺が出ていったほうが穏便に済みそうに見えたから割って入った。が、結局君は自力であの男を制圧してしまったな」

「いやあ、来てくれて助かったよ。お話し合いがしやすかったし」

「そうか。ただ、ああいう手合いはやっかいだ。今後も気を付けたほうが良いとは忠告しておく」

何、この理想的な答え。正確に状況を把握しながらも改善点をあげて釘を刺すなんて、管理職に推したいくらい素敵なんだけど！

「……なんだ、そのきらきらした顔は」

「ライゼンってもしかしてロリコン？」

私がぽろっとこぼすと、ライゼンは咳《せ》き込《こ》みだした。

なんとか手に取ったコップの水を一気飲みして落ち着く。

「な、何故そういうことになる」

「だってやたらと私にかまうから。し……実家にバレて監視が付いたにしては早すぎるしさ。なら、この顔が好きなのかなあと思って」

だって超絶美少女だし。

私がぷにぷにとした肌に手を添えてみせると、ライゼンが唸《うな》るように言った。

「自分の趣味嗜好《しこう》は社会に反しないものだと思っている」

「うん。そう見える」

だって妙にやに下がった視線も感じないし、接し方も自然だ。性癖を隠してる感じもゼロ。

これが恋愛的な意味で私が好きな場合、もっとぐいぐいくるし独特の雰囲気が出てくるんだ。

なんで断言するかって？　はっはっは！　そういうのに付きまとわれたことがあるからだよ！

「だからすっごい不思議でさあ。ぶっちゃけめちゃくちゃ巻き込みたいから」

「君の、おひとり様旅とやらにか？」

「まあ今ではお忍び旅に変更だけど。私のお兄ちゃんとして」

唐揚げをかじっていたライゼンがすごく酸《す》っぱい顔になる。

レモンはかけてなかったから、まあ理由はお察しだ。ほんとお兄ちゃん呼び不評だな。

けれども彼がどうあれ、私はすでに大半のことをぶっちゃける覚悟を決めていた。

全部話すと迷惑がかかるだろうから、支障がない範囲でだけど。

一人で活動していて、こんなに物わかりが良くて気の合いそうな傭兵なんて絶対に巡り会えない。

いいか、有能な人材は絶対に逃しちゃいけないのだ！

「私の見た目と年齢が違うのはわかると思うんだけど。この一日で不自由なのはよくわかった。けど私は旅を諦めたくない。ほど良くほっておいてくれる隠《かく》れ蓑《みの》がどうしても必要なのよ」

だってあいつとの約束を果たす絶好の機会なんだからね。

私の言葉にライゼンはそっと眉を寄せた。

「なんで、俺に声をかける」

なんか含みがありそうな問いだけれど。その答えは決まっていた。

「あんたがハーレイだから」

「……は？」

「まあ冗談だけど」

私的に一番旅が似合いそうな名前を持っているから、っていうのがかなりのウエイトを占めるのも本当だけど、一番はこれだ。

きょとんとするライゼンの瞳を、私は下から覗き込んだ。

「なんかね。あんたとならどこへ行っても楽しくなりそうな予感がするのよ」

不思議なくらい無性に懐かしい気分になるんだ。

それは彼の黒髪と、この深い緑の瞳のせいだろう。

ちょっとあいつに面影《おもかげ》を重ねている感はあるよ？　顔は似てないし性格もまったく違うのに妙に居心地がいい。

私は照れくさいのをにへへと笑ってごまかす。ついでに自分のお皿に取り分けた唐揚げにレモンをかけていれば、息を呑んだライゼンが顔を手で隠していた。

どうしたよ、レモン果汁が飛んだか？

首をかしげたけど、あっと思い出す。肝心なことを言うのを忘れていた！

「ただ手持ちの資金があんまりないから、道中稼ぎがてら行かせてほしい」

「その前に、どこへ行くか決めてるのか」

……あ、そっちを考えるのも忘れてた。

やっほー！　旅だ旅ー！　とテンション上がりまくっていたのもあるけど、お子様扱いされてばかりの状況をなんとかするほうが先で、それどころじゃなかったんだ。

仕事の依頼はどこで、何を、どれくらいの期間やるかを明確にするのが鉄則なのに。

ぴったりと黙り込んだ私に、ライゼンの目がどんどん半眼になっていく。

「まさか……」

「い、いやいや決めてるよ！　え、えーとそのスイマリアの天燈祭《てんとうさい》！」

とっさに思いついたのは、お茶会という名のお見合いでご令嬢の一人が言っていたお祭りだ。

天燈祭《てんとうさい》は灯籠《とうろう》を空に飛ばし、故人が天空神タイヴァスに抱かれて安らかに眠れるようにと祈りを捧《ささ》げる祭りだという。

天空神とか正直、まったく！　興味ないけど、夜空に昇っていく沢山の明かりはそれは美しいものだったとうっとりとするご令嬢の話で、すんごく気になっていたのだ。

いい感じに有休消化できそうな距離だし、何よりスイマリアは行ったことがない場所だ。しかもその祭りがある街には温泉まであるらしい。

思いつきだけれど、今回のまったり旅の目的地としてはなかなか良いのでは?

「その道中も気になったところがあったら、寄り道沢山したいんだ」

「なるほどな。スイマリアとなると、ここから一ヶ月くらいか」

「とりあえず、あんたはこのグランツを出ていくまででかまわないよ」

そもそも金策がうまくいかなかったら、途中でごめんなさいしなきゃいけないわけだし。

子供に過保護なグランツさえ出れば、私一人でもなんとかなると思うからな。

気を使って言ったつもりだったのだが、ライゼンにはこれ見よがしにため息をつかれた。

「そこは先に交渉すれば良いだろうに」

「何言ってんの。あんた銀級でしょう? 専門が魔物討伐か護衛かは知らないけど依頼をえり好みできるだけの実力を安売りしちゃだめだよ」

「俺の専門は害獣討伐だが」

「うわ、エリート中のエリートじゃない」

技術の買い叩き、だめ絶対。

王様業で徹底していたことを、まさか私が破るわけにはいくまいて。

かりじゅわな唐揚げをもぐもぐする私に、ライゼンは何故か頭を抱えていた。

解《げ》せぬ反応だと思ったけど、これは期待しちゃうぞ？

「そうやって訊《き》いてくれるってことは、受けてくれるの？」

「……俺がそれだけの期間の護衛任務を請け負うとなると、これくらいは必要なんだが」

ライゼンがぴんと立てた指を見て、私は真顔になった。

「無理ですね」

いやわかっていたけれども、めっちゃ高かった。そうだよな、人一人分のお給料最低一ヶ月分に危険手当を支払うのだ。銀級ならなおさらである。

「だろう？　だからな、旅の道連れってのはどうだ」

ライゼンの提案に、唸《うな》っていた私は目を丸くする。

「傭兵の間には、一飯を共にすれば友と思え、という言葉がある。俺もたまには誰かがいる旅も悪くない。同行者なら金銭のやり取りは野暮《やぼ》というものだ」

「えー」

「……なんでそんなに残念そうなんだ」

ライゼンは困惑気味に眉尻を下げていた。

いやだって、私にばっかり利益がありすぎるんだ。

なんとなあく、ライゼンは隠していることがある気がする。

だがそれは私も一緒だ。勇者王であることはもちろん、この旅の本当の目的も言うつもりはない。

彼の思惑《おもわく》は私に害が及ばない限りは気にしない方向で行こう。ビジネスライク万歳。

「じゃあ、あんたの旅費は私が持つわ」

「子供である君に支払いをしてもらった場合、俺に突き刺さる視線が厳しいことになるんだが」

「後で折半……」

「妥協しよう」

ぐぬぬ、多少の呵責《かしゃく》はあるけどこれで話はまとまった。

「じゃあとりあえずはグランツから離れるまでよろしく、お兄ちゃん」

にっと笑った私が片手を差し出すと、ライゼンはほんの少し顔をこわばらせた。

あれ？　普通の挨拶《あいさつ》だったよな。

私が内心首をひねっていることに気付いたのか気付かなかったのか、彼は一拍間を開けた後に私の手を握ってくれた。

「……できるだけ名前で呼んでもらえると助かる」

「ああ、そういうこと。了解、ライゼン。あ、店員さーん！　清酒かビールありますかー！」

呼び方が気に入らなかったのね。これからのことを考えるなら私も善処しよう。

ふふふ、これで保護者ゲットだぜ！

一気に気が楽になった私は、店員のお姉さんを呼び止めて追加注文する。

え、なんで清酒があるかって？　そりゃあ米が栽培できたらお酒は造るだろう！

「どっちもあるけど、お兄ちゃんのため？　良い妹ちゃんね」

「へへへ、兄ちゃんお酒大好きだからさー。じゃあビールください！」

「わかったわ。サービスでジュースも付けてあげるわね」

店員のお姉さんが、ふふふと笑いながら瓶ビールとジュースを持ってきてくれた。

ひゃっふう！　お兄ちゃん最高！

息をついていたライゼンの顔が再び妙な感じに歪《ゆが》んでいた。

「もしや俺は、酒を頼むためのダシか」

「その通りよ、はー良かったライゼンがいてくれて。ようやくお酒が飲める！」

ライゼンに運ばれてきた瓶ビールを強奪した私は、迷わずコップにぶち込んだ。黄金色の液体はしゅわしゅわと炭酸をはじけさせ、細かな白い泡にわかれていく。へっへっへうまく注げたぜ。

よだれをたらさんばかりに見つめていた私だったが、ライゼンが当たり前のようにジュースを持ち去ったことに面食らった。

「あんたは酒飲まないの？」

「いや、俺は飲めない。こっちのジュース貰うぞ」

「いやもう取ってるし。じゃあ傭兵稼業大変だったんじゃない？　飲ませたがり多いでしょ」

「まあ、な。それなりには」

過去にあったトラブルに思いを馳《は》せているのか、ライゼンは遠い目をしている。

これはこれで利害が一致しているのではないだろうか。ますます悪くない。

「なあ、君は今日の宿をどうするんだ」

「ここらへんで取るつもりだよ」

私があっさり答えれば、ライゼンはほんの少し眉をひそめた。

外から来た商人達が泊まる広場や商業街にある宿屋は、それなりに値段が張るもののとっても安全だ。一般人はそっちに宿を取る。

けれどここは場末に近い居酒屋だ。そんなところにある宿は、その治安と引き換えに安いし、色んなことを気にしない人が集まる。つまりは安全な表の宿屋に泊まれないような人達が。

「一体何を考えている？」

「んー？　お掃除などを嗜《たしな》んでみようかと」

まあ私は休暇中なわけだが、セルヴァに「視察」と置手紙をしてもいるわけだ。それっぽいこともしていこうと思うんだよね。それに、さすがにこうも悪人がのさばっていると気分が悪いので。

にっこり、にこにこっとしている私に、ライゼンは深いため息をついた。

「俺もそこに取る」

「え、付き合ってくれなくても」

「……あれだけ兄の存在を喧伝《けんでん》したんだ。これで君が一人になったらあやしすぎるだろう」

「ええと、じゃあよろしく？」

まあそれはそれとして、景気良く始まりに一杯やりたいよね！

「飲むのはかまわないが、あまり飲みすぎるなよ」

「わかってるって、じゃあほら、これからの旅の安全を願って、カンパーイ！」

私がコップを掲げれば、ライゼンはしかたなさそうにかちんとコップを合わせてくれたのだった。

☆　☆　☆

おいしいご飯とビールを堪能《たんのう》してほろ酔い気分の私は、足取りも軽く夜の街を歩いていた。

道に人は少なかったけれども、魔力で光る街灯がぽつぽつとあるから視界には困らない。

歩くたびにくるり、くるりと銀髪が煌《きら》めくのが楽しい。

「お酒の許容量変わらないのはーよかったーなー！」

「足もとには気を付けろよ」

「だいじょーぶだいじょーぶ！」

ものすごくあやしむライゼンをスルーして、私は涼しい夜風を楽しんだ。

私が本気で酔うんならビール一瓶じゃ足りないもん。五本は寄越しやがれ。

それでも念のため、体内魔力の流れを意識して、臓器……特に肝臓を活性化させる。

ふふふ、強化魔法は傷の治りを早めたり、毒の分解を加速させたりもできるからね。

二日酔いだって治せちゃうのだ！

魔法が効いてきて少しずつ酔いが醒《さ》めていくのをちょっと残念だと思いながら、会話を続ける。

「ねえねえ、ここからスイマリアに行くんだったら、どっち方面に行ったらいいんだろう」

「定番のルートはレイノルズ自治区を抜けることらしい。そこから一つ二つ国を経由する。スイマリアの天燈祭《てんとうさい》は夏の終わりだ。今からなら多少寄り道しても十分間に合うだろう」

「寄り道は旅の醍醐味《だいごみ》だよねぇ。おいしいご飯に綺麗な景色、あーあガイドブックでもあったら良かったのに！」

一応ソリッドの本屋に寄ったんだけど、旅行記はあっても見どころ網羅的なガイドブックはなかったんだ。くっそう。

悔しがってる私とは対照的に、ライゼンが当然とばかりに言った。

「移動するのは商人と巡礼者と傭兵ぐらいで、遊びで旅行なんてのは貴族の特権だ。大体、安全な移動には金がかかる」

「知ってる。旅行の最大の難関だもの」

馬はバイク並みに値が張るし、維持費も世話の手間も馬鹿にならない。安全に眠ろうとすれば野宿なんてもっての外《ほか》だけど、ちゃんとした宿だと思ったらオーナーが泥棒だったということもざらにある。

勇者時代も国に旅の資金を渋られたせいで、急遽《きゅうきょ》魔物狩りの依頼を受けたなあ。ほんとあの皇帝まったく良いことしなかった。最大の敵はあいつだったと言っても過言ではない。

「でもさあ、どうせならその土地の名所とか名物とか、見たり味わったりしたいと思わない？　私は思う。そこに新しい出会いがあるんだもの」

勇者時代には見られなかったそれを堪能《たんのう》するためのぶらり旅だ。努力は一切惜しまないぞ！

「その情熱はどこから来るんだ」

呆れ顔のライゼンに、私はちょっと返答に詰まった。

広い世界の楽しさをわかち合いたかった奴は、もういない。

記憶の奥からのぼってくるものをそっと押し込めて、私はふふんと笑ってみせた。

「楽しむなら徹底的にがモットーなの。さあ、そのためにも路銀はしっかり確保しないとね！」

スカーフとシャツで作った資金は装備と宿代に消えていたから、余裕はさほどなかったりする。

だがしかし、行き当たりばったりな旅でも、押さえるところは押さえる祈里さんですよー！

「待て、祈里まさか……」

拳《こぶし》を突き上げる私に、ライゼンが嫌な予感がするとでもいうように呼びかけてくる。

けれどもすぐ何かを察知して顔を上げた。

折しもまったく人気のない区域に差しかかっている。

あれれ、これから変なそれっぽい宿を探そうと思っていたのに。

「手間が省《はぶ》けたね！」

「あー……」

私がぱっと表情を輝かせてライゼンを振《ふ》り仰《あお》ぐと、彼はなんとも微妙な顔をしていた。

そんなやり取りをしている最中も、背後から馬車が走るけたたましい音が響いてきている。

たちまち肉薄してきた馬車から、ライゼンは私を抱えて飛びすさった。

ありゃ、私普通によけられたんだけど。

まあ助かったし余裕もあるし、と顔をそちらに向ける。馬車の荷台から身を乗り出していた男が、にゅっと腕を伸ばし、ライゼンを棒で殴ろうとしていた。

わあ、殺意満載！

馬車はすぐさま止まると、中からぞろぞろと男達が降りてきて私達を取り囲む。

手には剣や棍棒《こんぼう》などなど、それぞれ武器を持っていた。

うん。そんなこったろうと思ったさ。

彼らを表現するならば、誘拐犯、犯罪者。あともういっちょ強盗である。

全部で十人。子供を含めた二人組相手に、ずいぶん集めたものだ。

うふふふ、けれども嬉しい。

私が緩みかける頬を一生懸命引きしめようとしていると、ライゼンはこちらを見おろしていた。

その顔は盛大に引きつっている。

「なあ、祈里、君の金策というのは……」

「こちら、社会貢献にもなる上に一度にがっぽりお金が手に入って良心が痛まない、ゲームやライトノベルではお決まりの金策相手です」

「後半はわからないが絶対に何かが違うだろう」

えー。でもほんとなんだよう。

十年前は情勢が荒れてたせいで、盗賊に犯罪者に賞金首が沢山いてね。やたらと顔が良い連中が仲間だったもんだから、街道を歩いてるだけでぱかぱか襲いかかられたんだよ。そして、その討伐資金は打倒帝国の頭金になったものだ。

だから、あいつらはちょっとうるさいお財布。異論は認めない！

確固たる信念で私がライゼンに言い聞かせようとした時、さらに上等そうな馬車がやってきた。そっちから降りてきたのは、ひげの先っちょがくるんと丸まったおっさんだ。

紳士を気取っているのか杖《つえ》を片手に持って、暗がりでもわかる上等な服を着ている。

この集団のリーダーだろう、その先っちょくるんのおっさんが尊大な態度で話しかけてきた。

「君達が入った宿を襲撃しようと思っていたが、このような路地に自ら入ってくれるとはな」

はいもちろん。あなたを待っていましたからね。

頑張れ私の表情筋、まだだぞ。まだなんだぞ。

「君達は目立ちすぎた。我らクズッソファミリーの人間を留置所送りにして、ただで済むと思うな」

ほうほう。やっぱり組織的な犯行だったのね。やることが一つ増えた。

ひげくるんおっさんのご高説が終わったとたん、周りの男達が私とライゼンを取り囲む。おっさんは用は終わったと言わんばかりに馬車へ戻っていこうとする。

「へっへっへ。カッシモさん、俺達でやっちゃっていいんですよね」

「かまわん、兄はなるべくむごたらしく殺して曝《さら》せ。妹はそれだけの器量だ、多少傷物になったとしても売れる場所はいくらでもある」

「さすがカッシモさん、話がわかるっ！」

カッシモというらしいひげくるんおっさんの言葉にゲスい笑い声を上げた男達は、私達に向けてすごんできた。

「おう兄ちゃん、こんなご時世に子供を連れて大変だねぇ。俺達が面倒見てやるからよ。安心してここで果てればいいぜ」

「お嬢ちゃんはおじさん達と良いことしようなあ」

「大丈夫、お嬢ちゃんは最後までちゃあんと遊んでやるからなあ」

だ、だめだ。もう、無理。

がはがはと、なんともがさつにお決まりの脅し文句を吐く男達に、私は盛大に噴き出した。

「あはははははっ！　すっごい、支離滅裂だあはははっ!!」

ほれぼれするほどのテンプレート！　勇者時代にも出会わなかったぞっ。

私の笑い声が響き渡り、男達は虚を衝《つ》かれたようにこちらを向いた。一瞬、気味が悪そうにした彼らだったけど、にやにやと嗜虐的《しぎゃくてき》な笑顔に戻る。

「はは、とうとうお嬢ちゃん、怖すぎて壊れたらしいなあ」

「お嬢ちゃんが俺達と遊んでくれるんなら、兄ちゃんに悪いことするのを考えてもいいぞぉ」

数の有利を確信している男達は余裕綽々《よゆうしゃくしゃく》だった。

絶対、銀髪碧眼《へきがん》美少女な私で散々遊んだ後、兄ちゃんに手を出すやつだ。

きっと何度も何度も同じパターンで弱い者を蹂躙《じゅうりん》してきたんだろう。

はー。こんな奴らが私の国にのさばっているなんて、超絶むかつくなあ！

雑音が響く中、笑いを収めた私は、ちらっとライゼンを見上げた。

「ライゼン、あっちは任せて良い？」

「……ほどほどにな」

そりゃあもう、ほどほどに徹底的にやりますとも！

ライゼンのどこか諦めたような呟《つぶや》きを背中で聞きながら、私は彼らに向けて歩き出した。

私が素直に従ったことにチンピラ達は意外そうな顔になったが、一気ににやに下がる。

「へえ、勇気あるお嬢ちゃんだなあ！　ほうらこっちおい、で……？」

だが街灯の下に立った私が背中に負った聖剣を抜きはなつと、珍妙な表情になった。

そうだよな。銀髪碧眼《へきがん》の美少女がいきなり鉄バットなんて取り出したら、そんな顔になるよな。

まあやることは決まっている。私はチンピラ達にとびっきりの笑顔で応じてあげた。

「じゃあおじさん達！　たっくさん遊ぼう！」

不穏な気配を感じたらしいチンピラ達が包囲網を狭《せば》めようとしたけど、その前に私はバットを振りかぶっていた。同時に虚空《こくう》へ圧縮された空気の弾を作り出す。

この間の盗賊相手には力加減間違えちゃったからな。ここで練習しておこう。

うーんとよし。ラーメン縛りで行くか。

「味噌、ラー、メン！」

私は完璧なタイミングで振り抜いたバットで、風の弾をぶっ叩いた。

豪速で打たれた空気の弾は、チンピラの腹にクリーンヒットする。

「ぐほうっ⁉」

吹っ飛んだチンピラは、道の脇にあった荷物に突っ込んでいき、私はガッツポーズを決めた。

よしっ。今回はきちんと一人だけ吹っ飛ばせた！

意識を失う仲間を見送った残りのチンピラ達は、ぎこちない動きでこちらを向く。

そして、にひゃあと笑う私が複数の風の弾を出現させてバットを構えるのに表情をこわばらせた。

「ね、遊んでくれるんでしょ？　たあっぷり練習台になってね！」

「や、やりやがったな‼」

ようやく我に返って襲いかかってくるチンピラ達に、私はラーメン縛りで千本ノックよろしく空気の弾を叩き込み始めた。

「ネギ、ラー、メン！」

「ぐはあぁ⁉」

「て、てめえ何を」

「塩、ラー、メン！」

「ごふぅう!?」

「しょうゆ、ラー、メン！」

「ひいっ」

あ、ちょっと語呂悪かったな。

「チャー、シュー、メン！」

「ぎゃあ!!」

あーラーメン食べたい。観光地のどこかで食べられないかなあ。アジア文化っぽい国はあるんだけれども遠いんだよね。

しみじみ考えつつ再び空気の弾を用意しようと魔力を練り上げていると、男達が杖《つえ》を、正確には魔法射出できる君を掲げていた。

「てめえらこんな時のための魔法杖《まほうじょう》だぞ！」

「おい、兄貴も同時にやれ！」

口々に言いながら、私に火球を飛ばしてくる。オレンジ色の光が煌々《こうこう》と夜を照らして飛んできた。

まったく。魔法の炎は魔力が切れれば消えるとはいえ、燃え移れば火事になるのに！

ライゼンのほうへ数人走っていったけど、私は目の前の火球に集中した。

タイミングを計ってえ……

「タン、タン、メン！」

ぶん、とミエッカでぶっ叩けば、火球は光を散らして消滅した。

この世界の魔法は同じ質量の魔力をぶつければ相殺《そうさい》することができるのだ。えっへん。

まあタイミングやぶつける魔法の質量を間違えたら暴発して大惨事だけど。私元勇者だし？

「げえええ⁉」

「なんで魔法を消せるんだよ⁉」

いや魔法戦だったら相手の魔法を消すのが常道だし。むしろ相殺《そうさい》の応酬になるし。

私はさらに風の弾をお見舞いしてやろうとしたのだが、こちらに肉薄していたチンピラが剣を振りかぶっていた。

我流だろう剣筋は意外に鋭く、ためらいのなさは、こいつが過ごしてきた環境を感じさせる。

「魔法使いだろうと近づいちまえばこっちのも、の⁉」

「おっそい」

頭に振り下ろされた剣を鉄バットで受け止めた私は、にひゃあと笑って押し返す。

強化魔法も使用済みなもんで、腕力は大の男にも負けないよ？　自分の半分ほどしかない少女に押し返されたことが信じられないのだろう。がら空きになったチンピラの胴に、すかさず鉄バットを振り抜いた。

カッキーン！　とお茶目なミエッカが鳴らす音と共に、チンピラは吹っ飛び地面を転がる。

軽く雷撃も乗っけているから、魔力抵抗の弱い人間ならあっさり意識を刈り取れるのだ。

さてと。ほかの獲物を狩ろうと振り返れば、残ったチンピラ達がひるんでいた。

「魔法使いのくせに長物使えるなんて反則だろう⁉」

「しかもなんで鉄バットなんだよ！」

「こ、こんなガキが……化け物かよ」

失礼なただの通りすがりの美少女なのに。あとチンピラの一人、私もなんで鉄バットなんだと思っているから指摘するな。

チンピラ達にぷくうと頬を膨らませていると、背後で馬のいななきが響いた。見れば、カッシモが乗ってきた馬車につながれた馬が、竿立《さおだ》ちになっている。

素早く御者台《ぎょしゃだい》に飛び乗ったのはライゼンだ。

ライゼンは御者役《ぎょしゃやく》のおっさんが驚いている間に、彼を馬車から蹴落としていた。

すごい、走りかけの馬車に飛び乗るなんて思いきったなあ！

生身で車相手にどうこうするのと一緒だぞ……と思っていたら、馬がさらに暴れ出す。

ライゼンはすかさず御者台《ぎょしゃだい》から飛び降りていたが、座席から身を乗り出していたカッシモは転げ落ちて地面に叩きつけられた。パニックの馬は、馬車をひっつけたまま夜の闇に消えていく。

その場に妙な沈黙が降りる。

ええとつまり、馬達はライゼンが怖くて逃げていった？

私は一体何したんだと訊《き》いてみたかったが、馬に嫌われたライゼンがどことなく寂しそうだったので、口をつぐんだ。

そっか、動物が好きなんだな……

「カッシモさん！」

「お前達、何をしている早く俺を助けろ！」

カッシモが叫んだことで、チンピラが哀愁を漂《ただよ》わせていたライゼンに襲いかかった。

無防備に見えたライゼンは、正面から襲いかかってきた一人の剣を体捌《たいさば》きだけでよける。

そのまま剣で胴を叩き、脇から刺突《しとつ》してきた別の一人の剣を払った。

ギャリン、と耳障《みみざわ》りな金属音が響く。

さらに姿勢を低くしたライゼンは足を繰り出し、男達を軒並《のきな》み地に沈めた。

いや、できるだろうなと思っていたけど、予想以上に鮮やかな手際で、私は思わず見《み》惚《と》れた。

ほんとに拾いもんだったなあ。自分の運の良さを自画自賛しつつ片腕を上げる。

「〝雷撃〟」

一番得意な光系魔法を唱えると、同時に緑の瞳を鋭く光らせたライゼンがこちらに向かってナイフを投げた。

「ぐはあ！」

「ふぐう！」

当たる軌道じゃなかったからよけないでいたら、背後で野太い悲鳴が上がる。

振り返ると、今まさに私へ魔法杖《まほうじょう》を向けようとしていた男が倒れていた。

うん、こいつで最後みたいだ。

対してライゼンの傍《かたわ》らでは、剣を振りかぶろうとしていたカッシモがしびれて倒れ伏している。

ふふふ、ほんとにいい人を味方に付けられた。

にこにこしつつ、私はしびれながらもまだ意識のあるカッシモへ近づいた。

「く、来るなあ、いずれ、ファミリーが復讐に……」

「あ、うん。ぜひ来てほしいからさ、ちょっと案内してよ」

「……は？」

後ずさりながらも意気がっていたカッシモが間抜け面になる。

いやあ、長旅に出るんだったら、身の回りのお掃除はしとかないとね。

「私もさ、後がつっかえてるから、今日中にぶっ潰してあげるね」

にっこりととびきりの笑みを浮かべると、良い具合に風が吹いて銀髪がふわりとなびく。

街灯に照らされて朗《ほが》らかに美少女ムーブを出す私に、カッシモの顔はさあと青ざめたのだった。

☆　☆　☆

早朝の西門が開いてすぐ、門をくぐると門番さんに声をかけられた。

「ほう、傭兵の兄妹か。朝早くからご苦労さん。街は楽しかったかい？」

「とっても楽しかったですっ」

「そうかいそうかい。こんな可愛い妹を持って兄さんは大変だろうが良い旅を！」

そんな風に見送られて街を出たのだが、その直後、慌ただしく兵士が走り込んでくる音を聞いた。

「大変だ、クズッソファミリーの本部が壊滅してるってよ」

「は、奴らと抗争ができるほどの勢力はなかっただろ……」

「しかもファミリーの幹部連中が亀甲縛《きっこうしば》りにされてるらしい！」

「なんだって⁉」

騒然となる兵士達の声に、私とライゼンは示し合わせたように足を速める。

街門が完全に見えなくなったところで、私はふあああと大あくびをした。

「くっそう、ものすごく、眠い……」

「あれだけ大暴れすれば当然だろうな」

にべもないライゼンの言葉に反応する気力もない。

同じだけ動いていたはずの彼はちょっと眠そうなだけだ。これが体力の差か、ちくせう。

でも私だって頑張ったんだよ。あのカッシモに案内させたアジトに風弾を全力で叩き込んで全壊させた後、主要幹部をふん縛って警邏《けいら》隊に匿名でリークしたのだ。

もちろん街への密売網とかの証拠はわかりやすいところにまとめておきましたとも！

チンピラ達を亀甲縛《きっこうしば》りに菱縄縛《ひしなわしば》り、ほかにも抜け出せないようにきっちり縛り上げてやったのはちょっとした遊び心である。

まあさすがにこれだけ騒ぎを起こしたら街にいられないと、さっさととんずらかましたのだった。

おかげで私の懐《ふところ》は超あったかいのだが、ライゼンの呆れた視線がちょっと痛い。むう、まじめだなあ。

「あいつら違法魔法杖《まほうじょう》を密輸入してただけじゃなくて、人身売買までしていたんだぞう。ちょろっとお金をちょろまかしたのだって、賞金首だったんだからささやかな手間賃だもん」

殺さないだけマシと思ってほしいものだ。

カッシモやクズッソファミリーのボスは、ギルドに指名手配の貼り紙があった賞金首だったし。私が貰ったのはその賞金内、しかも持ち運びできるお金だけなんだから良心的でしょ。

後の被害調査に関しては国家の力が必要だからセルヴァに丸投げしたけどな！

まったく、私の国でそんなことする奴がいるなんて……っといけない。できることは全部したんだから、休暇に集中するぞう。

「まあ、賞金首の金を懐《ふところ》に入れたのは納得できなくもないが。記憶を飛ばす必要はあったのか」

「もちろん！　旅にも出ていないのに実家に戻りたくないもん。消した記憶は私達に出会った一日だけだから調査には影響しないしね」

ライゼンに疑問をぶつけられた私は、慌てず騒がず言い返した。

記憶改ざん魔法を使ったのは、私達、主に私のことが誰かに漏れないようにするためだ。相手はあのセルヴァだ。私の捕獲に関しては最強最悪の相手に、用心しすぎることはない。

これだけの騒ぎなら必ず耳に入るんだから、とんずらかましとかなきゃね。

納得したらしいライゼンは少し表情を緩めた。

「それにしても、顔を見た人間を片っ端から飛ばすのは容赦がなかったな。あそこまで行くとすがすがしいくらいだった」

「頑張ったことを褒めてほしいぜ。さあてなるべく距離稼ごっか！」

私はふんす、と胸を張って意気揚々《いきようよう》と歩き始めたのだ。

☆　☆　☆

かつては多くの高貴な人々が行き交っただろうそこは、しかし世界を脅《おびや》かす穢《けが》れた泥、瘴泥《しょうでい》によって見るも無惨《むざん》に破壊されていた。

——絢爛《けんらん》な大広間。

だがそんな風景も、この男の美しさを損なうことはないのだろう。

私の目の前にいるのは、宿敵である魔王だ。

私もボロボロだったけど、こいつのほうがダメージは深刻だった。彼にはもう立つ気力も残されていないらしく、壁を支えに気力だけで意識をつなぎとめているようだ。

あと一押し、聖剣を振り下ろすだけで終わる。

私はこいつを倒すために召喚された。

こいつが憎くてたまらなかった時もあった。どうして私だったんだと叫びたくもなった。

でも私は、熟練の銀細工師が生涯に一度の傑作として技巧を凝《こ》らしたような彼の銀の髪が、指を通すと意外に柔らかいことを知っている。

月の光がそのまま人の形を取ったらこんな風になるんじゃないか、と思わせる怜悧《れいり》で侵しがたい美貌《びぼう》は、小さく笑うとたんにあどけなくなることを知っている。

私が知らなかった感情と一緒に、知ってしまったんだ。

『なあ、グランツ』

そう、呼びかけると、もう指一本動かすことすら億劫《おっくう》だろうに、魔王——グランツは緑柱石のように美しい緑の瞳をわずかに見張った。

ばっかだなあ。合意の上でも自分を殺しかけている女に、そんな顔をするんじゃないよ。

まあでもきっと、私のほうがひどい顔をしているんだろう。

見送る時は穏やかにと決めていたのに、ぐっしゃぐしゃに涙を堪《こら》えて、虚勢を張ってるんだから。

私はこのためだけにここまで来た。今さら剣を振り下ろす手を止める気もない。

これはただの気休めだ、けど最後の最後まで私を想ってくれた彼に対する、せめてものはなむけ。

『また、会えたらさ——』

この世界に私の願いを叶えてくれる神様はいないと知っている。もう諦めた。

ああでも、でもね。魔王。グランツ。願いが叶うなら。

『今度は、のんびり旅がしたいね』

お互いに口にすることを避けていた、次の約束だ。

だからこそ確信がある。きっとこいつも私と同じ想いを抱いてくれていると。

『……ああ、そうだな』

最後にそんな声が聞こえて、やっぱり一緒だったと、ほんの少しだけ笑えた。

☆　☆　☆

目を開けると、すうと、涙が頬を伝っていった。

くあああ、とあくびをかました私は、ぼんやりと夢を反芻《はんすう》する。

「久々に見たなあ……」

もう終わったことだ。今では懐かしさのほうが大きい。それでも十年経ってもなお、胸が締め付けられるような痛みを覚える。

今さら夢を見た理由はわかっていて、自分の未練たらたらさにごろごろしたくなるのを堪《こら》えた。

国の名前に奴の名前を付けたところからして大概だけどさ。

い、いや考え方を変えよう私。いくら待ってもあいつは来なかったから、吹っ切るために一人で楽しんじゃえと思ったんだろ。つまり十年越しの傷心旅行だはっはっは！　……我ながらめちゃくちゃ引きずってるな。

とはいえ、引きずってしまった理由もあるのだ。

私は強制的に勇者になったけど、役目を果たした時の報酬があった。

それは、「なんでも一つ望みが叶うこと」。

条件はこの世界で叶うことだけだから、地球へ帰ることはできない。だからもうどうにでもなれーとお願いしたんだけど、やっぱり殺した相手と旅をしたいなんてだめだったよな。うん。

まあいいんだ、あわよくばって感じで本当に叶うと思って願ったわけじゃないしね。

って、あれ。なんで眠ってたんだっけ？

首をかしげながらもマントの中でみのむしになっていた私は、もそもそと起き上がろうとした。

けど手をついた拍子に銀の髪をびっと押さえ付けてしまう。いひゃい。

痛みを堪《こら》えていると、青年の声が降ってきた。

「大丈夫か」

「だいじょうぶ髪の毛巻き込んじゃっただけ、だし」

ずっとショートだったから、長髪の扱いが頭からすっぽ抜けるんだよな。

反射的に返して顔を上げれば、黒髪に緑の瞳をした青年、ライゼンがいた。

ようやく眠る前の自分がしでかした失態を思い出した私は顔を引きつらせる。

意気揚々《いきようよう》と歩いた私だったが寝不足というのは恐ろしく、数時間もしないうちに瞼《まぶた》が重くなり、最後には眠気を耐えきれなくなって、予定の半分も消化できず森の中で野宿となってしまったのだ。

そして今は仮眠から起きだしたところ。

ううくっそう、アラフォーでも徹夜できるのが自慢だったのに、この体《てい》たらく！　やっぱり子供か、子供だからなのか！

「ごめん、ライゼン。野宿になって」

「不測の事態というものは、いつでもあるものだ」

しょんもりとしながら謝った私だが、火熾《ひおこ》しを始めていたライゼンは大して気にしてない風だ。

当然だが、森の中に街灯はない。完全に日が暮れれば、闇夜に包まれて身動きができなくなる。だから夕暮れ時になった時点で早々に見切りをつけたのだ。

無理はしないほうがいいとライゼンに提案されたし、彼だって私に付き合って徹夜だったのもある。予定的にはゆるっゆるだからなんの問題もない。

たっぷり休息させてもらったおかげで、私は元気万倍だ！

「ライゼン、なんか手伝うことある？　なんでもするよ！」

私がうきうき腕まくりをすれば、ライゼンに珍妙な顔をされた。

「野宿なんて面倒なだけだろうに、妙に楽しそうだな」

「こんな風に野宿するのが久々だからね」

そりゃあ勇者時代みたいに明日には魔物を倒さなきゃ村が全滅するとか、早く魔王のもとへ辿《たど》り着《つ》かなきゃ世界が滅びる、みたいな切迫感がないからさ。

自分で進んでやる野宿だと、何しても自由だから遊びの延長みたいでわくわくするんだよね。

え、昨日今日知り合ったばかりの男と二人っきりなのに良いのかって？　そんなもんアラフォーにもなれば屈託《くったく》なくなるわ。そもそも勇者時代は野郎と雑魚寝《ざこね》だぞ？

さあ、手伝えることがあったら手を出すぞーと構えると、ライゼンは携帯コンロに水筒の水を張った鍋をかけた。

魔法式のコンロに、私は思わずにょっとする。

あー嬉しいなあ。十年前は薪《まき》から火を熾《おこ》して、一日中番をしてなきゃいけなかったんだけど、開発班の努力で、魔力補充式で使えるコンロができたんだよな。おかげさまで料理の幅も広がった上、今では小型化にも成功して旅のお供になっているのだ。

昔と違って快適だぁと思いつつ、ふと気付いた私はライゼンに提案した。

「水筒に水を補充しようか」

「……魔法で生み出した水は時間が経てば消えるぞ」

「大丈夫、大丈夫」

魔力と呼ばれる力を呪文や思念で変換して、事象を再現するというのがこの世界の魔法だ。

けれども魔力を使って起こした現象はあくまで再現。まねっこ。ぶっちゃけると偽物なのである。見て触れられる幻覚だ。だから、炎で燃やすことはできても魔力が尽きれば消えてしまうし、魔法で生み出した水も時間が経てば消えてしまう。

とある魔法使いが、魔法で生み出した水を飲んで砂漠を越えようとしたのだけど、魔力が尽きた瞬間、体内から水が消えて干からびかけたっていうホラーな話すらある。

それをライゼンは知っているんだろうな。心配そうにしていたけれども、水筒を受け取った私は、魔力を水筒内部に集中させて魔法を繰った。

「〝氷結〟のちに〝加熱〟」

ぱきん、と音をさせて水筒一杯に氷が生まれ、その次の瞬間、熱で溶けて水に変わった。

「魔法の氷でも、溶かせばただの水だからね」

魔法の炎で燃えた物が直らないのと一緒で、さらに手が加えられれば物質としてとどまるのだ。ナキだったら目をキラキラさせて詳しいところを教えてくれるだろうけど、要は「魔法の水は消えるけど、魔法の氷を溶かせばただの水」ってわかってりゃいいんだ。

まあ、魔法が使える人が限られているから、大したライフハックじゃないんだけどね。

私が満杯になった水筒をライゼンに差し出すと、受け取った彼はもの言いたげな眼差《まなざ》しになる。

「何よその含みある感じ」

「改めて見るとずいぶんでたらめな技術だな、と。精霊に愛される魔法使いなんてなかなかいないぞ」

「あれ、あんた精霊見えるの？」

確かにめっちゃ好かれているけど、そんなの見えない人にはわからないのに。

精霊は本当に好きな人にしか姿を見せないものなのできょとんとしていると、ライゼンはあっさりと返した。

「多少は気配を感じられる。何せこの目だからな」

指し示された緑の瞳に、私はすんなり納得した。精霊は綺麗なものが大好きだ。顔かたちだけじゃなくて、髪だったり瞳だったりを気に入って付きまとう精霊も多い。ライゼンほど鮮やかで深い緑色の瞳だったら抜群に愛されるはずだ。

「話は戻すが、魔法の上に剣まで使えるのは破格だろう」

「うーん。でもそれがなきゃここで生きてこられなかったからね」

勇者に求められる実力やら実績の際限のなさときたら笑えるくらいだった。

この世界、沢山神様がいるのにね。

万能の神様並に求められるもんだから、途中から開き直ってほどほどにごまかしたりごまかさなかったりしたもんだ。

まあともかく、今の私は十歳児になっているとはいえ、人の数十倍ある魔力で大方の魔法は使えるし、剣も振るえる。あ、治癒魔法は無理だけど。

それはともかく、私は彼に訊《き》いてみたいことがあったんだった。

「ねえ、どうしてグランツだったの？」

ぐふっという声すら聞こえてきそうな勢いで、何故かライゼンが固まった。

そうして、ぎぎぎっときしむような動きでこちらを見る。

一体全体、何があったし。変なことを言ったか？　と自分の発言を顧《かえり》みて、あ、そっかと気付く。

「ごめん、言葉が足りなかったわ。いや旅慣れた雰囲気からして拠点を探して旅してるのかなって思ったからさ。もしグランツで活動する気だったのなら悪かったなと」

するとライゼンは深ーく息をついた。ものすごく安堵《あんど》されているようだが、どうした。

「……一度、グランツを訪れてみたかったんだ。目的は果たしたから仕事を受けようと考えていたところで、君に出会った」

「もしかして、私の依頼を引き受けてくれたのって、観光の延長線？」

「まあ、なくはない」

だから旅の道連れだったんだな、一つ謎が解けた。なら遠慮なく今後について話そうじゃないか。

私はごそごそと自分の鞄《かばん》をあさりながら続ける。

「今後は魔法が使える私があんたの援護、ってパターンが良いかな。一応剣も使えるけども」

「戦闘面はすべて俺に任せるという選択肢は」

「ない！」

「君が言うお忍び旅行を完遂《かんすい》するのなら、それが一番なんだが。俺は頼りにならないか」

火の加減を見つつ強固に提案してくるライゼンに、何を言うんだと私は笑った。

「背中を預けられる相手だって昨夜で十分わかったよ。だからこそこれから相棒になるのに、一方的に任せるのは私が嫌なんだ」

私のわがままでもある。だけどもちょっと心配になって続ける。

「この外見で呵責《かしゃく》を感じているんならやめてよ。それともあんたにとって私は頼りなかったかな」

私はあの大立ち回りでライゼンを頼れると思ったんだが、独りよがりだっただろうか。これから少なくない時間を一緒に過ごすのだし、そこらへんの認識はお互いに明確にしときたい。

いやでもちょっとこれで子供扱いされたらショックだな……

じっと見つめていれば、ライゼンがかすかに息を呑んだような気がした。

「……俺は、一度も君が外見通りの人間に思えたことはない」

「そっか」

言いにくそうではあるものの、彼の緑の瞳は真摯《しんし》だったので良いことにする。

だがしかし。ライゼンは真顔で忠告してきたのだ。

「せめて魔法は人目に付かないところで使ってくれ。あとは賞金首狩りはまっとうな稼ぎ方とは言えないからやめるべきだ」

「えー楽ちんなのにー」

「祈里」

「……善処するー」

念を押されてしぶしぶ返した私は、鞄《かばん》から目的のものを取り出して火の側のライゼンへ近づいた。

「さて、ご飯の準備でしょ、私やるよ！」

「いや、準備というほどでは。でりしゃすディナーシリーズがあるからな」

彼が袋から取り出したのは、手のひら大の塊《かたまり》だ。紙の外袋にはデフォルメされた獣族の女の子が可愛く舌を出したイラストがあしらわれている。

「でりしゃすディナーシリーズじゃないかー！

くそう。それはうちの将軍のムザカが犬猿の仲のはずのエルフの商人と組んで開発した、「水に入れたらすぐご飯！」のでりしゃすディナーシリーズじゃないかー！

要は地球でいうフリーズドライ製法で作られたそれは、各種の味が準備されているのだ。さらにめんどくさがりさんのために、水で戻せばすぐ食べられるパスタシリーズもあるんだぞ。

仲間達は野宿でご飯がめちゃくちゃ大事だと気付いたとかで、魔法と錬金術を駆使して開発したとか言っていたけど。

「行軍食として最高だろう？」とムザカはどや顔かましていたが、私は知っている。

私に料理をさせたくないばかりに、確実にご飯をおいしく食べられる手段を作り上げたのを！

「グランツはこれが手に入りやすいから助かる」

テンションがだだ下がる私とは裏腹に嬉しそうなライゼンは、紙のパッケージから塊《かたまり》を取り出して湯気《ゆげ》の立った鍋の中に放り込む。

あっという間においしそうなブラウンシチューの匂いが広がり、ふわふわと野菜と肉が浮かぶスープができあがっていた。

うう、開発中に散々味見させられただけに私好みで普通においしいんだよなあ。

「だからな、パン以外の飴玉《あめだま》とチョコレートと謎の薬剤は下ろせ」

くつくつと煮えるスープの具合を確かめながらライゼンが真顔で迫るのに、私は抱えていた特製料理セットを抱きしめた。

「料理させてくれたっていいじゃないかあ。けっこう好きなんだよ」

「好きと食べられるものを作れるは違う。今持っている中にパン以外のまともな食材がない時点でアウトだ」

そりゃあ、OL時代はコンビニ弁当とスーパーのお総菜がジャスティスだったけれども、勇者の時はなんでもかんでも分担制だったから、ちゃんと料理するようになったんだぞう。

ただ、私が気合を入れて料理を作った時は、みんな青ざめた顔をしていたけど。

「これこそ適材適所を守るべきだと思う」

「んじゃあ、夜の見張り当番は折半するよね。それこそお互いきちんと休んだほうが良いし」

「まあ、この辺りは安全だと聞いているが、用心に越したことはないしな」

「……そこにさ、栄養剤入れたら完全食に」

「器《うつわ》を寄越せ」

有無《うむ》を言わさず皿を要求してきたライゼンに、私は唇を尖らせながらも真新しいお皿を差し出した。これも街で私が買ったやつだ。

注がれたスープが、ほかほかと立ち上る湯気《ゆげ》と共にブラウンシチューの濃厚な香りを運んでくる。味は将軍と商人の努力の甲斐《かい》あって、普通に作ったのとまったく変わらなかった。

さらにほんのりと冷えこんだ気候とも相まって、一口啜《すす》ったとたん体に沁みわたるような温かさが広がり、じゃがいもやにんじんといった野菜の食感も楽しく、おいしさの一部になっている。じゃがいももにんじんも、地球と生えてる形は違うけどね。

そこに日持ちがするように堅めに焼かれたパンを浸《ひた》して口に放り込めば、パンに沁み込んだスープがじゅわっと広がる。私は至福のため息をついた。

「はあ、幸せ……」

城で食べていたのは、完全に栄養が管理された毎日違うおいしい献立だった。

それ自体は文句ない。だって食べたいものがあった時はちゃんとメニュー変更してくれたし。

けれどもこのシンプルな感じがむしろ懐かしくて、満たされた気分になったのだ。

「何も入れなくったって、十分おいしいだろう」

それをどう解釈したのか、したり顔になったライゼンがスプーンをくわえて言った。

むう、でもここに何かしら入れたほうが一度にご飯が済んで得だと思うんだけど黙っておこう。

パンでお皿を綺麗にする勢いでスープを食べつつ、私は先に宣言しといた。

「皿洗いはやる」

「頼んだ」

そこは素直なライゼンだった。

私が使ったお皿を魔法で生み出した水で洗っていると、彼があくびをかみ殺していた。

「私は先に寝たから、ライゼンは寝て良いよ」

「助かる。四時間経ったら起こしてくれ。お茶は適当に淹《い》れてくれてかまわない」

「ありがと」

素直に自分のマントにくるまって枯れ葉に寝転がるライゼンにほっとしつつ、私もマントにくるまって火の前に座る。

洗った鍋に水を張ってお湯が沸くのを待つ間、何気なく空を仰《あお》いで。一時、言葉を忘れた。

暗い森の葉が重なる間に見えるのは、満天の星空だ。

今は春から初夏にかけての爽《さわ》やかな気候だ。ほんのちょっぴり柔らかい気がする夜の闇を埋め尽くすように星々が瞬《またた》いている。風が吹くたびに梢《こずえ》がざわざわと鳴り響き、虫の羽音や夜行性の鳥のさえずりも少しうるさいくらいだ。

ああでも、ここは城じゃないんだ。外なんだ。

「ねえライゼン。私、本当に旅に出るんだね」

ソリッドの宿では自分が子供扱いされっぱなしで、それどころじゃなかったから。

今さら実感が湧いてきた私がほろりとこぼすと、横になっていたはずのライゼンが応じてくれた。

「怖くなったか」

「ううん、始まるんだあ、って思ったら嬉しくなっちゃってさ」

こちらに顔を向けて横になっていた彼の緑の瞳が、ほんのりと和《なご》む。

「これから長い。ゆっくりと楽しめばいいだろう」

「うん。あんたと一緒にね」

お茶の香りに包まれつつ、いつまでもいつまでも夜空を眺めていた私には、くるりと背を向けたライゼンの表情なんてわかるわけもなく。

「それを、今言うか……」

ライゼンが、顔を赤らめながら密《ひそ》かにため息をついていたことなんて気付かなかった。

こうして私のお忍び旅は、一人の協力者を得たことでようやく滑り出したのだ。

閑話　一方その頃宰相殿は。　その二

グランツの勇者王である祈里がいなくなって数日。

国家の中枢となっている王城は、大きな混乱もなく驚くほど落ち着いていた。

この国は立憲君主制から合議制に移行することを前提に組織が組まれており、各省に裁量が分散されていたために、王が不在でも通常業務は滞《とどこお》りなく進んでいたのだ。

また数年前まで彼女が視察と称して方々を出歩くことは珍しくなく、関係者全員が「王がいない状況」に慣れきっていること。さらに幸か不幸か、今回はセルヴァが祈里を休ませようと予定を調整していたため、影響は最小限にとどめられていた。

とはいえ、いつまでも不在で問題が出てこないわけがなく、さらに言えばその皺寄《しわよ》せはすべて宰相であるセルヴァにくる。一刻も早く、彼女の居場所をつかまなければならなかった。

目立つ彼女のこと、網を張れば簡単に見つかると考えていたセルヴァだったが、数日たった今でもまったく足取りがつかめていなかった。

祈里は思いつきで突っ走る傾向があるが、無策で動く人間ではない。直感の中にも様々な思考と推察を重ねた結果の行動が多い。……八割方、ではあるが。

捜索の範囲の指示を出しながらも、セルヴァは何かがかみ合っていないと感じていた。目覚めたナキ・カイーブに問いただしたところ、案の定「実年齢にモドール」は魂《たましい》に刻まれた年齢に合わせて肉体年齢を調整するという、超絶技巧もはなはだしい術式が組まれていたらしい。

その才能をいかんなく発揮した彼女が開発した魔法薬は、完璧に狙った効力を発揮する。

今回のケースでは体に負担をかけないためにゆっくり作用するよう仕組んだらしく、酒盛り中に摂取した魔法薬は深夜に効力を発揮。その後、祈里は休暇を思い立ったのだろうと推察された。

滂沱《ぼうだ》の涙を流すナキ・カイーブには、ひとまず魔法薬に使った技術のリストアップを頼み、セルヴァは一ヶ月は王がいなくても問題ないよう各所の調整を行った。

だが、そういう時に限って問題案件というものはやってくるもので。

セルヴァが執務室で案件をさばいていると、傍若無人《ぼうじゃくぶじん》な男が訪ねてきた。

「おうい、セル坊。生きてっか」

年は、五十を過ぎた頃。規律はどこかに置いてきたと言わんばかりに軍服を肩に引っかけるその男は、この国の将軍ムザカ・ケニストだった。

筋骨隆々《きんこつりゅうりゅう》とした体格と、荒削りな岩みたいな顔立ちをした彼の強面《こわもて》は、子供や一般女性に遠巻きにされそうなものだ。しかし意外にも子供達のヒーローとして人気が高い。

唐突な大物の登場に執務室は騒然となる。先ぶれくらい寄越せと心の中で愚痴《ぐち》りつつ部下達を落ち着かせたセルヴァは、ムザカを別室へ誘導した。

「なんですか急に」

迷惑だという感情を隠そうともしないセルヴァに、ムザカは飄々《ひょうひょう》と応じた。

「いやあ、なんか面白そうなことになってると聞いてよ。陣中見舞いだ」

ムザカが巌《いわお》を思わせる顔に笑みを浮かべると、一気に人なつっこくなる。

この気さくな態度と顔のギャップが、慕われる理由の一つなのだろうとセルヴァは推察していたが、いかんせん、ムザカには人の苦労を面白がる悪癖があった。

眉間に皺《しわ》を寄せるセルヴァをことあるごとにからかってくるのは、魔王討伐時代も今も変わらない。その情熱を職務に発揮してほしいと常々思う。

「特に用がないのでしたらとっとと仕事に戻ってください。暇じゃないでしょう」

「うちの副官がやたらと優秀だからな、俺の出番はねえんだよ。……イノリはまだ捕まんねえか」

「音沙汰なしです。そろそろ目撃情報があっても良いのですが」

「あいつのことだ、楽しくやってるんじゃねえか」

「楽しくやってる分、私の仕事が増えるんですよ」

恨めしく眉間に皺《しわ》を寄せるセルヴァに、ムザカは小脇に抱えていた書類を無造作に差し出した。

「そんな傷心のセル坊に、ちょいと興味がありそうな案件を持ってきてやったぜ」

これが本題だったかと気付いたセルヴァは、くいと眼鏡のずれを直すと素早く書類をめくる。

ざっと流し読みをする傍《かたわ》らで、ムザカが顔を引きつらせていた。

「はっや、お前の読む速度はっや」

「この程度は文官としての嗜《たしな》みです。……ソリッドに進出してきた新興犯罪組織についてですか」

セルヴァは、何故わざわざ将軍であるムザカが訪ねてきたのか理解した。

ソリッドは隣国に近い交易都市であることから、多くの外国人が出入りし金も集まる。

そのため密輸入業者や盗賊などの犯罪者も集まってくるのだ。故《ゆえ》に、特別指定都市であるソリッドからの増援要請は速やかに受理されることになっていた。

そしてセルヴァが先ほどまで処理をしていたのも、ソリッドに送った増援についてだった。

「未成年の子女……特に見目麗《うるわ》しい少年少女を中心に誘拐、国外に送っていたと見られる。グランツでまだこの手の犯罪をしでかす気概を持った輩《やから》がいるとは、驚きですね」

この国で子女誘拐および人身売買は極刑である。さらに祈里の方針から奴隷制度すら撤廃していて、それに関わる犯罪組織は徹底的に潰されていた。

だがこのような存在はいくらでも湧いてくるものらしい。何よりグランツは諸外国に例を見ない多種族国家だ。表現は悪いが金になる「珍しい」種族が住んでることも、一向に犯罪組織の侵入が減らない理由だった。

「少々悔しいですがイノリがいなくて良かったかもしれないと、思っていたところでした」

「だな。イノリなら一人で突っ走って壊滅させちまう。そういう時のために俺がいるのによ」

「あなたも嬉々として乗り込むでしょうが。数年前のシンジケートの掃討忘れていませんよ」

「そんなもん覚えてねえや」

肩をすくめたムザカに、セルヴァは少し苦笑した。

この男もまた、祈里同様、人身売買や奴隷商人を蛇蝎《だかつ》のごとく憎んでいる。

過去を多く語らない男だが、家族がいないこと。そして傭兵として第一線に立ち続ける中、環境故《ゆえ》に裏の道へ転がり落ちそうになる子供達を導き続けていたことからして、理由の想像はつく。

建国した当初、祈里とムザカがそれぞれ聖剣と戦斧を担《かつ》いで犯罪組織を叩き潰していったのは、仲間内だけでなく国中で語り草になったほどだ。

しかし、セルヴァはこれをムザカが持ってきたということに嫌な予感を覚える。

「まさか乗り込んだわけじゃないでしょうね。ルーマ帝国の残党が騒がしい中で軽率な行動は」

「いや行こうと思ってたんだが、終わっちまっててよ」

「やはりあなたは……と、終わった？」

案の定な答えに、げんなりとしたセルヴァだったが、続けられた言葉に違和感を覚える。

セルヴァがソリッドの案件に目を通したのはつい数日前だ。資料を見る限り組織は急速に成長し、かなりの規模となっていると記載されていた。根こそぎ検挙するには数ヶ月単位でかかるはず。

「ああ、これから報告が上がってくるだろうがな。数日前にソリッドにあった組織本部が襲撃されて全壊したんだわ。しかも幹部連中は壊れた本部の前でふん縛られて曝《さら》されていたってよ」

「ソリッド内で対立組織との抗争でもあったんですか」

「いんや、一強だったらしいぜ」

それは、ますます奇妙だ。

ぐ、と眼鏡の奥の目を細めたセルヴァは即座に方針をまとめた。

「すぐに確認します。それほどの勢力を制圧できる新たな組織ができているのであれば、一都市だけでは済みません。把握しておかねば」

「まあ逸《はや》るなって、ここからが大事なんだからよ」

新たな仕事が増えたセルヴァが部屋を出ようとすれば、肩に手をかけられ止められた。

ムザカはまるで新しいおもちゃを見つけた悪童のような表情で笑っている。

「曝《さら》されている奴ら、何故か本部が潰されたその日分の記憶がごっそり抜けているんだわ。おかげで実行犯はわからず仕舞いだが、余罪の尋問には支障はねえから地元の警邏《けいら》隊は気炎を吐いているらしいぞ」

ムザカの言葉に、肩の手を無造作に払おうとしたセルヴァは止まった。それがわかっていたのか、ムザカはにやりと唇の端を上げる。

「まるでシスティの記憶改ざん魔法みたいだと思わねえか？」

システィ、それは以前は暗殺者として闇に生き、現在はグランツの諜報組織を束ねる才女だ。

彼女の扱う特殊な魔法の中には一定期間の記憶を改ざんするものがあり、それは祈里がルーマ帝国打倒の際、好んで使っていた魔法でもある。

祈里曰《いわ》く、口封じのために殺さなくて済むから。だそうだ。

祈里はその育った環境のせいか、人の殺生を好まない。いざという時は割り切る度量を持っているが、それでも極力避けるための手間を惜しまない人間だった。

殺さずに運を天に任せるような今回のやり口は、ますます彼女を思い起こさせる。

「さらに組織が壊滅した夜にはバットがボールを叩く音がしたって噂《うわさ》もある」

ごく気軽なムザカの言葉に、セルヴァは顔を引きつらせた。

グランツで専用の試合会場まである人気ぶりを見せる「野球」は、元からこの世界にあった遊戯《ゆうぎ》のルールが祈里によって整備されたものだ。野球に使う道具をこの国の人間なら誰でも知っている。

ここまで揃ってしまえば、もはや浮かぶのはただ一人だ。

黒髪の少年のような女の高笑いが聞こえてくるようだった。

「あの王は一体何をしているんですか！」

「まあ、不意の襲撃のせいで、奴ら証拠を隠す暇もなかったってもんで、帳簿から何から全部残っているらしい。遠からず摘発の嵐になる。ソリッドはすっきりするだろうな」

ムザカの言葉にセルヴァは言葉を呑み込むしかない。

組織は大勢の人間を動かすために小回りが利かず、後手に回ってしまうことも否めない。

彼女はそれを熟知しており、独断専行で組織の動きに影響しないように立ち回るのが非常にうまかった。だが、細かいフォローを丸投げされるセルヴァとしては堪《たま》ったものではない。

セルヴァは目を据《す》わらせて思考する。

ソリッドは交易都市である。グランツでも端のほうに位置する地域だ。

それが、意味することは。

「国外に出る可能性が濃厚ですね。直ちに国境へ通達を出して網を張ります」

「まあ、これだけ引っかからねえってことは、嬢ちゃんも何か手を打ってるんだろうがな」

ムザカが何かを要求するように出してきた手を、セルヴァはじっとりと睨《にら》んだ。

「情報の礼ぐらいあったって良いだろう。エルフ領産の二百年物ワイン二本で勘弁してやらあ」

「国難に立ち向かう臣下としては通常業務の範疇《はんちゅう》でしょう」

「いや俺困ってねえし。セルヴァも大して困ってねえだろ」

「現在進行形で困っています」

真顔でぴしゃりと言い放ったセルヴァは、さらに言い募《つの》る。

「それにそのワインでしたら、シアンテさんに頼めば良いでしょう。あなたの稼ぎなら」

「あいつに頼むぐらいだったらてめえにたかる」

セルヴァの言葉をかき消すように重ねたムザカに、セルヴァはため息をついた。

ムザカと、エルフ族の商人であるシアンテは驚くほど仲が悪い。あのでりしゃすディナーシリーズを作れたことが奇跡だったのだ。

利害が一致したとはいえ、二人の協力体制を可能にしたのはこの国の王である祈里の存在だ。

その飄々《ひょうひょう》とした態度や不思議な人なつっこさで周囲を引きつけ、相手の懐《ふところ》に入り込み、時に鼓舞し時にいたわり。その結果、勇者としてだけでなく彼女を人として慕う者が続々と集まった。

魔王が討伐された直後の動乱期に建国できたのは、彼女が王として立ったからだ。参謀としてその選択をしたことを、セルヴァは後悔していない。だが少しだけ申し訳なさを覚えることはある。彼女があまりにも物わかりがいいから。

「とりあえず、そこそこ高いので一本にしてください」

「しかたねえなあ。お前んところのガキに免じて勘弁してやらあ」

偉そうではあるものの、引き下がったムザカにため息をついたセルヴァは、非常に不本意だが、祈里が不在でもさらに一ヶ月が過ごせるよう、調整を改めることにしたのだった。

第二章　水月花《すいげっか》編

その一　羊飼いさんちの晩ご飯。

ソリッドを発って数日、せっせと歩いていた私達はレイノルズ自治区に入っていた。

関所？　おにーちゃん大好きっ子になって乗り越えましたが何か。

レイノルズ自治区は、王都から東に行ったところにある地方だ。気候が温暖で平地も多く農業と酪農が盛んで、おいしいモノが沢山ある。

そうやって農地を確保している関係上、街と街の間隔が開いていて、今目の前には海外で見る「ザ田舎《いなか》！」っていうのがぴったりくる風景が広がっていた。

なだらかな丘に広がる原っぱの真ん中を歩くのは、大変すがすがしいのだが。

「うぎゃう、足いたい……」

私は絶賛筋肉痛に苦しんでいた。

いや、アラサーだった頃は筋肉痛は一日とか二日後だったからさ、若いうちは下手するとその日のうちにくるなんてことを忘れていたんだ。さらにこうして毎日歩き始めてからは強化魔法で鍛練《たんれん》状態にしていたせいで、常時筋肉痛な、どこのマゾかな？　という状態に陥《おちい》っていた。

まあ、お子様らしく回復も早いんだけどね。

大人の体のペースで歩いて撃沈し、休暇中に何してんだろと我に返ってからは控えめに歩いていたのだが、うっかり休憩を忘れては足の痛さに悩まされているのだった。

自覚できるくらい日に日に体力がついているのを、喜べばいいのか悪いのか。

「そろそろ昼時だし、休憩にするか」

隣を歩くライゼンに気遣われた私は、すぐにでも頷《うなず》きたい気分だったけども首を横に振った。

「でもさあ、降り出してきそうな空模様だし、なるべく街に近づいておきたくない？」

空を見上げれば、どんよりとした雲が目立ち始めていた。

旅にはつきもの、天候の変化である。

湿った空気も流れてきているし、雨の前特有の水の匂いもする。降るのは時間の問題だろう。

見渡す限り草原の丘が広がっているため雨宿りは期待できないし、初夏に差しかかっていてもまだ少し空気が冷たい季節でもある。雨で体を冷やすのはやめておきたい。

旅慣れているライゼンは、緑の目を細めて考え込んでいた。

「確かにそうなんだが、君が歩けなくなるのも困る。目標の街まで数時間はあるからな」

「うーん。それを言われると弱い」

魔法で雨避けの方法もなくはないけど、地味に面倒くさいんだよなあ。細かい制御は苦手なんだ。

しょうがない。ペースが格段に落ちているし、思いきって休ませてもらうか。

そう言おうとしたところで、動物の鳴き声が聞こえた。

およ、と思っていると、丘の向こうからどどどと土埃《つちぼこり》を立ててやってくる集団が見える。

「羊の群れ？」

こちらの世界の羊は、若干大きいくらいで地球とあまり変わらない。白っぽい毛並みでころころとした形が可愛い姿の草食動物だ。

もちろんファンタジックな植物や生物も剣と魔法の世界らしくいるんだけれども、地球と似た動植物も多い。でなかったら私、勇者時代に心が折れてたわはっはっは！

いや、でも羊は野生生物じゃないし、どこかから逃げ出してきたのかな。

……ってあれ、このコースやばくない？

「羊飼いからはぐれたみたいだな」

ライゼンはのんきだけど、羊の群れはこっちに向かってきてるんですけどお⁉

このだだっ広い平原で避けるには、全速力で走るしかないんだけども。足痛い。

これは、あふれる勇者パワーを解放する時か……？

身構えた私だったが、怒濤《どとう》の羊の群れは急ブレーキをかけたのだ。こう、いきなり天敵を見つけたみたいな顔で。

「ベエエエエ！！！？」

「へ？」

先頭の羊が止まったとたん、玉突き事故でも起こしたみたいにばたばたと止まっていく。羊団子が膨らんでいくのに唖然としながら、私は後ろを振り向いた。

天敵はいない。ただしライゼンが死んだ目でいる。

そういえばソリッドで組織を撲滅《ぼくめつ》した時も、馬にめちゃくちゃ怖がられていたな……？

「あんたどれだけ動物に嫌われてんの」

「……返す言葉もない」

それだけ寂しそうに肩を落とすくらいだから、動物、結構好きなんだろうなあ。

だけども身を寄せ合ってぷるぷる震える羊達を前にしては、何も言えなかった。

ただ危機は去ったとはいえ、この羊達がどこから来たのかという疑問はなくならないわけだが。

羊飼いはどこだろうと探す前に、丘の向こうで魔法の光が散った。

同時にかすかな悲鳴も。

明らかに誰かが戦っていた。

「ライゼン、見に行くよっ！」

「待つ……わけがないな」

全身に強化魔法をかけて加速した私は、ライゼンの声を背中で聞いた。

強化魔法発動中は筋肉痛も忘れられる。あはは、これも筋肉痛増加の原因なんだけどねぇ！

駆け抜けて一気に丘を越えた先では、見上げるほど大きな狼と杖《つえ》を構える女の子がいた。

十六、七歳くらいの女の子は逃げ遅れたらしい羊を背にかばっているから羊飼いだろう。その前には相棒らしい牧羊犬が狼に唸《うな》り声を上げている。

狼の体高は対峙している女の子の身長並にあり、頭頂部には一本の角が生えていた。

「風狼《ふうろう》か！」

風狼は魔法を使う狼で、風魔法を巧みに使って一頭でも狩りをしちゃう魔物なのだ。

「はうわあー羊さん達逃げてくださぁい」

女の子の悲鳴はどうにも切迫感がなかったけども、たぶんどころじゃなく必死なのだろう。

彼女は、のんびりとした声に反して緊迫した雰囲気で、先にベルが下げられた杖《つえ》を振るった。

「〝羊飼いの守護神たるレントに乞い願う、我らの安寧を……〟きゃあ⁉」

女の子が魔法を使いかけた瞬間、風狼が角を振るう。とたん巻き起こった暴風に、彼女は吹き飛ばされてしまった。

すかさず風狼が足に風をまとわせて一気に羊へ襲いかかる。

羊は恐怖でその場から動けない。風狼は獲物を狩れたと確信したことだろう。

でもねえ！

「〝風よ〟！」

私の一声で、風狼に強力な暴風が襲いかかった。

いきなり吹いた風に足をとられた風狼は、つんのめって羊の群れに突っ込む。

羊はべえべえ鳴きながら散っていった。

へっへっへ。風狼の魔法より私の魔法のほうが格は上だ。相殺も上書きもちょろいちょろい。

にんまりと笑った私は、呆然とへたり込む女の子に近づいた。

「大丈夫？　怪我はない？」

「はいーでもぉー、うしろーー！」

彼女としては精一杯緊迫した声で警告をしてくれるが。

振り向くと、明らかに怒っている風狼がターゲットを変えて私に襲いかかろうとしていた。

けれども、ライゼンが追いついている。

すでに剣を抜いていた彼は、迷わず風狼の首へと振り下ろした。

ざん、と見事に首を切り落とされ、風狼はその場に倒れ込んだ。

念のために用意していた魔法を消した私は、ライゼンに駆け寄る。

「お疲れ様、ライゼン。すごいね、一太刀《ひとたち》で切り落とすなんて」

「こつと魔法があれば大体できるさ。今回は不意を打てたしな」

いやいや無理だから。私もやってやれないことはないけど、わりと強引な力押しになるもん。

凄《すご》みのある切り口を横目に見つつ、改めてライゼンの実力に感心していたのだけど。

「はわわわ……血が、風狼が……」

青ざめた女の子が牧羊犬に抱き着いて震えているのを見て、私ははたりと今の状況を顧《かえり》みた。

血に濡れた剣を適当に拭《ぬぐ》っているライゼンに、後ろにはでっかい狼の死体と生首だ。

勇者時代からこんなの毎日やってたから慣れきってたけど、お嬢さんの反応が普通なのでは？

私は神妙な顔でライゼンを見上げた。

「ねえ、これ私もふらっと血の気を引かせて倒れたほうがいいやつ？」

「言ってる時点でもう遅い」

両断された。

えー、儚《はかな》い系美少女を目指す身としてはそれっぽいことをしたほうが良いと思っただけなのにー。

というか、強化魔法が切れて筋肉痛がぶり返してきた。

「あし、痛い……」

「無理するからだ」

「そんなこと言わないでよう、人助けだったんだしさ」

さすがに耐えきれずその場にへたり込んでいると、青ざめていた女の子がそっと手を上げた。

「あのう、よかったら、わたしの家にいらっしゃいませんかぁ」

なんですと。振り仰《あお》ぐ私に、きゅ、と杖《つえ》を握りしめて女の子はさらに言い募《つの》る。

「旅人さんですよねぇ。そろそろ雨も降りますし、わたしの家なら降る前に着けると思いますよぉ」

「いいの⁉」

「はいー。助けてくださったお礼がしたいのでー。良ければそのままお泊まりも。あ、あとあと危ないところをーありがとうございましたぁ」

ぺこり、と頭を下げた彼女のおずおずとした申し出は、渡りに船としか言いようがない。

うきうきとライゼンを見上げると、彼はため息をついた。

「羊飼いである君が言うのなら、雨は降るんだろう。妹も休ませたいしお言葉に甘えたい」

「はいー明日にはやむと思うのでー」

ほっとした顔をする娘さんが、早速歩き出そうとする。だけどライゼンが真顔で言った。

「だが、それよりも君。羊は回収しなくて良いのか」

あ、そういえばさっきまでいた羊がどこにも見えない。ライゼンが止めた羊もそのまんまだし。

きょとんとしていた女の子は、見る間にそばかすの散った顔を青ざめさせた。

「は、はわわわ、羊さーん！　アッシュっ追いかけてー！」

だ、大丈夫かなあ。

女の子が大慌てで羊を追いかけに行くのを、私達も追ったのだった。

☆　☆　☆

羊飼いの女の子はムートと名乗った。ちなみに羊は彼女の相棒である牧羊犬、アッシュが集めてくれていて無事である。

彼女はアラフォーの私からすれば女の子だが、この世界では十分大人として扱われる年だ。そばかすの散った顔に、明るい色の髪を低い位置で二つに結んだ姿がなんとものどかで可愛い子だった。

そんな彼女の案内で草原を歩いて約一時間。

辿《たど》り着《つ》いたムートの家は、石造りの壁にレンガ色の瓦《かわら》が乗った可愛らしい家だった。

荷物を下ろしたとたん、雨がざんざか降ってきた時はほっとしたよね。

家は広々とした一室に、台所と食堂と居間の機能が集まっていて、田舎《いなか》では典型的なつくりだ。

そこに落ち着いた私達は、ムートに夕飯をごちそうになっていた。

魔法灯のおかげで煌々《こうこう》と明るい居間にあるテーブルに、ムートが大鍋を持ってくる。

彼女がお皿によそってくれたのは、ほかほかと湯気《ゆげ》が立つソーセージと野菜のスープだ。

お皿の底が見えるくらい澄んだスープの中でお肉と野菜がごろごろしているのはもう、ダイレクトに食欲がそそられる。香草を使ってるのかすごく爽《さわ》やかな匂いもするし。

さらにね、さらにね、食べやすく薄く切り分けられたパンの隣にはチーズの塊《かたまり》があったのだ！

シンプルでいながら、これ以上完璧なものはない組み合わせなのである。

「ではどうぞぉ。好きなだけ食べてくださいねぇ」

「いただきます！」

喜び勇んでスプーンを取った私は、スープを口に運んだ。

予想通り、野菜と肉のうまみが溶け込んだ素朴で優しい味わいだった。橙色《だいだいいろ》をしたにんじんはスプーンで簡単に切り分けられる柔らかさで、かめばにんじんの甘さと一緒にスープがじゅわっと口に広がる。ソーセージは歯を立てるとパリッと皮がはじけ、うまみがあふれ出した。雨が降っていることで冷えている体には、この温かさもごちそうだ。

あああ、ざ・家庭の味！　何年ぶりかなぁ。

ほっぺたが落っこちそうな気分で頬に手を当ててもだえつつ、スライスされた褐色《かっしょく》のパンに黄色のチーズをのっけてかぶりつく。癖がありながらも味わい深くて、いくらでも食べられそうだ。

「おいしー！」

「えへへ、チーズはうちの子達の乳で作ったから、うれしいですぅ」

「ムートこんなに、もぐ、おいしいチーズが、もぐ、作れるなんて、まぐ、すごーい！」

「祈里、食べるか褒めるかどっちかにしろ」

ライゼンにたしなめられたので、私はもぐもぐするほうに集中する。

ふへへへ、幸せで顔が緩むぜ。

にへにへしつつスープを食べるという忙しいことをしていたのだが、ふとムートのそばかすの散った顔が朱に染まっているのに気が付いた。

「イノリちゃん可愛い子ですねぇ。ライゼンさん」

「妹だとよくわからないな」

「可愛いですよー。こんな綺麗なお姫様みたいな子、初めて見ましたしー」

「どうだろうか」

照れたように笑うムートの横で首をかしげるライゼンに、私は超速で殺気を飛ばしてやった。

可愛いだろこら。

しかしちょうど目に入った彼のスープ皿を見て愕然《がくぜん》とする。なんと羊のチーズが投入されてとろっとろになっていたのだ。

ライゼンはスープに溶けたチーズを野菜に絡めて味わっていて、少し頬を緩ませている。

何それ羨《うらや》ましい！　私もやる！

私が目一杯口に入れてしまったパンとチーズの芳醇《ほうじゅん》なハーモニーを一生懸命減らしている間、ライゼンがムートに問いかけていた。

「まさか、こんな近くに村があるとは思わなかった」

「旅人さんはー、街道をそれたりしないですからねぇ。行商人さん以外、よその人は来ないんですよぉ。この家も村の端っこのほうにありますしー」

確かにムートの家に来るまでに、村人はもちろん家すら見なかった。農村では普通のことだけど、ウナギの寝床やらウサギ小屋やら言われる日本の家に慣れた私には未だに新鮮だ。

ライゼンはとろとろチーズのスープを口に運びながら、会話を続けている。

「君はこの家に一人なのか」

「いいえ、アッシュとブランカがいますよー」

屈託《くったく》なく言ったムートの視線の先には、仲良くご飯を食べる灰色と白の犬がいる。灰色のほうが風狼に立ち向かったアッシュで、白いほうがブランカだろう。

ムートの眼差《まなざ》しには温かな親愛が含まれていて、彼らを大事に思っているのが感じられた。

けれども私は、ブランカの足に厚く巻かれた包帯が気になる。

「ねえ、ブランカ、怪我をしてるの？」

ごくんと口の中のものを呑み込みきった後で訊《き》くと、ムートは少し悲しそうな顔になった。

「そうなの、羊を魔物から守るためにねー」

「今日の風狼？」

「ううん、別のだよー。炎狐《えんこ》だったかなー」

しょんぼりと落ち込むムートにブランカがすり寄った。

言葉はなくとも相手を気遣う温かい光景に和《なご》んだものの、私は内心首をかしげる。

この世界で魔物というのは、魔法が使える動物のことだ。人間以上に知能が高い存在もいるけれど、基本は野生動物と一緒で、人間が領分を侵さなければ生息域から出てこない。

いくら羊の群れがご飯として魅力的だからって、街道沿いに出てくるのはちょっと奇妙だ。

「あの辺りは、よく魔物が出るのか」

私と同じことが気になったらしいライゼンの問いに、ムートは困ったように眉尻を下げた。

「街道沿いですし、いつもはウサギくらいで平和なんですけどぉ。この近くの森に瘴泥《しょうでい》が湧いたらしくてー生き物達が移動してるみたいなんですー」

スープをすくおうとした手が思わず止まった。

瘴泥《しょうでい》というのは、いわばこの世界をむしばむ毒だ。魔力がよどんだところに湧き出て、魔力がないものを死に至らしめ、魔力があるものは汚染して凶暴化させて……瘴魔《しょうま》としてしまう。

私が召喚された原因で、見つけ次第対処するのが共通認識なのだが。

「それは大事《おおごと》だな。領主様に頼んで浄化してもらわないのか」

「何度もお願いしに行ってるんですけど、取り合ってくれなくてー。瘴泥《しょうでい》に冒された魔物が出てくれば、領主様も動いてくれると思うんですけどー」

「神官に頼むのもだめか」

「頼みたいのは山々なんですけど、そのぅ、お布施《ふせ》がないのでー」

各所にある色んな神様の神殿には、瘴泥《しょうでい》を浄化できる神官がいる。ただどうしても世の中はお金が絡んでくるものなんだよな。

すでに色々試した後なのだろう、ムートの言葉に力はない。

しょんぼりとしていた彼女だったけれども、すぐに明るく言った。

「でも、勇者様のおかげで、魔王におびえなくて済むようになったんです。アッシュも頑張ってくれてるので、なんとかしますー」

にこっと笑った彼女に、私はほろりとこぼした。

「強いね、ムートは」

直接解決できない困難があっても、希望を捨てずに生きている。私が勇者として守ったとしても、こういう人達がいなければ国は回っていかないのだ。

私の言葉の本当の意味を知らないムートはてれっと笑う。

「へへへ、だって羊さん達を守るのは、わたしの仕事ですからねぇ」

のんびりした子だけど、働き者のいい子だなあ。そういう子は、見ていて気持ちが良い。

「ただ、当分水月花《すいげつか》を見られないのが残念ですぅ」

「水月花《すいげつか》？」

きょとんとなった私に、ムートはきらきらと目を輝かせながら教えてくれた。

「綺麗な水の中で咲くお花なんですよぉ！　月の光に照らされてきらきら光るんです。街道を歩いてくる途中に川があったと思うんですけどー。その上流に群生してるんですぅ」

「へえええ」

「ちょうど今頃が満開の時期でー、いつもはアッシュ達と夜のピクニックをしに行くんですよー」

ムートのうっとりとした表情から察するに、とても素敵な光景なのだろう。

私も水中に咲く花というファンタジックな植物に、思わずわくわくする。

「ただ、瘴泥《しょうでい》が湧いたところから近いみたいなので、今年は難しいかなって。もしかしたら汚染されてて枯れてしまってるかもしれませんしぃ」

ムートはあっけらかんと続けてはいるが、やっぱり残念そうだった。

「しんみりした話をしてごめんなさい。そうだ、ライゼンさんワインいりますかー。わたしも時々飲むので、おいしいのがあるんですよー」

「ワイン！」

私は身を乗り出したのだが、ライゼンは首を横に振った。

「いや、明日も歩かなければいけないからな。気持ちだけ受け取っておく」

なんだとぅ⁉　と思ったけど、こちらを見るライゼンの咎《とが》める眼差《まなざ》しに自分の状況を思い出して、私は言葉を呑み込んだ。

そうだ、今の私は推定十歳児！　人のいる前では飲めないじゃん。

くうううこのチーズ、絶対ワインに合うのにぃぃぃ‼

私達の無言の攻防には気付かないムートは、あっさりと引き下がった代わりにこう続けた。

「そうですかぁ。じゃあお風呂の準備、しますねぇ」

「おふろ⁉　良いのムート！」

「えへへ、賢者様が湯沸かし器を発明してくださったおかげで、湯沸かしも水くみも楽になったのでー。前より楽にお風呂に入れるようになったんですよー」

ナキにお風呂の良さを全力でプレゼンして作ってもらった甲斐《かい》があったよ！　おかげで国民の衛生面も改善したし、昔の私ぐっじょぶ！

「わーいありがとー！」

「じゃあライゼンさんイノリちゃん、先に入ってくださいねー」

やったぜ、お風呂だひゃっほー！　と喜んでいた私は、ムートの爆弾投下に硬直した。

同じくライゼンも固まっている。

うむ、だって我ら兄妹と名乗ったとはいえ、出会って数日の男女である。

さらに言えば私の中身はアラフォー、つまりは成人だ。ライゼンを男として意識する気はこれっぽっちもないが、人並みの羞恥《しゅうち》というものはあるわけでして。

あれ、そもそも十歳児って兄弟とお風呂入るもの？　うわ記憶の彼方《かなた》すぎて覚えてない。

私とライゼンの間に走った緊張に気付いたらしいムートが、首をかしげた。

「どうかしましたぁ？　お風呂嫌いでしたかぁ」

「ええと、その……」

さてどう切り抜けようかと私はまじめに考えていたが。ふ、とライゼンを見て気が変わった。

何故なら困ったように眉を寄せる彼の耳が朱に染まっていて、ちょっぴりいたずら心が湧いてしまったのだ。

ちょいちょいと、彼の袖を引く。

「前みたいに一緒に入る？」

上目遣いで見上げたとたん、ライゼンが面白いくらい硬直した。

わぁ、可愛いなあ！

にひにひしていると、即座に額《ひたい》にデコピンを食らわされた。地味に痛い。

「お前、一度も一緒に入ったことないだろうが」

「ちぇー」

「ふふふ仲が良いんですねえ」

すぐに息を吹き返したライゼンに、私は唇を尖らせた。

まあいっか、これ以上は困るし、ここまでにしておこう。

「ならムートお姉ちゃんと一緒に入りたいなあ！」

「ふええ？　わたしですかぁ」

驚き顔のムートに満足しつつ、私はちょっぴりだけ引っかかるものを感じていたのだった。


宣言通り私はムートとお風呂できゃっきゃと遊んだ。

え、中身アラフォーだからこそ、可愛い子を愛《め》でるのは大好きだよ？

まあ二人で入ったのは現実的な理由もあって、さっと済ませて次の人が入る前にお湯が冷めないようにしたんだ。

ホカホカになった私は、牧羊犬アッシュの毛並みを撫《な》でまくって骨抜きにした。

「よーしよしよし、良い子だなあイケメンだなあ。かっこいいぞぉ」

「わふぅ……」

「アッシュがめろめろにされてますー！」

ふははは、私の絶技に酔うが良い！

私達のベッドを用意してくれていたムートが吃驚《びっくり》しているところに、風呂からライゼンが戻ってきた。

「あ、ライゼンおかえりー……ってなんて顔してるの」

「いや、なんでも」

「なんでもないって顔じゃないけど」

具体的に言うと、かまってもらえなくて残念そうなワンコの顔をしているけど。

彼がじいっと見つめているのは、私の膝に頭を乗せて気持ち良さそうにしているアッシュだ。

ははぁなるほど。

「ワンコに触れなくてそんなに残念」

「いやまさか」

言いつつ、ライゼンの視線はアッシュから離れない。

そういえば、ここに来るまでも羊に怖がられていたよねえ。

さながらモーゼのごとくだったから、最後のほうは羊追いに利用しちゃっていたくらいだ。

ライゼンって口で言うより絶対に動物好きだよなあ。

だが当のアッシュはライゼンに視線をやったかと思うと、鼻を鳴らして私にすり寄ってきた。

態度がでかいな、可愛い許す！

慌てたのは主であるムートだ。

「はわわ、ごめんなさい。でも普段はこんなに懐《なつ》くような子じゃないんですよぉ」

「いや、気にしてない」

ムートにそう返すものの、ライゼンはめちゃくちゃしょぼくれている。

いやあ、可愛いところもあるもんだと、私はライゼンの頭をわしわし撫《な》でてやりたくてむずむずした。けれども、このお子様身長では彼に届かないのであった。残念。

「あうあう……じゃあ、アッシュそろそろお仕事よろしくね」

気を取り直したらしいムートに声をかけられたアッシュは、尻尾を一振りすると外に出ていく。そっか、羊の見張りをしに行くのか。

見送ったムートは私達に向けてぺこりと頭を下げた。

「じゃあ今日はここで休んでくださいねー。明日はちょっと早いですけど、朝ご飯とお弁当は用意しますからー」

「世話になった」

「ムート、おやすみなさい！」

「おやすみなさい、イノリちゃん、ライゼンさん」

照れくさそうに微笑《ほほえ》んだ彼女は、扉の向こうへ消えていった。

二人きりになった私は、所在なげに立ち尽くすライゼンを手招きする。

「ライゼン、こっちこっち」

呼び寄せて、ようやく近づいてきた彼に、さくっと魔法を唱えた。

「〝乾燥〟」

ライゼンを温かな風が包み、綺麗に水分を飛ばしていく。

ふふふ、勇者時代にはなかなか風呂に入れなかったからね、せめて濡れたら乾かしたいと気合で編み出した魔法の一つなのだ。これさえあればドライヤーいらず。あ、もちろん暑い日用に涼風モードもありますよ。

もう一つ浄化の魔法もあって、そっちは旅中毎日お世話になっていた。

ものの十秒で綺麗に乾いたライゼンは、複雑な気持ちを吐き出すようにため息をつく。

「神官レベルの魔法をほいほい使わないでほしいものだ……」

「便利だから良いじゃないか。ムートにも好評だったんだぞう」

まあムートは自分が使う祈りの魔法以外あんまり詳しくないみたいで、すごさがわかってなかったんだけど。むしろわかってなさそうだったから好き勝手使えて万々歳だった。

「前の旅に戻れなくなりそうだ」

彼の言葉には切実な響きが伴っている。くすくす笑った私はぽすんっとベッドに横たわった。

ムートが用意してくれたのは、たっぷりのわらに厚手のシーツを掛けたものだ。

つまりはどっかのアルプスの少女がはしゃいでいたわらベッドである。

意外と弾力があって寝心地は悪くないし、ごろごろ転がればわらのひなびた匂いがして、ぶっちゃけすっごく楽しい。

けれどもなんだかもやもやが晴れない私は、動きを止めてぼんやりと天井を見上げる。

ライゼンが隣に座ったことで、わらベッドが少し沈んだ。

「気になるのか」

「べっつにぃ」

「そこは、何がじゃないんだな」

思ったより鋭い彼に、私は口を閉ざした。

こいつが指しているのは、あの瘴泥《しょうでい》が湧いているという森についてだろう。案の定ライゼンは呟《つぶや》くように言った。

「瘴泥《しょうでい》が自然になくなることはまれだ。命あるものどころか無機物でさえ脅《おびや》かす存在だからな。魔物が森から逃げ出してきているなら、恐らく森の広範囲が侵食されているはずだ」

「そこまでわかっているんならわかるでしょ。私達にできることはないし、するのは良くない」

厳然たる声音で私は応じた。

私が勇者として授かった力の一つは、瘴泥《しょうでい》を浄化する力だ。最高位の神官の何百倍も浄化ができる。だから勇者時代は思いっきり勝手にやっていた。

けれどそれは、魔王という瘴泥《しょうでい》を活性化させる存在がいて、浄化の手が回っていなかったからだ。

今はもう平和な時代で、街ごとに対処していく力がなきゃいけない。

いつでも私が助けに行けるわけじゃないんだから。

へん、伊達《だて》に十年王様をやってない。今回は手を出しちゃいけないパターンだってよくわかる。

ここで私が浄化をして去ったとしよう、ムートや村の人には感謝されるかもしれない。けれどその後来た役人に、ムートが嘘つき呼ばわりされるだろう。最悪の場合、瘴泥《しょうでい》が湧いた原因の調査すらされずに巡回の足が遠のく可能性もある。そしてもし新たに瘴泥《しょうでい》が湧いたら、今度こそ村が終わる。ソリッドの時とは事情が違うのだ。

というか、ライゼンってば私がなんかできるって前提で話してるな。

「私ただの美少女だよ？　瘴泥《しょうでい》なんて怖いものに何かできるわけないじゃない。こういうことは偉い人に任せておくべきなんだよ」

「自分で美少女と言うか」

「いや事実だし。今の私ひいき目なしに美少女だし」

「そうだけどな……」

瘴泥《しょうでい》を発見して、速やかに浄化する仕組みはちゃんと作ったもん。街中だけじゃなくて、周辺の地域も定期的に巡回して、発見されたらすぐに調査されて、神官が派遣されるんだから。

あれ、でもここ自治区だから、グランツの仕組みが反映されてない可能性もある？

新事実に気付いた私がぐぬぬとなっていると、大きなため息が降ってきた。

えー何さ、私結構大人な判断したと思うんだけど！

若干むっとしつつ顔を上げたら、頬をむにっとつままれた。

「そういう物わかりの良い言葉は、手出ししたいって顔をやめてから言え」

魔法灯で淡く照らされたライゼンの緑の瞳が呆れの色を宿しているのに、私は虚を衝《つ》かれた。

「……私、そんなにわかりやすかった？」

「それだけ顔をこわばらせて、眉間に皺《しわ》を寄せていればな」

それは良くない。眉間に皺《しわ》なんか作ったら美少女が台無しだ。

ライゼンが指を離した頬をむにむにと揉《も》んでみる。

うっわ柔らけえなおい。もち肌だぜ。

私の思考は別のところに飛んだが、ライゼンの言葉は続いている。

「君は今、子供なんだろう。なら子供らしくわがままに行動するのも良いと思うがな」

「中身は四十歳なんだけど」

「なら、大人ならではのへ理屈をこねれば良い」

平然と矛盾したことをのたまうライゼンに、今度は私が呆れかえった。

さらっと年齢暴露してやったのに、動じない上にそんなこと言うなんて。

「あんたわかってる？　ただ働きになるのよ」

「身を守るために害獣を追い払うのと変わらないだろう。なに、俺も休暇みたいなものだ」

「傭兵ならわかるでしょ、瘴泥《しょうでい》が湧いているところには何があるかわからないのよ」

「君には大丈夫な目算があるんだろう。手が必要なら言えばいい」

「うぐぐでも……」

ためらっている理由はほかにもある。

ただの付き添いで私の隠れ蓑《かくみの》にするつもりだった彼を、私の都合に付き合わせるのも一つ。

もう一つは、彼に浄化の力を見せた時に、どんな反応を示すか不安なことだ。

浄化の力の使い手は治癒魔法の使い手と同様に神殿で保護される。だから所在がはっきりしていて、その力が強ければ強いほど名が知れ渡っているのだ。

つまり勇者だとバレてしまうかもしれない。

それでも私がぐらぐらと揺れていると、ライゼンがしかたがないとでも言うように息をついた。

「君の素性は詮索しない。どこの神殿から逃げてきたのだろうと気にはしないさ」

……あ、そっか。浄化の魔法が使えても、それが即勇者につながるわけじゃないんだ。

なら、いいかな。いいよね。

どうせ休暇なんだし、私お子様なんだし、旅先ではっちゃけるのもまた一つの醍醐味《だいごみ》だよね。

なんだ、全然ためらう必要なんてなかったんじゃないか。

ただ、地味に気を遣われたのがちょっと悔しい。ぐぬぬ。年下のくせに。

ちらと見上げると、ライゼンの乾いた黒髪が見えた。

「ライゼン」

ちょいちょい、と手招きすれば彼は素直に体をかがめてくる。隙あり！

「なん……だ!?」

とたん、ライゼンは硬直した。膝立ちになった私がその黒髪をわしゃわしゃと撫《な》で始《はじ》めたのだ。

お、意外と柔らかいんだなあ。なかなか良い手触りだ。

嫌がるかと思ったら驚きすぎて動けないらしい。それともどうして良いかわからないのだろうか。まあどっちでも良いか、楽しいから！

「きゅ、急にどうしたんだ」

「そこに撫《な》で甲斐《がい》のありそうな頭があったから」

「意味がわからん」

「私がアッシュを撫《な》でてた時、羨《うらや》ましそうだったから。お礼代わりに撫《な》でてみたんだ。ありがとね」

ほんの冗談のつもりだったのだが、ライゼンから言葉が返ってこなかった。

え、まさか。

「……あんた、ロリコンじゃないって言ってたよね？」

「いや、撫《な》でられるのが初めてで驚いていただけだ」

「撫《な》でられるのが初めてって、あんた今いくつ」

「確か今年で二十だ」

うわあやっぱり若かった。

でもこのくらいの男の子って子供扱いされるのをめちゃくちゃ嫌がる気がしていたけど、ライゼンには全然そんな気配がない。珍しいなぁ。でもまいっか、感触はとっても良かったしね！

だから、うん。髪の間から見える耳が、ちょっと赤く染まっているのは見ない振りをしてやろう。

ほどほどにして手を離すと、ライゼンは大きく息をついた。

なんとも可愛い反応ににょによしつつ、私は毛布を引き寄せようとする。だが骨ばった大きな手に止められた。

「祈里、足出せ」

「なんでー？」

「痛いと言っていただろう。揉《も》んでやる」

「うえっ⁉」

驚いて飛び起きた先には、半眼のライゼンがいた。

「な、なんで急に」

「君も急だったじゃないか。男の俺に触れられるのは困るかと思って今まで言い出さなかったが、頭を撫《な》でてくるくらいに抵抗がないようだからな」

「ええとそれは」

「明日はまた歩く。ゆっくり休めるなら、疲れは持ちこさないほうが良い」

「それはそうなんだけども」

急に言われると心の準備が整わない、みたいな。

思わず後ずさるけれども、ライゼンは追い詰めるみたいににじり寄ってくる。

その瞳は思いっきり据《す》わっていた。

「ロリコンロリコンと俺ばかりからかわれるのは癪《しゃく》だ。ただの治療だ、まったく問題ないだろう」

い、いじめすぎたー!

私は顔を引きつらせる。けれどもライゼンの言葉も一理あるわけだし、医療行為にとやかく言うのもちょっとおかしいよな。うん。

「じゃ、じゃあよろしくお願いシマス」

観念した私がそっと足を伸ばせば、ライゼンの手にすくわれた。

推定十歳の足は本当に華奢《きゃしゃ》で、下手するとライゼンの腕よりも細い。

彼もちょっと驚いたのか、ためらうように手を止めた。けれど結局、壊れ物のように持ち上げて私のふくらはぎを包むと、ゆっくりと力を込め始める。

その力加減に、私はぴくん、と体を震わせた。これはなかなか……

「痛かったら言ってくれ」

「大丈夫ぅ。あー気持ち良いいぃ」

やっばい、美少女らしからぬ声が出てしまう。

プロ並みにうまいんじゃないか、これ。さすが言い出すだけあるぞ。

ふにゃふにゃになりつつ、私はものすごく真剣な面持《おもも》ちで作業を続けるライゼンをちらっと見た。

「あのさ、ライゼン」

「なんだ」

「水月花《すいげつか》、見に行きたいんだけど寄り道して良い？」

「わかった。そこで一泊するか」

「ん」

その言葉の意味を彼はあっさりと察してくれた。

どうしてこんなに察しがいいんだ、この若造。ちょっと居心地良すぎるぞ。

あっさりと承諾してくれるライゼンにちょっぴり照れくさくなりつつ、私はしばしマッサージに浸《ひた》ったのだった。

その二　アフターケアをしよう。

ムートの予想通り雨は夜のうちにやみ、翌朝は鮮やかな朝日が昇っていた。

「ありがとう、ムートお姉ちゃん。楽しかった」

「どういたしましてぇ。わたしも、とっても楽しかったですー」

普段は夜明け前から放牧に出るというムートは、わざわざ私達の出立《しゅったつ》を見送ってくれた。

「二人の旅路に幸多いことを祈っています」

とん、とん、とん、羊飼いの杖《つえ》を地面につき、祝福の言葉をくれた彼女に手を振り、私とライゼンはその場を後にする。

ライゼンのマッサージのおかげで足の調子は最高に良い！　すごいなライゼン、傭兵を辞めてもマッサージ師として生きていけるんじゃなかろうか。

文字通り足取り軽くスキップしていた私は、川にかかった橋に辿《たど》り着《つ》いたところでライゼンと共に立ち止まる。

「ムートは上流って言ってたよね。どれくらいかな」

「彼女の口ぶりでは、それほど遠くはないだろう。夜まで時間はあるし、食料もある」

「のんびり行こっか」

言い合いながら私達は次の街に通じる街道じゃなく、川沿いにある細い道を上り始めた。

目印があって良かったよ。じゃなかったらムートを巻き込まなきゃいけなかったもん。

途中休憩を挟みつつ、てくてく進めば、森の濃密な緑の匂いの中に妙なものが混じってくる。

かび臭さと饐《す》えた腐臭だ。

枝を折って目印にしつつ、臭いのするほうへ進路を変える。ほどなくめきめきと大木が倒れる音が響いた。地面が震える衝撃と音を頼りに、小走りに進むとすぐにぶあっと腐臭が強くなる。

そこには、ぽっかりと空き地が広がっていた。

ただの空き地だったら良かったのだろう。だが、地面にはどろどろとしたヘドロのようなものがへばりつき、生えていたらしい植物は黒く枯れ果てている。自重に負けて崩れ落ちた木々が何本もあり、逃げ遅れたらしい小鳥や小動物の真っ黒に染まった死骸が、あちこちに転がっていた。

大地が死んでいる。そう表すのが一番しっくりくる惨状《さんじょう》だ。

勇者時代は何度も見た、瘴泥《しょうでい》の大地の侵食だった。

瘴泥《しょうでい》はこの世界をむしばむ毒だ。

生物から発散される負のエネルギーが凝《こ》って発生するのだといわれている。要は自然現象で、この世界の仕組みとして宿命づけられているものだ。

黒いヘドロのようなそれに生物が触れると、魔力や精気を吸い尽くされ死に至る。そして浄化しない限り、ヘドロはじわりじわりと周辺を呑み込みながら広がっていくのだ。

それを防ぐために神官達がいて、勇者がいる。

「思ったより広がっているな」

ライゼンが先を見通そうと緑の目を細めた。

すでに向こう側の森が、立ち上る瘴気《しょうき》の靄《もや》で見えなくなっている。

これだけ濃いと、かなりの広さが侵食されているはずだ。目に見えてわかるくらいなんだ、お役人が気付くのも時間の問題だっただろう。

とはいえこのままだと川まで行き着いて、水の流れを通して加速的に広がる。来て良かったのかもしれない。ぐっじょぶ私。

この周辺を治めている領主に思うところができたが、目の前の事態に対処するのが先だ。

よし、と一つ気合を入れた私は、ライゼンにひょいと手を差し出した。

「さてライゼン、手をつなごう」

「……は？」

瘴気《しょうき》の濃さに顔をしかめていた彼が、間抜けな顔で私を見おろしてきた。

いやちゃんと理由はあるんだよ。

「私、浄化の力を分けるの苦手だから、どっか直接手を触れてもらいたいわけ。こんな濃い瘴気《しょうき》を吸い続けたらまじめに内臓が腐って死ぬよ。こんなところで体を悪くするのもつまらないでしょ」

「なる、ほど」

魔力が多い人間は瘴泥《しょうでい》に抵抗力があるとはいえ、それも微々たるものだ。

私の側にいれば影響を受けないらしいんだけど、万全を期すには触れていたほうが良い。

ついでにこの視界の悪さだと、うっかり離れたら見失いそうだ。

納得してくれたライゼンは、私の小さな手を左手でそっと包む。そんなに壊れ物を扱うみたいに触れなくても大丈夫だから。

ちょっと振っただけで外れちゃいそうだったので、私が無言でぎゅっと力を込めてやる。

ライゼンは一瞬硬くなったけど、しかたなさそうにちょっと力を強めた。最初からそうすればいいのだ。まったく。

まあそんなやり取りはあったが、二人で瘴泥《しょうでい》の広がる中に踏み出した。

饐《す》えた臭いに包まれながら、重い空気をかき分けるように進んでいく。

ぶよぶよした瘴泥《しょうでい》を踏むと、ぶわりと生理的に受け付けない嫌な感触がしたけど、スルーだスルー。もう慣れちゃってるしな。

「今さらだけどさ、ライゼンって瘴魔《しょうま》に会ったことあるの」

「銀級に上がるための条件が瘴魔《しょうま》の討伐だからな。神官の護衛もしたし、討伐の依頼もこなしたことがある」

「それはすごい」

瘴泥《しょうでい》は生き物の命を奪うが、触れた魔物を凶暴化させて瘴魔《しょうま》にしてしまうこともある。普段は温厚で、子供でも捕まえられる透明ネズミでも、瘴魔《しょうま》になれば気配を消して獲物へ迫る凶暴な暗殺者に変わるのだ。

さらに瘴魔《しょうま》はただ倒すだけでは大地や周辺に瘴泥《しょうでい》をまき散らすため、事切《こと》れると同時に浄化をしなければならない。だから討伐には特別な準備が必要で、通常の魔物より討伐難易度が二段階上がるほどギルドでの取扱いも慎重にされていた。

私は純粋に賞賛の眼差《まなざ》しをライゼンに向けたのだが、彼は誇るでもなく平静だ。

うん？　と言うかあんまり嬉しそうじゃない？

「まあ、それなりに色々あったからな。瘴泥《しょうでい》と瘴気《しょうき》を気にしなくて良いのならかなりましだ」

「その言葉は心強い。さて、覚悟は良い？」

「好きにやれ」

とびきり瘴気《しょうき》が濃い場所で立ち止まった私は、一応、傍《かたわ》らのライゼンに確認を取る。

私の手を離し、すらりと腰の剣を抜いて準備を整える彼の姿に気負いはない。一見自然体に見えるが、剣を構える姿に隙はなく、どんな事態も対応できるよう意識を配っているのがわかった。

私は笑みを一つこぼして、背中に負っていた我が相棒、鉄バットな聖剣を引き抜く。

ただ浄化するだけじゃつまらない。

「じゃ、とびっきり派手にいきますかぁ！」

ミエッカをがん、と突き立て、枯れ果てた大地へ一気に魔力を流し込んだ。

普通の神官は浄化の魔力を練り上げるために複雑な手順を踏むけど、私にそんなもの必要ない。

私の魔力自体が浄化の力だからね。異世界特典というやつで、有り余るほど授かった魔力を大盤振る舞いすればそれでいい。私の魔力で洗い流しているようなもんだ。伝わるかな？

……神官の使う浄化の魔法が使えなかったからじゃないもん。あんな小難しい呪文を覚えられるわけないじゃないか。

私が黄昏《たそが》れている間にも、聖剣ミエッカを通して流れ込んだ魔力は、膨大な光の粒子となって辺り一面に舞い散った。

私の銀の髪が揺らめき、ライゼンのマントもはためく。

あふれかえった魔力は瘴気《しょうき》のよどんだ靄《もや》を押し流し、上空に抜けていった。

これだけ派手な魔力の放出なら、どんなに鈍感な人でも一発で気付く。

巡回中の警邏《けいら》隊は、膨大な魔力の放出があれば絶対に確認しに行くように決められているんだ。

瘴魔《しょうま》じゃなくても危険な魔物が人里近くに住み着いたら大変だもん。周辺の安全を守るのが警邏《けいら》隊のお仕事だからね。つまりは、瘴泥《しょうでい》が湧いていたと知らせることができるって寸法だ。

そんな魂胆をあらかじめ話しておいたライゼンは、じゃんじゃん魔力を使う私を止めようとはしない。すんごく呆れた顔になってるけど。

と、いうわけで今は豪快にお掃除するぞっ！　この私がわりと本気で浄化してても、瘴気《しょうき》の靄《もや》が薄く残っているんだもん。久々に骨のある浄化だ。

普段抑え気味にしている魔力の蛇口を全開にするのはすんごく気持ち良くて、うきうきしていた私だったが、瘴気《しょうき》の霧の奥から現れた複数の影に身構えた。

風狼の姿をしていたが、それは全身から瘴気《しょうき》の泥を滴《したた》らせ、瞳は濁った赤に染まっている。

瘴泥《しょうでい》に冒された魔物が凶暴化した姿、それが瘴魔《しょうま》だ。

生きとし生けるものに手当たり次第襲いかかり、自分が心地良く過ごせる瘴泥《しょうでい》の大地を守ろうとする。そして、彼らにとって、浄化をする私は最大の敵なのである。

ははは、ついでにおびき出しとこうと思ったら、案の定いたね！

さて、浄化が遅くなるけど対処するか。

鉄バットを構えた私だが、その前にライゼンが一歩踏み出す。

次の瞬間、風狼が吹っ飛んでいた。

「うえ？」

思わず間抜けな声が出た。

いや飛び出してきた風狼を、ライゼンが剣を振り抜いて跳ね返したのはわかる。だけどあんまりにも無駄がなくてあっという間だったのだ。

私でもぎりっぎり目で追えるかって早業《はやわざ》だ。強化魔法のほかに剣に付与魔法を乗せているのか？

さらにライゼンは、靄《もや》の中から間髪容《かんはつい》れずに現れた別の一体に向けてマントを振り回した。

裾《すそ》に何かを仕込んでいたのか、鼻面を強打された風狼がひるむ。

彼は流れるような動作で蹴撃を叩き込んで転がすと、脇から来ていたもう一体に剣を薙《な》ぐ。

土手っ腹を剣閃が流れ、風狼が地面を転がった。

とたん風狼の瘴気《しょうき》が薄らぐ。

仲間をやられた風狼達は、警戒したのか距離を取った。

一方ライゼンは剣を構え直しながらも、息一つ乱していない。

構えていた鉄バットの出番がなかった私は、あんぐりと口を開けた。

結構やるだろうと思っていたけど、まさかここまでとは思わなかったというか。

群れで立ち回るずるがしこい風狼は、基本は複数パーティで駆除するものだ。頭を使える生き物の数の暴力はそれだけで討伐難易度を跳ね上げるのである。

にもかかわらず、ライゼンはたった一人で相手取って、しかも瘴泥《しょうでい》汚染を広げないよう、とどめを刺すのは最小限にするという手加減までしているのだ。

え、なんでこの人金級じゃないの。というかこの風狼達、群れで呑み込まれてしまったのか！

色々驚かなきゃいけないことが多すぎて、ちょっとまごつく。その間に、地面へ倒れ伏す風狼の瘴気《しょうき》が消えていくのを確認していたライゼンが問いかけてきた。

「祈里、瘴魔《しょうま》を倒しても大地は汚染されないんだな」

「だ、大丈夫！　私の浄化力のほうが強いから！　と、とはいえ瘴魔《しょうま》は徹底的に暴れると……思うんだけど」

いや、そもそも当初の予定では私が浄化しつつ瘴魔《しょうま》にも対処する予定だったんだ。もごもご言う私に、ライゼンは緑色の瞳を細めて楽しそうに口角を上げた。

「わかった。瘴魔《しょうま》の相手は任せてくれ。それとも浄化と討伐、どちらが先に終わるか勝負するか」

「は」

その横顔に油断なんてまったくない。けれど彼は絶好の遊び相手を見つけたやんちゃ坊主のような生き生きとした表情をしていた。

私が目を見開いている間に、ライゼンはまた飛び出していく。

本気の風狼達が風魔法をまとって襲いかかってくるのをたった一人で相手取る彼に、呆然とした。

ありていに言うんならライゼンが鬼の鬼ごっこ状態だ。

風狼達は、得意の不規則な加速やウィンドクローでなんとか仕留めようとするのだが、彼はのらりくらりと風狼達を翻弄《ほんろう》している。

瘴魔化《しょうまか》して理性的な判断ができなくなっているせいもあるのだろうが、一番の獲物なはずの私に風狼達は見向きもしていない。

……ちょっと私、放っておかれてない？

急ぎ鉄バットを担《かつ》ぐと、私はライゼンに叫んだ。

「じゃあ私が先に浄化しきったらムートから貰ったぶどうは私のものな！」

いや、別に張り合うわけじゃないよ？　売られた喧嘩は買うだけで。

私、浄化のエキスパートですし？　そうそう負けることなんてありませんし？

するとライゼンはどっからか出てきた風狼を避けながら、楽しげに応じた。

「なら俺が瘴魔《しょうま》を片付けたら、今日のでりしゃすディナーは俺が決めるぞ！」

「絶対負けてやんない！」

イメージは場外ホームランっ！

浄化の魔力を溜め込んだ私は、その魔力ごと鉄バットを思いっきりぶん回した。

ごう、と浄化の魔力が扇状に広がり、交戦していたライゼンと風狼達を呑み込む。

まとっていた瘴泥《しょうでい》を浄化されてひるんだ風狼達を、ライゼンが逃すことなく叩いていく。

この安心感と信頼感が心地良くて、不謹慎ながら私は無性に楽しかった。

☆　☆　☆

黒く濁っていた大地を綺麗に浄化し終えた頃には、日が傾き始めていた。

私達はちょっとの休憩の後、すぐに泉を探して歩き始める。

「くそう、あともうちょっと浄化が早ければ勝てたのに……」

そりゃあ最初からわかってましたよ？　浄化が進むたびに風狼達が正気に返って動きが鈍ることくらい。元々分が悪い勝負だったとはいえ、負けたのは悔しい。

「君もずいぶん健闘していたじゃないか」

ぶつぶつと負け惜しみを言う私に、すっきりした様子のライゼンは曖昧《あいまい》な表情を浮かべるだけだ。

ふーんだ、ふーんだ。勝ったからってどや顔しやがって。

けど私中身はアラフォーなので。大人なので。ちゃんと必要な話はするのである。

「にしても川をさかのぼれば見つかるかと思ってたけど、意外と見つからないものだねえ」

「まあ、森の中で目印を期待するほうが難しい。方角がわかっているだけマシだろうな」

私達が付けてきた目印は見失っていないため、街道に戻ることはできる。

けど、今から戻ったとしても日が暮れる前に野営の準備を始めておかないといけない。

そうすると、明日の夜まで粘るほど食料もないから、水月花《すいげっか》はお預けだ。

「……そろそろ野営の準備したほうが良いよね」

「手元がおぼつかない中での準備は厳しいからな」

「うー水中に咲く花、見てみたかったなあ！」

諦めきれずにきょろきょろしても、まあ見渡す限り木ばっかりだよね。うん。

私がため息をついた時、ふわりと、肌を風が撫《な》でた。

これは自然のものだけど意思がある。

ライゼンが剣の柄《つか》を握るのを手で制しているうちに、あっという間に半透明の美女やころころとした人型をしたものに囲まれた。

「実体化した精霊か」

ライゼンが呟《つぶや》く声が硬いのは、精霊が実体化するなんて滅多にないと知っているからだろう。

精霊は魔法を使う時に手を貸してくれる存在だけど、たいていはお礼になる魔力を受け取るだけで、人と深くは関わろうとしない。

こんなに大量に集まってくるのはよっぽどのことなのだが。

もしかして、私の浄化の魔力に惹《ひ》かれてきたのかな。

「どうしたの？」

多少身構えながらも訊《き》くと、代表らしい風霊の超絶美人が私の腕を取ってきた。

りいぃんと鈴を転がすような、風がささやいているかのような音は彼女達の声だ。

なんだけれども、相も変わらず意味はなんとなくしかわかんない！　まあよっぽど高位か、人間とそれなりに関わってない精霊なんてそんなもんなんだけど！

「え、何付いてきてほしい？　ってふぉあちゃっ⁉」

「祈里！　うわっ」

私は精霊達に手を取られ足を取られ、森の中を超高速で移動し始めた。

響いたライゼンの声からして、どうやら向こうも同じことになってるらしい。

というか足が浮いてる！　浮いてるから⁉

しかも樹木の精霊まで協力しているらしく、文字通り飛ぶように走る私達を木々が避けていく。だけど、ジェットコースターよりも怖い風景が過ぎていくのは心臓に悪い。

日が傾いて薄闇に呑まれてるだけに、なおさら怖いよ！

「ひょわあああ‼」

悲鳴を上げていたのはどれくらいだっただろうか。

唐突に、私はぽんっと空き地に放り出された。

伊達《だて》に勇者やってなかったおかげで、地面を転がることはないとはいえ、驚くもんは驚く。

反射的に足を下に向けて柔らかい草地に着地した。すぐにライゼンも隣に着地を決める。

振り返ると、風の精霊達が手を振って消えていくところだった。

精霊はもともと気まぐれだけれども、今回は一体なんだったんだよもう。

「祈里、彼女達は道案内をしてくれたみたいだぞ」

どっと疲れた気分で恨みたらたらになっていた私は、ライゼンの言葉にふえ、と顔を上げた。

そこに広がっていたのは清涼な水をたたえた泉だった。

緑深い木々に囲まれたそこは、大きさとしては向こう岸が見えるくらい。どこからか水が流れ込むさらさらとした音が響き、水面に西日が差してきらきらと輝いていた。

私は泉の縁に駆け寄って、中を覗いてみる。

幸いにもここまで瘴泥《しょうでい》は回っていなかったようで、水は底が見通せるほど透明度が高いままだ。

底には、ゆらゆらと細い葉とつぼみのようなものが沢山見えた。

私の拳《こぶし》くらいはあるそれは、ムートから聞いた水月花《すいげつか》の葉とつぼみに似ている。

「これが森の浄化をした礼なのだとしたら、ここが俺達の目的地なんじゃない、か⁉」

不自然に言葉を途切れさせたライゼンに振り返ると、彼の頭上に大量の落ち葉が降り注ぐところだった。ぼとぼとぼと、と若干痛そうな音に混じり、風の精霊達の笑いさざめく音が聞こえる。

「大丈夫？」

「……精霊相手は苦手だ」

思わず半笑いになる私に、ライゼンはむっすりとしながら髪にのった木の葉を払う。

でも精霊達の気持ちは伝わってきた。これは彼らの住む森を浄化したことへの感謝なのだ。

落ち葉を持ってきたのは、旅人がクッションにすることを知っていたからだ。昨日の雨の中、よく乾いた落ち葉なんて見つけてきたものだ。

ライゼンの顔にべちゃっと赤いものがついているってことは、ベリー類までまざっているぞ。

彼女達流の感謝のしかたはおおざっぱで笑えるけど、ここまで感謝されると照れくさい。

「ここで野営にしよ」

「そう、だな」

ライゼンもちょっぴりそれがわかっているのだろう。少し表情を和《やわ》らげた彼と木の実や果物を拾い集めながら、私は彼女達に感謝したのだった。


日が暮れるまでに野営の準備を終えた私は、マントにくるまってその時を待っていた。

水辺からは少し冷たい風が吹いてきて、肌寒い。マント買っといて良かったぜ。

辺りはすでに闇に包まれていたものの、大きなたき火を作ることはせず、魔法式の携帯コンロも覆《おお》いを作って極力光が漏れないようにした。

精霊のプレゼントな野いちごやムートに貰ったぶどうをつまみつつ、今か今かと待っていると。

ぽうと、ささやかな明かりが目の端にちらついた。

雪が光をこぼしたらこんな感じだろうか、柔らかで儚《はかな》くて清冽《せいれつ》な光だ。

一瞬、雲が切れて月明かりがさしたのかと空を見上げても、まだ雲が垂れ込めている。

ということは！

勢い勇んで泉を覗いたとたん、水面からほわりと光の玉が上がってきた。

蛍のようにゆらゆらと、頼りなくほどけてしまいそうなそれは、すぐに虚空《こくう》へ溶け消える。

けれども、次から次へと水面を埋め尽くすほどにあふれてきた。

覗き込んだ泉の中では、光を帯《お》びた水月花《すいげつか》がその繊細《せんさい》な花びらをほころばせている。

形としては、蓮《はす》の花が近い。色は氷に似た薄い青。花びらは水に紛れそうなほど透《す》けていた。

その中に抱いているのは、ほろほろと崩れていきそうな光の玉だ。

花びらがほころぶたびに、ほうと、光が水面から空中へ昇っていく。

暗闇でも水の底まで見渡せるほどの光の渦《うず》に、私は目を細めた。

今、この時にしか出会えない光景。震えそうなほど綺麗だった。

この光の正体は、花が蓄《たくわ》えていた魔力だと思う。

どこからともなく精霊が現れて、ぱくんと光を食べてゆく。食べた精霊は魔力の煌《きら》めきをこぼしながら、ゆうらりと夜の空へと昇っていくのだ。

きっと魔力を貰う代わりに、水月花《すいげつか》の種を運んでゆくのだろう。

そんな異世界ならではの生態に驚くばかりだ。

だが、何より、こぼれる光で煌々《こうこう》と照らされる泉は、まさに水に浮かぶ月で。

幻想的な光景に魅入っている間に雲が晴れて、まん丸の月まで現れた。

この世界の月は、地球よりも一回り大きくて冴えた銀の光で地表を照らす。

そんな月と、まるで月のような水月花《すいげつか》の光があわせ鏡のようだった。

言葉なんて、出てこない。

静かで、けれど、圧倒される光景に、私は息を呑んでいた。

けれども隣から良い匂いが漂《ただよ》ってくる。温かくて、猛烈にお腹《なか》が空《す》くやつ。

「飯ができたぞ」

言うなり、ご飯の支度をしていたライゼンがほかほかのスープを出してくれた。

いつものでりしゃすシリーズから、彼のチョイスで濃厚なトマトスープ味である。

いや、食事の支度を任せていたけどさあ。

「そなたに情緒というものはないのか」

半眼で睨《にら》んでやったのだが、ライゼンはどこ吹く風だ。

「ぐうぐう腹を鳴らしながら言われてもまったく説得力がないな。ほら、パンもあぶったぞ」

「食べる！　ねえねえ、ムートから貰ったやつ出しても良いよね！」

あっさり陥落《かんらく》した私は、いそいそと自分の荷物をあさって今日の朝ムートから貰ったパンと羊乳のチーズを取り出した。

だってこんな絶景見ながら食べるご飯は贅沢《ぜいたく》じゃないか！

これくらいならできる、とチーズを薄くスライスした私は、早速パンの上にのっける。

そしてこれまたムートが譲ってくれたワインを取り出した。

「やっぱり飲むのか」

「月を肴《さかな》に飲む民族なもので」

「いつでも飲んでる気がするが」

「あのね、ライゼン」

じと目のライゼンに私は真顔で言《い》い募《つの》った。

「こんなに良い景色を前に、最高のつまみがあって飲まないわけにはいかないでしょうが」

そう、お酒を飲むにはこれ以上ないシチュエーションなのである。

なんて言ったたって日本人は花が綺麗だったら飲み、紅葉が鮮やかだったら飲み、雪が降っていたら飲む民族なのだ。

「そこに気の合う相手がいれば言うことなし！」

胸を張る私に、ライゼンはゆっくりと瞬《まばた》きをすると、空に昇る月と次いで泉に映る月を見た。

「まあ、確かにそうかもしれないな」

その緑の瞳には、どこか痛みが混じっているように見えて。あれ、と思う。

何を思い出しているんだろう。まあ、訊《き》くなんて野暮《やぼ》はしないけど。

私はコルクを引っこ抜き、自前のコップにとくとくと注いだ。

今日は一杯だけである。これからワインがなくなるまで毎日楽しむのだ。

ん？　そもそも酒は持つもんじゃないし旅の荷物は最低限に？　心の栄養だって必要なものだ。

こういうものを持ち運ぶために軽量化の魔法がかかった鞄《かばん》にしたのだよ！

「ふふふふふ。ライゼンはお茶で付き合ってよ。夜のお茶会って乙《おつ》なものでしょ」

「君は酒だがな」

「良いじゃない気持ちの問題だよ」

あんまり表情は変わっていないが、彼も案外感動しているのかもしれない。

鍋を洗ったライゼンは、率先してお湯を沸かし始めた。早速私は食前のワインを引っかける。

ムートに譲ってもらったワインは、果実の香りが強い赤だ。

それに塩気の強いチーズの癖のある味わいが引き立って予想通り……

「うっっま！」

「先に飲みきるなよ……？」

「そしたらお茶に切り替えるから問題ない」

そう返すと、彼は苦笑して私の分のティーバッグを用意してくれた。

できる男だライゼン・ハーレイ。

トマトスープはベーコンの塩気ととろけたナスと玉ねぎが絡み合い、トマトのほど良い酸味と絶妙にマッチしている。さすがだよ、でりしゃすディナー、安定しておいしいぜ。

というわけで絶対おいしい組み合わせの羊チーズをトマトスープで溶かして、二度目の至福を味わいつつ、私は隣でスープを食べ始めるライゼンの横顔を眺めた。

こんな風に同じご飯を食べて、同じ屋根やら空の下で眠っているけれど、彼とはまだ会って十日も経っていないんだよな。

なのに何年も一緒にいるみたいに妙に居心地が良い。

私はぼんやりと真昼の浄化作業を思い出す。

あれだけの戦闘力を身につけるために、彼がどんな修練を積んできたのか、なんで一人で旅をしているのか。そもそも出会って間もない私のわがままに付き合ってくれるのはなんで、とか。

気になることは結構ある。

だけれども私はアラフォー。誰しも触れてほしくない過去の一つや二つあるのを知っているし、楽しい時間を過ごすために、相手の過去を知ることが絶対に必要なわけじゃないことも知っている。

ぶっちゃけ私が話せないことを山のように抱えてるから、詳しく訊《き》く資格がないんだよね。

あとちょっと自分でも吃驚《びっくり》したのが、彼といるとあいつ、グランツのことをあんまり思い出さないこと。

こうして綺麗な景色を見ていても、あいつに見せたかったなと思いはするけど痛みは少ないんだ。

ちょっとまいったなあと、思わなくはない。

「なあ、祈里」

「なあに」

ご飯を食べ終えた頃、ふと、ライゼンがこちらを向く。

淡い光に照らされる顔が、どこか緊張しているような気がした。

「月が綺麗だな」

「そうだね」

どこかの文豪が訳した愛の言葉めいているな、と思った。

けれど、そのエピソードを話したのは、共に魔王討伐の旅をした仲間くらいなものだから偶然だ。

ちょっぴりどきりとしつつ、私は返事をする。ライゼンは表情を緩めて銀の月を見上げた。

私も水面に浮かぶ花の月を見おろす。

違うものを見ているけれど、同じものを共有している。

そうして私達は水面の花の月と、空の銀の月との共演を、ただただ静かに眺めたのだった。

第三章　石城《せきじょう》迷宮編

閑話　緑を宿す青年の独白。

夜明けのまだ薄暗い中、宿の一室で起き上がったライゼンは、反射的に隣のベッドを向いた。

そこにはちょうどこちらを向いて、健《すこ》やかに眠る少女、祈里がいる。

わずかな光で星屑《ほしくず》のように煌《きら》めく銀髪を惜しげもなくシーツに散らしてすよすよと寝息を立てる姿は、外見相応にあどけなく儚《はかな》げだ。起きている時の快活さが嘘のようだ。

自分が起きても彼女が熟睡していることが嬉しいと思いつつ、大丈夫かとも心配してしまう。信頼されている証《あかし》とは思うが、彼女からすれば出会って半月ほどの人間にここまで無防備でいいのか。

だが問いかけたところで、彼女はあっけらかんと問題ないと言うのだろう。

一度懐《ふところ》に入れた相手は全力で信頼する。情が深いのだ。

――世界の敵だったはずの魔王に最後まで心を傾け、他愛のない約束までするほど。

ライゼンの視線に気付いたのか、祈里はきゅ、と眉を寄せた後、ゆるゆると瞼《まぶた》を開いた。

森の命の色そのものである深く透《す》き通《とお》った緑の瞳があらわになり、ライゼンを映す。

彼女の寝起きはすこぶるいい。くあ、とあくびをして起き上がった。

「おはよーらいぜん。あんたはやっぱり早いねえ」

「まあ、朝が早くて損をすることはないからな。鍛錬《たんれん》に行ってくる」

彼女が起きる前に着替えたいと思っていたのをうっかり忘れていたライゼンは、剣をつかんだ。

街に長期滞在でもしない限りシャツとズボンで眠る習慣がついている。不測の事態が起きても気にせず外に出られるようにだったが、こんな形で役に立つとは。

ついでに顔でも洗ってくるか、と考えていたのだが、祈里がぱっと反応した。

「あ、待って私も行く！　剣の型をさらっておきたいんだ」

「おい待て。俺がいるのに着替えるな」

祈里がベッド脇に置いていた服を取ろうとするのを、ライゼンは即座に止めた。

当たり前のことをしたはずなのに、銀髪の少女は何故か不満そうな顔をする。

「別に上着を着るだけじゃない。脱ぐわけでもないしさらっと終わるって」

確かに彼女の下着は袖なしのシャツという一般的なものだ。寝間着として利用する人も多い。

だがライゼンは彼女が幼い姿をしていても、中身が成人女性だと知っている。ましてや彼女に少々どころじゃない想いを抱えているのだ。それを避けるために外に出るつもりだったのに、内心穏やかではない。昔も今も彼女の無造作さは変わらないが、勘弁してほしいと遠い目になった。

彼女の態度の原因が、男性として振る舞うことに慣れているせいなのか、それとも生来のものかはわからないが。正直後者のような気がしてならない。

ここで気にすれば、それはそれで気まずくなるためライゼンが悩んでいるうちに、さっさと着替え終えた祈里は嬉々として聖剣を背負っていた。

「お待たせ、行こうライゼン」

屈託《くったく》のない笑顔にライゼンは脱力した。ここまで気安い態度を取ってくれるのは、今の自分《ライゼン》だからだ。赤の他人であり、たまたま旅の道連れになった男だからこそ。

国王となったはずの彼女がどうしてこんなところにいるのか、何故幼い姿になっているのか、ライゼンは知らない。訊《き》くこともできない。

何せ彼女はライゼンの正体に気付いてないのだから。

水月花《すいげつか》の泉のほとりで、かつて彼女に教わった言葉を呟《つぶや》いた時も、彼女は反応しなかった。

少し寂しさを覚えたが、ほっとした気持ちのほうが大きい。

だからこれはライゼンのわがままだ。もう二度と会うことはないと考えていた彼女が目の前にいる奇跡を大事にしたかった。

できるならば、このまま。彼女の旅が終わるまで。今は旅の連れとして他愛なく会話をしよう。

「さー、朝ご飯をおいしく食べるためにひと運動！」

「そういえば祈里、訊《き》きたいことがあったんだが」

「なあにー？」

「そろそろ国境近くだが、身分証はどうする」

「あ」

「……あ？」

「いいいや考えてなかったわけじゃなくて、すっぱり忘れていたとかそんな感じで」

楽しそうに銀の髪を揺らしていた祈里がぽかんとした顔の後、うろたえ始める。

ライゼンは彼女らしいと思いつつも呆れて、焦る彼女の声に耳を傾けたのだった。

その一　迷宮見学は定番です。

城を抜け出してそろそろ半月。レイノルズ自治区にある国境の街ナイエスに辿《たど》り着《つ》いていた私は、傭兵ギルドの一室にいた。

ちゃんと十歳……いやいや十二歳っぽい顔をして、試験官のお兄さんを見上げている。

ふふん頑張ったよ。めっちゃ十二歳児らしくやれた自信がある。

どことなく試験官の顔が引きつっている気はするが、気のせいなはずだ。

だって私、美少女だし。そんなすさまじい戦闘力を発揮した覚えないし。

後ろから感じるライゼンの視線は無視だ無視。

とはいえ、ちょっと心配だな。

「試験官さん、私、不合格なの？」

小首をかしげて問いかければ、試験官のお兄さんがうっと言葉を詰まらせる。

「い、いや即戦力として期待する」

「やった！」

だよねー！　筆記も実技もしっかり手応えあったもん。

私がぴょんぴょん飛び跳ねていると、試験官が深刻そうな顔で後ろのライゼンに話しかけていた。

「お兄さん、これから彼女が成人するまでは監し……いえ監督するようお願いします」

え、何このお兄さん、監視って言おうとした？　言おうとしたよね？

をい、ライゼンなんで真顔で頷《うなず》くんだよ。

「大丈夫です、しばらくは俺がいない場所で仕事させる気はありませんので」

「それを聞いて安心しました」

そこでようやく試験官のお兄さんは息をつき、私にネックレスを差し出した。丈夫さを重視したそれは、鎖の先に鉄色の金属片が付いている。

「イノリ・ハーレイ」

「はい」

「これより君は傭兵ギルドの名のもとに、抗《あらが》いし者の末席に加わる。この鉄級《てっきゅう》の鉄片に恥じぬ活躍を期待している」

そして私は晴れて傭兵になったのだ。

一通りの手続きを終えた私達は、ギルド直営の酒場でご飯にしていた。

今日のメニューは赤いトマトの野菜煮込みに、羊のお肉を焼いたやつである。

うわあい！　焼き肉だあ！

羊肉は骨付きで、表面にハーブと塩が振りかけられた一品だ。がぶっとかぶりつくと直火で焼かれた香ばしい香りと共に、肉汁が口一杯に広がった。初夏だからか、爽《さわ》やかなピクルスが付け合わせにされていて、口の中をさっぱりと洗い流してくれるから、お肉がどんどん食べられる。

たっぷり焼肉を満喫《まんきつ》してお腹《なか》が落ち着いた私は、足をぶらぶらさせながら真新しい鉄片をしげしげと眺めた。

「おーすごいな。これがギルド証なんだー」

板状のそれには私の名前になった「イノリ・ハーレイ」と、登録した支部であるナイエスの文字が刻まれている。さらに魔法で魔力が登録されて、機械に通すと職業歴までわかっちゃう高性能なそれは、傭兵ギルドナイエス支部のギルド員証だ。

なんで傭兵登録なんてしたか、それは国外へ出るための身分証を手に入れるためだった。

グランツ国は基本的な人権が守られた文明国家だが、外の国は法律も価値観も違う。

未だに奴隷制度なんてものが残っているところもあるし、ありていに言えば、人権何それおいしいの？　という国すらあるのだ。

そんな場所に私みたいな美少女が行ってみろよ。悪いお友達が群がってくること請け合いだろ？

まあ、ぶっ飛ばす気満々とはいえ目立つことはなるべく避けたい。

そんな時どこかの組織に所属していると証明できると、いらない手間が省《はぶ》けるのだ。

でもって目を付けたのが、仕事を求めて移動することの多い傭兵なのだった。

そうだよ、国外も回ってみようと思った時からちゃんと考えていたんだ。ライゼンに指摘された時はうっかり忘れていただけで！

「にしてもさ、まさか鉄級《てっきゅう》から始められるとは思わなかったよ。児童救済制度でギルド登録は一応できても、子供は真鍮《しんちゅう》から始めるもんじゃないの？」

貰った鉄片をいそいそとポケットに入れながら、私は首をかしげた。

傭兵ギルドを選んだ理由の一つは、十二歳から登録できるという利点があったからだ。

児童養護施設を作ってもこぼれる子っていうのは出るから、そんな子が搾取されないように、グランツでは傭兵ギルドと協力して救済措置としてこの制度を作ったんだ。本当は児童労働もなんとかしたいんだけど、一気に変えると反発も大きいからちょっとずつね。

そうやって登録した子供達は、真鍮《しんちゅう》級という一番下の階級から始める。

なのに今回、私が貰ったのは鉄級《てっきゅう》。

真鍮《しんちゅう》、鉄、銅、銀、金という階級の中では、駆け出しに入る。魔物退治みたいなちょっと危ないお仕事もできるよ！　という階級だ。

すると、ライゼンが盛大な呆れ顔になって言った。

「魔法をあれだけ披露すれば、そうもなるだろうさ」

「や、だってお兄ちゃんを援護するために魔法を覚えたんなら支援魔法系統は必須だろう？　ついでにある程度の自衛として攻撃魔法の一つや二つ使えないと」

本当は治癒魔法を使えたら良かったんだけど、あれ死ぬほど細かい魔力操作が必要でさ。私では自分以外の傷は治せないのだ。親友のアルメリアは聖女だけあって得意なんだけどなあ。

「世の中ではどれか一つで充分すぎる魔法使いだ。君が子供でなかったら銅級になったはずだぞ」

なん、だって……⁉

ライゼンの断固とした主張に、私は目を丸くした。

ナキは天才だから除外として、経済大臣をやってるエルフのシアンテは自衛のためにってほいほい魔法を使っていた。護衛役のシスティも記憶改ざん魔法をはじめとした素敵に楽しい魔法の数々を扱っていたから、そんなもんだと思ってたけど、そうではなかった？

「カモフラージュのために買ったこの杖《つえ》は意味がなかったの⁉」

「持っていなかったら、さらに目立っただろうな」

ライゼンの追い打ちに、私はべちゃりと机に突っ伏した。

うう、一生懸命マシな初級魔法を選んでいたのに水の泡だったなんて。

「これから旅費も稼がなきゃいけないのにどうしよう」

「魔法使いの持ち物はどれも高価だからな」

ライゼンの言葉に、私は唸《うな》った。

魔法使いでも周辺魔力に干渉するためには結構な力が必要で、触媒を埋め込んだ杖《つえ》を補助に使う。

その触媒っていうのが、魔力結晶という貴石に特殊加工を施《ほどこ》した代物《しろもの》なんだが、べらぼうに高い。それっぽく見せるために一番安い杖《つえ》を買ったら、ソリッドでカツアゲしたお金の九割が消えたよね。

リアル魔法少女ができる！　ってデザイン優先で選んだから、ある意味超満足だけどさ。

というわけで、私の旅費は絶賛大ピンチに襲われていた。

「また、賞金く……」

「却下だ。目立つのは嫌なんだろ」

「ぐぬぬ」

「ただ、この辺りで稼いでおきたいのも本当だ」

即両断されてしまった私は、ライゼンを恨めしく見上げる。だが彼が真顔で腕を組んだから驚いた。

「え、あんた銀級でしょ。蓄《たくわ》えは」

「ギルドに行けば下ろせるが、いつ何が起こるかわからない仕事だからな。一年仕事ができなくても生きていける額を割らないよう、定期的に仕事をすることにしている」

「くうっ、堅実すぎて感心する！」

「感心って顔じゃないのは気のせいか？」

ライゼンの困惑顔は華麗にスルーした。

私がライゼンくらいの年齢の時なんて、バイトで稼いだお金で遊びまくっていたぞ？

そりゃあ、傭兵稼業は生き死にと仕事量が直結している世界だから、慎重になるのもしょうがないけどさあ。もうちょい肩の力を抜いてもいいんじゃないかなと思うぞ、アラフォーは。

それに私だって今は金欠だけれども財産がないわけじゃないんだ。城に戻れば金銀財宝……あ、全部税金だった。

ともあれ、ここいらで資金調達をするって意見は一致してるし、どこかで稼ぎたいものだ。

「あんまり目立たなくて短期で手っ取り早く稼げる仕事はないかなあ」

「気持ちはわからなくもないが、傭兵なんて所詮日雇いだ。そうそうは……」

欲望をダダ漏れさせる私に、ライゼンは眉尻を下げていたが、そこで言葉を止めた。

私達のテーブルに傭兵風の男達が近づいてきたからだ。

全部で三人。ほう女の人もいるのか。大きさはそれぞれだけど剣を持っているし前衛かな。

「いよう。お前らが期待の新人か。いい時に来たなあ！」

「こら、小さな女の子の前で大声出したら、怖がられるでしょうが」

額《ひたい》にバンダナを巻いた三十歳くらいの青年がひょいと片手を上げたのを、その隣にいた二十代後半の女性が咎《とが》めていた。彼らの後ろには巌《いわお》みたいな青年が成り行きを見守るように佇んでいる。

いや中身アラフォーだから怖くはないけど。体が資本の傭兵は平均年齢が低いから、私よりも大体年下なんだよなあ。

おっと黄昏《たそが》れかけた。いや、今の私は推定十二歳の美少女だ。気にしなくて問題なし！

さて、新人って声をかけてくるくらいだから、彼らはギルドで感じた視線のいくつかの一つだろうけど、目的はなんだろうね。

「お兄さんお姉さん達、誰？」

彼らを冷静に観察しつつ、私は表面上は無邪気に小首をかしげてみせる。

そこでようやく私の姿を認識したらしい。彼らはたっぷり十秒は絶句して、私をまじまじと見た。

その反応も慣れた。ギルドの試験官にもやられたし、うん。

「うっわ。こりゃあ将来が怖いくらいのべっぴんさんだな」

「今でもどこかに攫《さら》われちゃいそうな美少女よ……いいのかしら……」

まあ実際攫《さら》われかけて組織をぶっ潰したけど、ってそうじゃなくて。

「用向きはなんだ」

ライゼンがしかたなしという雰囲気で水を向けると、彼らは我に返る。気まずそうに顔を見合わせた後、額《ひたい》にバンダナを巻いた青年が代表して口を開いた。

「二人とも、俺達のパーティに加わらねえか。俺が銀、ほかの二人は銅級だ」

うすうす予想はしていたけど、チームを組むための勧誘だった。

ふうん、つまりギルドで感じた視線は、全部勧誘の機会を虎視眈々《こしたんたん》と狙ってたってことか。

「私、ギルドに登録したてだよ？」

「だが嬢ちゃんは魔法が使えるんだろ。敵の足を止められれば俺達の仕事が楽になるし、攻撃を防げれば言うことはねえ。特殊な場所だしな、魔法が使いにくいって噂《うわさ》はあるが、手札は多いに越したことはない」

うーん、後半がちょっとばかりよくわからないけれど。

認識を改めよう。確かに子供でも魔法が使えるだけで戦力なんだ。

まあちょっと考えればわかるよね。そうじゃなきゃ誰でも魔法が撃てる魔法具が必要とされるわけがないもん。

パーティっていうのは、大体四、五人くらいで構成される。それが、小回りが利いて役割分担もできる人数だからだ。この人達が真っ先に声をかけてきたのは人数的なものもあるけど、少女である私が怖がりにくい女性が仲間にいた、というのもあるんだろうな。

「二人で仕事をするのも大変でしょ。お互い助け合うと思って組まない？」

栗毛をひっつめた女性がライゼンに言《い》い募《つの》るのを私は脇でふーんと見ていた。

まあね、子供より大人を交渉相手に選ぶのは当たり前だよな。

私の猫かぶりも面倒だし、正直ほかの人と関わりたくないから断るの一択なんだけどなー。

そう考えていると、ライゼンの顔がうっすらこわばった？

「これから隣の国に渡らなきゃいけないから、だめなんだよ」

とっさに割って入ると、勧誘してきた全員の視線を浴びた。私は子供らしく自己中に視線をスルーすると、咎《とが》める眼差《まなざ》しを作ってライゼンを見る。

「もー！　予定に間に合わなかったら怒っちゃうんだからね！」

「ああ、そういうわけなんだすまない」

助け舟だと察したらしい彼が断ると、バンダナのお兄さんが未練たらたらな様子で言った。

「どうしてもか、短期間でも？」

「ずっとずっと楽しみにしてた旅行だからだめ」

何せ私王様なもので、一ヶ所にとどまりすぎると追手がかかっちゃうんですよ。

そんな心の声はまったく聞こえない傭兵三人は、私がぷいっとするのをほど良く勘違いしてくれた。

「ごめんなさいね、ここで傭兵登録をしてたから、石城迷宮に来たものだとばかり思ったの」

女性がそう言って謝った。私は初耳のキーワードに耳がダンボになる。

「石城迷宮？」

「それも知らないでここに来たのか？」

知りませんとも、そんな素敵にときめく単語！

ライゼンの表情が、見る間にあちゃーとなっているのは気にしない。

バンダナ青年が勢い込んで話してくれるのに、私は美少女スマイルで先を促《うなが》したのだった。

☆　☆　☆

傭兵達の誘いを断った翌日、私とライゼンは二人だけで定期馬車に乗っていた。

もちろん！　石城迷宮を観光するためだ。

石城迷宮は森の中にぽっかりとあった。

私は巨大な岩山とその下に広がる街を呆然と眺める。標高は低いけど白っぽい岩肌が視界に収まりきらないほど続いていて、街の一部に濃い影を落としていた。

この首の痛さからして、迷宮はうちの城よりでっかい。岩肌にはぼこぼこと屋根付きの尖塔《せんとう》が突き出し、外壁はナニかの石像や彫刻で飾られている。

何故ナニかの石像と表現するかというと、あんまりに前衛的すぎて人っぽい？　獣っぽい？　ということしかわからないからだ。

それでもびっしりと、とにかく隙間という隙間を埋め尽くしている装飾は、完成にどれだけ時間がかかったのか計り知れないほど細かい。ただ、楽しさと熱意だけはひしひしと伝わってきた。

子供が好きなものを楽しく全力で飾り立てたという表現が一番近い、いびつで奔放《ほんぽう》な岩城だ。

そんな岩城の裾《すそ》にへばりつくようにして、宿屋やギルド支部など傭兵が活動するために必要な施設が揃っていた。

だが、ここでは傭兵を傭兵と呼ばないらしい。

私達が馬車から降りると、呼び込みの喧騒《けんそう》が耳に飛び込んできた。

「さあさ、石城迷宮に挑む冒険者さん、今夜の宿が決まっていないのなら跳ね兎亭においで！　今なら荷物を安全に預かるサービス付き！」

「初めて来た冒険者なら、迷宮名物レンガ肉を食べて英気を養っていっとくれ！」

迷宮に潜り財宝を持ち帰る、冒険者という響きはなんとも甘美だ。

何せこの私がつられているっ。

「祈里、まずは宿を……っていつの間に」

早くも宿の品定めをしていたライゼンが呆れた顔をしているのは、私が屋台やら歩き売りのおやつやら、ご飯をたっぷり買い込んでいたせいだ。

「ほれほいしいひょ、らいへんもどお」

「呑み込んでからしゃべれ」

そう言いつつライゼンも、ちゃんと謎石像焼き（石像をかたどったらしい人形焼きみたいなケーキ）をつまんでる。

もっともひと口かじった彼は、微妙な顔になった。

「まずくはないが、強《し》いて食べるものか……？」

「頑張って頭をひねって名物を作り出しましたって雰囲気が楽しい」

若干チープな感じが、いかにも観光地！　って気分にさせてくれるのだ。

首をかしげながらも食べるライゼンに、口の中のものを綺麗になくした私は話し出した。

「とりあえず、売り子の人に聞いた話だと、数ヶ月前からこの迷宮内で瘴魔《しょうま》の目撃情報があったんだって。けど中にはゴーレムがいてなかなか探せない。だから瘴魔《しょうま》の出所を探すために、領主が傭兵達を集めたのが迷宮の始まりだってさ」

「一応は情報収集も兼ねてたんだな」

「もちろん、三割くらいは」

「少ないな……」

だって観光と休暇が主な目的だもの。三割あっただけましだと思う。

人形焼きを食べきった私はじゃがバターを攻略し始めつつ、話を進める。

「迷宮を守護するゴーレムを倒せば貴重な魔法触媒が手に入って一攫千金《いっかくせんきん》も夢じゃありません。買い取りレートはその都度、確認を。瘴魔《しょうま》、あるいは瘴泥《しょうでい》の出所を見つけた場合は賞金もあります」

「なんだそれは」

「石城迷宮冒険者の手引きに書いてあった。ちなみに瘴魔《しょうま》の発見は月に一回あるかないからしいね」

さっき貰ったパンフレットを見せると、ライゼンの顔が引きつった。

「い、至れり尽くせりだな、死亡率は」

「聞いて驚け、わずか0・1%！」

「なるほど、それで一般人や若い傭兵が多いのか」

得心が行ったらしい彼は複雑な表情で道を行き交う人を眺めていた。

0・1%なんて道端で瘴魔《しょうま》に襲われるくらい確率が低いことになる。

賑やかな街並には、荒事になんて縁がなさそうなおじさんや、まだ十代に見える男の子が武器を持ち、希望に満ちた顔で闊歩《かっぽ》していた。農作業の帰りに稼ぎに来ましたみたいなおじさんが武器代わりに鍬《くわ》を持っているし、ってえ、もしかして胴に巻いてるのって、鍋……？

そんなちぐはぐでお祭りみたいな雰囲気だから、剣を背負っている私が目立たないくらいだ。

普通の害獣討伐よりも死ににくくて稼げるのなら、そりゃあ挑みたくもなるよね。確認したら、傭兵ギルドナイエス支部にも「冒険者募集！」の貼り紙があったし。

ここまで積極的に誘致しているものを、今の今まで知らなかったなんて驚きだよ。

しかも、それだけじゃない。

「それでね。瘴魔《しょうま》が目撃されたのは、迷宮の中に魔王が現れたからじゃないかって噂《うわさ》もあるんだ」

ライゼンの顔から、すっと感情が落ちた。

魔王が君臨していた時期には彼はまだ子供だったろうに、それでもこの反応だ。

これが私がここに来ることを決めた理由の最たるものだった。

今日の朝っぱらに「行くぞ石城迷宮！」って言い出して素直についてきてくれたライゼンは初耳だっただろう。私だって朝に宿で宿泊客の話を聞いた時には驚いたさ。

もう元勇者だが、それでも魔王がいると聞かされては黙ってはいられない。いや私個人としても避けて通るなんて無理なのだ。

「祈里……」

ライゼンに呼ばれて、私はちょっと我に返る。いけないいけない、これは私の事情だ。

それに今は休暇中、深刻に悩むのは後回し！

だからちょっとこわばっていた顔を平静に戻して、明るく言ってみせた。

「ま、ともかく、迷宮見学も立派な観光だよね？」

「一応は危険地帯を観光地扱いしないでくれ」

「いいじゃない。やっと観光旅行らしいことができるんだ。資金集めも兼ねてがんがん行こう！」

「おい、まずは宿を確保してからだぞ！」

さあ冒険者としての初仕事だ！　張りきって行くぞー！

隣を歩くライゼンを横目に、私は眼前の迷宮を目指したのだった。

なんとか宿屋を確保した私達は、早速石城迷宮の入城口前で門番の確認を受けた。

「パーティは二人。銀級ライゼン・ハーレイと鉄級《てっきゅう》イノリ・ハーレイ。なるほど、兄妹か」

「そうなの、今日が私のデビューなんだ」

私がにっこり笑うと、石城迷宮の門番はでれっとしながらも、心配そうにライゼンに問いかける。

「瘴魔《しょうま》の目撃はないし、死人は滅多に出ないが、治療院のどこかと契約したか」

「契約？」

「迷宮内で重傷を負うと外に搬出されるんだよ。自力で治療院に辿《たど》り着《つ》ければいいが、治療院と契約しとくと回収してくれる。いわば保険だな」

なんだそのサービス。

ライゼンの顔が引きつる横で、ごごごと岩肌の一部が開き、ぽいっと人間が放り出された。放り出された男は野太い悲鳴を響かせながら落ちていき、設置されたトランポリンの上で飛び跳ねる。

妙なところに置いてあるなと思っていたけど、あれ遊び道具じゃなかったんだ。

「おーい、怪我人だぞー」

「あちゃあ、こいつどこの治療院の会員証も持ってねえぞ」

「かわいそうに、触媒を持ってても全部売っぱらうことになるなぁ」

回収班らしい男の人達がのどかに言い合いつつ、うめき声を上げる冒険者をどこかへ引きずっていく。その手つきはめちゃくちゃ手馴れている。ほうほう。

私が興味深く眺めていると、目頭を揉《も》んでいたライゼンが見おろしてきた。

「それはだめだからな」

え、なんでいっぺんやってみたいと思ったのバレたの⁉

ぎくっとして彼を見上げたのが、門番には怖がっていると思われたみたいだ。ちょっと腰をかがめた門番に心配そうに訊《き》かれた。

「やめとくかい？　引き返せるよ」

「へいきだよ、お金も稼がないといけないし」

「大丈夫だ」

「そうかい……」

私とライゼンが口々に言うのを、勘違いしたらしい門番がぐっと何かを堪《こら》えて言った。

「決まりだから確認するぞ。この迷宮内で何が起きても関知しない。たとえ死んだとしても自己責任だ。しかし、何を持ち帰っても君達のものになる。同意するか」

「します！」

「じゃあ、入場料は二人で銅貨十枚だ」

「入場料あるのかよ」

「何か言ったかい」

「ううん！　はい、これ」

私が財布から銅貨を差し出せば、門番は道を譲った。

「蛮勇なる冒険者よ、君達に幸運があらんことを」

定型になっているんだろうそれを背中に聞きながら、私達はいよいよ迷宮内に足を踏み入れた。

入ったところはたぶん玄関ホールか何かだ。左右の壁には魔法灯が並び、明かりには困らない。

戦ってもまったく困らなそうな高い天井に加え、壁は外の岩壁と同様、大小様々な石像や彫刻で飾られている。

「まさか回収サービスまであるとは」

「至れり尽くせりすぎて笑っちゃうよね」

そんな感じでしゃべりつつ、のんびり歩いているから、後ろからどんどん冒険者に抜かされる。けれども、通行の妨《さまた》げにならないくらいには通路は広かった。

そこかしこに奥へと続く廊下があり、入城してきた冒険者がばらばらに分かれていく。みんな目がお金の単位になってら。そりゃ入場料まで払うんだもん、元は取りたいよな。

けれども私達の目的は観光なので、最後尾を物見遊山《ものみゆさん》気分でとことこ歩いていた。

「ふおおお、すごい。中も彫刻で一杯だあ！　え、何この部屋、変な形ー！」

「本気で観光してるな……」

ライゼンは呆れながらも、私を止めるでもなく付いてきてくれる。

うん、だって今日は内部構造を確認するだけって話し合っていたからね。

にしても、ここの彫刻はめちゃくちゃ見応えがあるよ。一つとして同じものがないんだもん。

所せましと彫刻像が並んでいたかと思えば、何もない壁なんて壁じゃないぜ！　と言わんばかりに何かがびっしり彫刻された壁画が続いていたりする。

だから追い抜かしていく冒険者達に鼻で笑われたのなんてスルースルー！

私は面白い迷宮の彫刻や壁画を見つけるたびに立ち止まり、きゃっきゃしていた。

普通の美術館や博物館で声を出すのははばかられるけれども、ここでは遠慮なくはしゃげる。ただ、触るのは遠慮しとく。だって壊したら嫌じゃないか、それくらいはマナーとして守るよ？

近くで見てもやっぱり何を模《も》しているか、全っ然わからない。愛があるんだろうなあというのがなんとなくわかるだけだ。

「この迷宮本当に人が住んでたのかなあ。どんな気分だったんだろ」

「さてな、聞いたところだと不定期に内部の構造も変わるらしい。未探索の場所もあるかもしれないな」

「だろうね。この中、異界化してるもの、魔力の気配がぷんぷんする」

脇道にそれると、空気が変わる。空間が歪《ゆが》んでいる所特有の感覚だ。

私は迷宮内部に入った時から複雑に張り巡らされた魔法の存在を感じていた。

魔法の分析なんかできないけど、この感触はうちの賢者ナキの研究塔と似ている。あそこ、山のように防犯魔法や収納魔法が仕掛けられてるせいで時空が歪《ゆが》んでるらしくて、外観よりも確実に内部が広いんだよね。さすが異世界と思ったものだ。

「祈里」

しみじみと感じ入っているところで、ライゼンの警告の声が響く。理由はすぐに察せた。

ライゼンはすでに剣を抜いて前方を警戒している。

うーん、残念ながら私には魔力が充満しすぎてて全然わからない。けど、ライゼンが警戒するのならそうなんだろう。私も早速新調した杖《つえ》を引き抜いて構えた。

ふふん、触媒は小さいけど広げた翼に似た意匠《いしょう》がくっついたファンシーな杖《つえ》だ。たぶん可愛すぎるから売れ残ったんだろうね。でも銀髪碧眼《へきがん》美少女な私が持つには、ばっちりだと思わない？

ライゼンからのハンドサインは、有効射程内に入ったら足止め。

りょーかい！

さあ、何が来るかな。

道の曲がり角から現れたのは、狼と猫を足して二で割ったような獣達だった。全部で三体。

恐ろしく精密に、毛の一本一本まで再現された獣は生き物にしか見えない。

けれどその毛並みは風にはそよがず、光沢のある滑らかな体表は生物とは一線を画していた。

いや、うん。この迷宮を徘徊《はいかい》しているっていうゴーレムの一種だと思うんだけど。

興奮のまま、私はばっとライゼンを振り仰《あお》いだ。

「ねえ、何あの芸術品！　私の知ってるゴーレムじゃないんだけど⁉」

普通ゴーレムって、石を積み上げて手と足を作ったみたいな、あるいはクッキーや粘土で作った人型みたいなやつでしょう⁉　あんな精密に作られるものじゃないはずなんだけど‼

「完全に同意だが、来るぞっ」

ライゼンの言葉通り、獣型ゴーレムは生き生きと四肢を動かし私達にその牙を剥《む》く。

いや、待ってなめらかすぎるでしょゴーレムの動きじゃないってば⁉

しかたない、予定通り足止めを……ああでもあんな綺麗なもの壊したくない、そうだ！

「壊さず止めれば良いじゃない！」

早速私は魔力を練り上げようとしたのだが、いつもより手応えが緩い。

あっれぇ？　じゃあいつもより多めにぶち込んで、っと。

即座に対応した私は意気揚々《いきようよう》と杖《つえ》を振るった。

「〝凍れ、え〟⁉」

握った杖《つえ》から、びきっと嫌な感触がした。とたん膨大な魔力があふれ出す。

剣を構えて走り出そうとしていたライゼンが、はじかれるみたいに壁際へ退避した。

瞬間、彼の足先をすさまじい冷気が走り過ぎ、目の前にいた獣型ゴーレムに到達した
とたん、氷の柱が二つそびえ立つ。

氷の中に閉じ込められた獣型ゴーレムは、目から光を失い動きを止めた。

ゆっくりとした動作で振り返ったライゼンが、じっとりと非難の眼差《まなざ》しを向けてくる。

「…………祈里」

「ご、ごめんごめんっ……ってあー‼」

明らかに悪いのは私なので素直に謝ったのだが、違和感のあった手元を見て悲鳴を上げる。

あれだけ可愛かった我が相棒の杖《つえ》が、割り箸みたいに裂けていたのだ。

「なんでなんで、使ったの初級魔法だよ⁉」

「そういえば、この迷宮内では魔力が弱体化すると、言っていたが……」

あ、あの吸い取られた感じのこと。つまりは魔力がどこかに奪われていたってこと？

その中に適当に魔力をぶち込んだから……

「吸い取られる感じがして魔力を増やしたら、暴発したみたい、デス」

私が自分でもわかるくらい引きつった顔で言えば、ライゼンの視線は冷えきっていた。

「どれだけ込めたら杖《つえ》が壊れるんだ」

「そんなこと言ったって、ほんのちょーっと増やしただけだったんだよ。そしたら何かに引っ張られたみたいにきゅーっとうっかり増えちゃって」

ごにょごにょと言い訳を連《つら》ねていくと、ライゼンが深い深いため息をついた。

「なんにせよ、その杖《つえ》はもう使い物にならないだろう。せめてあそこのゴーレムから魔法触媒を取り出すしかないな」

「うううぅぅ……！」

この杖《つえ》お買い得価格だったけど高かったのに！　魔法少女みたいで気に入っていたのに！

涙目で唸《うな》った私は、氷に包まれたゴーレムを、ぎっと睨《にら》みつける。そしてゆらりと背中の鉄バットを引き抜いた。

おのれ、この恨みはらさでおくべきか。

「杖《つえ》代、宿代、旅代！　全部回収してやるうう‼」

私は雄叫《おたけ》びを上げて、ミエッカを振り回して氷柱へ襲いかかった。

八つ当たり？

そんなもん知らん！

氷漬けにされて反応がないはずのゴーレムが、どことなくひるんだように見えたのだった。

☆　☆　☆

遺跡に潜る冒険者の朝は早い。

中で夜を明かそうとする猛者《もさ》もいるらしいが、これだけ近くに宿泊施設が揃っているのだ。しかも不定期に内部の構造が変わる。変わった瞬間に巻き込まれたらかなわない。

だから大体の冒険者は、朝から潜って夜には出てくる大変健康的で規則正しい生活になるそうだ。

私とライゼンも朝早くに入城口へやってくると、門番が珍妙な顔になった。

おや私達に注意事項を聞かせてくれた人じゃないか。

「あれ君、杖《つえ》は……」

「これですけど」

「いや、でもそれバッ……」

「杖《つえ》なんで」

全力で言い張ると、門番は微妙な表情ながら触れないことにしたらしく、話題を変えられた。

「昨日はいきなり魔法触媒を回収したらしいね。職員連中の間でも話題になっていたよ。今日も頑張ってくれよ。深く潜る時は瘴魔《しょうま》に気を付けてな」

次々に現れる冒険者達に押されるように、私達は遺跡内へ潜り込んだ。

「ふん、ふん、ふんふんふん♪」

どっかで聞き覚えた野球お決まりのナンバーを鼻歌で歌いつつ、私は聖剣ミエッカをぶん回す。

剛速球で打ち出された風の弾が、ライオン（めっちゃイケメン）とヤギ（めっちゃ美人）の頭が付いたキマイラ型ゴーレムの土手っ腹を貫《つらぬ》く。

機能を停止したゴーレムはその場に倒れて沈黙した。

あーやっぱり使い慣れた得物は気楽だぜ！　変に杖《つえ》を使おうだなんて考えずに、はじめっからこうしとけば良かったな。

だって鍬《くわ》に鎌に棍棒《こんぼう》を携えてる人がいるんだよ？　鉄バットなんて普通じゃない？

というわけで杖《つえ》を壊した私は、いつもの得物であるミエッカを担《かつ》いでいた。

「さあ回収回収っと！　ライゼン見張りよろしく」

「ああ」

ライゼンが道の先に視線をやる脇で、ミエッカを横に置いた私は、手袋をはめて専用の工具で表面を引きはがしにかかる。朝から何度もくり返していれば、今では慣れた作業だ。

「あそこまで気楽に言われるとは思わなかったな」

「瘴魔《しょうま》がいるから気を付けて、って話？　おっ取れた」

ライゼンが思わずといった風に漏らした言葉に、ゴーレムの中の魔法触媒の結晶を取り出しつつ応じた。

手の中に転がった魔法触媒は、透明でほのかに色づいた宝石のような石だ。

魔力結晶と呼ばれる石を精練したもので、魔力の質によって色合いは千差万別に変わる。精錬に技術が必要なのもそうだし、魔力結晶自体が自然界からしか採れなくて希少価値も高い。だから宝石と同じように取引されているし、お値段も普通の宝石と同等かそれ以上するものもあるのだ。

そんなものがゴーレムを倒すだけで手に入るんだから、冒険者が殺到するのもよくわかる。

私の隣で目を回しているヤギっぽいのとライオンっぽい双頭の獣は、相変わらず生き物みたいに綺麗なゴーレムだった。

器物にまで魂《たましい》が宿る文化圏から来たもんだから、壊さないようにそっと取りたくなるよな。

おっと瘴魔《しょうま》の話だった。

取り出した触媒を大事に鞄《かばん》へしまい込んだ私は、ライゼンに言う。

「いくら恐ろしかったとしても時間が経つと記憶は薄れるし、何より人間って現金だから、瘴魔《しょうま》の怖さ以上に魅力的な物があれば目をつぶっちゃうものさ」

「まあ、その心理もわからなくはないが。それで本当に死んだら元も子もないだろうに……」

納得しがたい感じのライゼンの声に、少し冒険者達を案じるような色が混じっているのに気付き、私は微笑《ほほえ》ましい気分になる。

優しいなぁ。大体こういうのは自己責任で済ませちゃうし、本人にその気がないものを変えるのは馬鹿らしいって、私は割り切っている。

ただ、気にならなくはないんだよ。瘴魔《しょうま》の目撃情報があるってことは、瘴泥《しょうでい》がどっかに湧き出てるはずなんだ。それなのに、迷宮内の魔力が濃すぎて気配がまったく探れない。つまりはひとまず置いておくことしかできないわけで。

さらに言えば、それ以上に気になることがあるし。

曲げていた腰を伸ばして立ち上がった私は、周辺を見渡して言った。

「ぶっちゃけゴーレムの数、多すぎない」

「多いな」

私達が陣取った一角では、獣型にコウモリ型にとありとあらゆる形のゴーレムが死屍《しし》累々《るいるい》と横たわっていた。

いやあ、大変だった大変だった。倒すはしからゴーレムが現れるんだもん。ゴーレムを倒しながら自分達の有利な方向に移動したくらいだ。

今だってライゼンが魔法触媒の取り出し作業をしないのは、周囲を警戒するためだもん。

私の感知能力ってほぼ魔法に頼っているから役に立たないんだ。

「だよねえ。二人きりになったとたんどんどん来るんだもん、吃驚《びっくり》したよ。おかげで何体か回収し損ねたし」

「まあ、放置しておけば翌朝には消えているらしいが、ここまで遭遇すると少々心配になるな」

「そもそもほかの冒険者のところには一日に一体二体来るだけらしいじゃない。それもすぐに追い出されておしまいって」

だから稼ぎどころ！　って言われている割には、ゴーレムの魔法触媒の回収率は低いらしい。

それでもひと月に一体倒せれば、十分暮らしていけるけどね。

「君みたいに魔法が使えなければ、ゴーレムの相手は厳しいからな」

「そんなこと言ってるけどさ、あんただって思いっきり手足斬り飛ばして無力化しまくってたじゃない。この半分、あんたがやったの忘れてない？」

じと目を向けると、彼は自分が首やら足やらを斬り飛ばしたゴーレムからすすっと目を逸《そ》らした。

「……面白かったことは認める」

「素直でよろしい」

「ただ、少しばかり目を付けられたことも確かだな」

「あーうん。買い取り屋さんにすごい顔されたもんねえ」

私は遠い目をして買い取り屋のおっちゃんを思い出す。

椅子から転げ落ちてたけど、腰大丈夫だったかな。今日も同じくらい持ち込む予定なんだ。心臓止まらないでくれよ……？

魔法触媒は、小さくても現金よりも価値があって持ち運びに便利なんだ。今後の換金用にもうちょっと確保しておきたい。

にしてもなんでこんな面白……けふん大規模な遺跡を見落としてたかなと、私は首をかしげる。

一応魔導施設系は危険だから、グランツ国内で発見された場合、報告するよう義務づけていた。

なのにいくら思い出そうとしても記憶に引っかかってこない。まあ数年前まで夢も見ないほど忙しかったし、報告書を見ていても忘れてるって可能性はある。

覚えていたらこんな面白そうなところ、真っ先に飛んでいったしなあ！

……ふむ、セルヴァに調査に入れないか相談してみようかな。いや、でもどうやって私の居場所を知らせずに手紙を送るかだよな。

「君は、この中に本当に魔王がいると思うか」

ふとライゼンに問いかけられて、私は顔を上げる。

彼は周囲を警戒したままだったけど、意識はこちらを向いているのがよくわかった。

私が勇者だなんて知らないんだから、ライゼンのそれは世間話の一環なんだろう。

「いないわ、絶対、絶対」

「絶対、ときたか」

「だってね、魔王は勇者が完膚《かんぷ》なきまでに倒したのよ。瘴魔《しょうま》が街を襲わなくなったのがその証《あかし》。そもそもこんなところに魔王がいたら、この遺跡なんてあっという間に瘴泥《しょうでい》に呑み込まれてるよ」

「まるで君は見てきたみたいに言うな」

ライゼンが目を瞬《またた》かせる。彼の反応は予想の範囲だし動揺なんてしないさ。

だって実際倒したの私だし。大変だったんだよ。

魔王は特殊な魔物だ、というのが今の研究から導き出されている結論だ。魔王が発生する原因はわかっていないが、瘴泥《しょうでい》が大量に湧き出る場所にいつの間にか現れ、従えた瘴魔《しょうま》と共に加速的に大地を穢《けが》してゆく。最低最悪といわれるこの世の災害だ。

だから逆説的に月に一度瘴魔《しょうま》が目撃される程度の石城迷宮に、魔王はいないと確信している。私が魔王に関してまったく考慮に入れていないのはそういう理由だ。

まあ？　なんで傷心旅行の真っ最中にその名前を聞くかな、と思わなくはないけど。

そこは顔には出さず、ライゼンにはすまし顔で応じた。

「ふふーん。一般常識だよ。でもまあ、こうして途切れもせずゴーレムが出てくるのは、作っている何かがいるってことだし、ちょっとお話し合い《じんもん》はしたいと思うよ」

「いま物騒な副音声が付いていなかったか」

突っ込まれたが、私は華麗にスルーした。

だって今まで倒してきたゴーレムの数は、姿は違えど数にして一個中隊くらいにはなる。ここまで高性能で強力なゴーレムを量産できるってことは、街一つを攻め滅ぼすくらいわけないということでもあるわけで。休暇中だけど、王様としてはちょぃと見逃せない案件なわけですよ。

「とはいえ、長期間冒険者が探索していても解明されきっていない遺跡だ。そうそうからくりがわかるわけ、が……」

ライゼンの言葉が、中途半端に途切れた。なんか珍しいくらい間抜け面してるけど、も？

一体なんだと彼と同じ方向を向いた私は、目を点にした。

私達から一番遠くに横たわっている獣型のゴーレムに、妙なものがくっついていたからだ。

動くたびに魔法灯の光でテカる表面は、柔軟に動いてゴーレムを器用にくるみこむと、そーっと動かし始める。その体で綺麗に包んでしまっているのに消化するわけでもなく、どうやら持ち去ろうとしているだけのようだ。

でも選んだゴーレムが悪くて、ほかのゴーレムに当たってしまう。

がつん！　と結構な音が響いた。

ゴーレムを持ち上げられないらしく右往左往するそいつに、慌てて仲間らしい個体がぽよぽよと弾みながら近づいて励まし始めた。

うん、励ます前に邪魔になっているゴーレムをどかしたほうが良いんじゃないかな。

そのつるりとした丸いフォルムは、ＲＰＧゲームの序盤ではおなじみの。

「スライム……？」

私が思わず呟《つぶや》けば、〝びくぅ！〟とスライム達が震えた。

にゅるん、と核の混じった体の鎌首をもたげ、おそるおそるといった具合に私達を見る。

〝見てた？〟と言わんばかりのそのしぐさに、私とライゼンは同時に頷《うなず》いた。

「うん、全部」

見るからにだだ焦りし始めたスライム二匹は、顔というか核を見合わせる。

と、脱兎《だっと》のごとく逃げ出した。

スライムは複数種類いるけれども、攻撃もしていないのに逃げるほどの意思があるんなら、誰かに使役されている可能性が高い。

つまりあれ絶対何か知ってるやーつ！

「ライゼン、追うよってうえええ⁉」

「遅いぞ、祈里！」

私がミエッカを拾ってすぐ走り出そうとする間に、ライゼンに追い抜かされていた。

なんで⁉　あんた私の引き止め役ばかりだったじゃない！

私の驚きが伝わったのか、彼は爛々《らんらん》とした緑の瞳をこちらに向けた。

「魔物なら触れるかもしれない！　あれは柔らかそうだ！」

「確かにあのぷよぷよしたのは気になるよねえ！」

小動物可愛がりたがりかよ、むしろ病気じゃねえ⁉

やけくそで返事をしつつも、ライゼンが乗り気ならば好都合だ。

前方をぷわぷわ弾みながら逃げていくスライム二匹を見失わないように追いかける。

スライムは意外に逃げ足が速かった。階段を下り、奥へ奥へと逃げていくが、私達もそうそう遅れを取ったりしない。

パニックになっているらしいスライムだったが、途中はっと気付いたように隙間へ潜る。

核を通せる隙間があれば、彼らはドコにでも忍び込めるからねえ！

もちろん私達が通れる隙間なんか、これっぽっちもない。

だがしかし、ライゼンが生き生きした顔で私を振り返った。

「祈里！」

「あいよぉ！　〝風よっ〟」

迷宮に魔力が吸い取られようが、それ以上の魔力を練り上げれば良いんだよ！

精製した魔力で生み出した突風が、スライム達の入った隙間に襲いかかる。

ドガン‼

すさまじい音をさせて壁が吹っ飛ぶと、そこにはぽっかりと新たな道が現れた。

なるほど、隠し通路だったわけだ。

良かった壁を吹っ飛ばし続けなきゃいけないかと思っていた。

表とはちょっと雰囲気が違う通路の先には、〝ふえええええ⁉〟と言わんばかりに驚いているスライム達がいる。

思わずにいっと笑ったよね。

「にーがーすーかー‼」

哀れなスライム達には、私達が悪鬼羅刹《あっきらせつ》のごとく見えたに違いない。

がれきを乗り越え再び追いかけっこを始めれば、周りの内装がどんどん古びて洞窟めいた感じに変わっていった。

たぶん、この辺りはごく初期に作られた場所なのだろう。

表と違って生活感というか、実際に「使われていた」感じがする。

しかし、今の私達には関係ない！　なんとしてでもスライムの行方を突き止めるのだー!!

だいぶ息が上がってきたとはいえ、強化魔法もかけてあるしまだまだ余裕はある。

ライゼンはスライムに触ってみたい欲のせいで疲れ知らずだ。

そんなスライムとの追いかけっこは、彼らが急ブレーキをかけたことで唐突に終わりを告げた。

一体なんでだ、目的地に着いたわけでもなさそうなのに。

疑問に思いつつ足を緩めかけたが、濃密な魔力の中に腐臭を感じた。

通路の曲がり角から現れたのは、ヘドロ状の瘴泥《しょうでい》を引き連れた人型をした瘴魔《しょうま》だ。

人型のゴーレムが瘴魔化《しょうまか》したんだろう。魔法触媒で動くゴーレムも一種の魔物だからね。

じゃなくて、そんな瘴魔《しょうま》が無造作にスライム達を呑み込もうと迫っているのだ。

やばい、弱い魔物なら瘴泥《しょうでい》に充《あ》てられただけで弱ってしまう。

「ライゼンっ！　瘴魔《しょうま》！」

「ああ！」

ライゼンがさらに加速する中、私は息を整えてミエッカを構える。

今回はライゼンを重点的にっ。

「浄化！」

振り抜いたミエッカを通じて魔力を放出すれば、一気に清涼な空気が瘴気《しょうき》を押し流していく。

残念ながら、瘴魔化《しょうまか》したゴーレムは動きが鈍っただけでまだ腕を振り回していた。

うーむ、やっぱり殻があるだけ効きが悪い！

けれども一点集中したおかげで、ライゼンが浄化の光に包まれる。

現場に追いついたライゼンはスライムを背にかばうと、振り下ろされようとしていたゴーレムの拳《こぶし》を剣で受け止めた。

拳《こぶし》の瘴泥《しょうでい》が飛び散るが、ライゼンに触れる前に綺麗に浄化されていく。

良かった、魔力が不安定だから心配だったんだ！

ライゼンが牽制《けんせい》している間に、私は浄化を維持しつつ、片手を空《あ》けて魔力を操作する。

「〝風よ巡れ！〟」

魔力ましまし！

私の簡略された呪文によって、吹き荒れたつむじ風は、ライゼンの後ろで硬直していたスライム二匹を攫《さら》う。

くるくる回って落ちてきた二匹を私がキャッチすると、ライゼンはゴーレムの足を斬り飛ばした。

地に倒れたゴーレムは、私が近づいても見向きもせずライゼンに向かって這《は》いずろうとする。

あれえ？　まあ、やりやすいから良いけど。

私は、腕の中でぷるぷるしているスライムを下ろすと、一心にライゼンへ這《は》いずるゴーレムの脇に回って、その体に触れた。

「おやすみ」

浄化の魔力を一気に注ぎ込めば、ゴーレムから瘴泥《しょうでい》が抜けて、今度こそ完全に沈黙した。

ふう、とにもかくにもこれで終わりっと。というか今さらだけど。

「本当に瘴魔《しょうま》が出るとはなあ」

「ああ、驚いた。……スライムは無事か」

「そこにいる」

周囲を警戒していたライゼンが真っ先に気にするのがスライムのことって、なんかおかしい。

ぶれないなあと思いつつ私が指し示した先には、身を寄せ合ってぷよぷよ震えるスライムがいた。

心底ほっとしたように息をつく彼だったが、抜き身の剣を下げたままだ。

うん、わかる。だってまだ終わっていないからね。

「はい、〝光縛鎖〟」

私は、壁の隅に直立していた骨の像に光魔法をぶっ放した。

この世界って、浄化の力は対瘴泥《しょうでい》向けだから、死霊系の魔物には光系の魔法を使うんだよね。

「へぶ⁉」

私から伸びた光の鎖が骨の像に絡んだとたん、男の情けない悲鳴が響く。

そして、動かないはずの骨がじたばたともがき始めた。

やっぱりね。この空間にいる間、ずっと視線を感じて変だと思ったんだよ。

「や、やめてくれ昇天する！　というか骨が砕ける！　砕けるから⁉」

「じゃあ洗いざらい、話してくれる、よね？」

私は、無造作にミエッカをもてあそびながら、にっこり笑ってみせる。

するとその骨の像もとい骨は、震えているのがわかるほどカタカタと顎《あご》を鳴らしたのだった。

その二　ガイコツでも泣くようです。

かぽぽぽ、と、ティーポットから、湯気《ゆげ》の立つ褐色《かっしょく》の液体がカップに注がれていく。

ティーポットを握っているのは骨の手指。うん、骨張ったなんて比喩《ひゆ》でもない、真っ白な骨だ。

そして草の茶の柔らかな香りが広がるカップがそっと、私達に差し出された。

「その……粗茶ですが」

「ええと」

おとなしく座ってはいるものの私がどう受け止めて良いかわからないでいると、骨の手の主であるガイコツはカタカタと震えだした。

「ああすみません、配慮が足らず！　この葉っぱはこの地下で栽培している薬草をさっき摘んだものなので新鮮ですけれどもこんな骨が淹《い》れたお茶なんて気持ち悪いでしょうねすみませんすみま」

「ああもうそうじゃなくて、お茶は飲むからっ……うあちっ」

「うわー！　すみません‼」

だーめんどくさい‼

おろおろするガイコツの前で、私はやけどしかけた手を冷たい机に押しつけた。こんな地下にあるとは思えないほど立派な机と椅子だ。

そしてどうしてこうなったと死んだ目になる。

いやね、このガイコツをとっ捕まえた後、私は迷わず尋問しようとしたよ？　だって魔力からして親玉なのは間違いないし。壁の彫像の振りしてたのだってあやしさ満点だし。

だけどもガイコツを光の鎖で天井につり下げようとしたら、スライム達がぷるぷる震えながらも立《た》ち塞《ふさ》がったのだ。

あれだけ私達から逃げ回っていたにもかかわらず、ご主人を守る彼らに驚いた。

そしたら、完全にスライムの味方になっていたライゼンにまで抗議の目を向けられてさ。

スライムはほんとこっちがかわいそうになるくらい震えていたし、しかたなく鉄バットを下ろすと、ガイコツがどばあっと泣きだしたときたもんだ。

困惑しているうちに、泣きじゃくるガイコツによって、私達はどう考えても彼の私室と思われる部屋に引っ張り込まれたのだった。

というわけで、まだ名前すら知らないのだ、このガイコツ。

私の思いもつゆ知らず、隣でのんきに薬草茶のカップを傾けていたライゼンが眉を上げた。

「なるほど、良い調合だな。うまい」

「ほんとうかい、嬉しいよ！」

打って変わってぱあっと表情を輝かせるガイコツ……いや骨だし表情ないけど。

それでも彼が獣人族だったら尻尾を振っていただろう懐《なつ》きっぷりだ。

ガイコツの性別なんてわからないが、声からして男だ。着ている服も往年の魔法使いみたいなゆったりとした男物に見えるし。

声のように聞こえているのは念話なのだろうが、声帯から出すものと変わらない。

ガイコツの後ろでは、私達が助けたスライムがぽよんぽよんと楽しそうに飛び跳ねている。

ああうん。ご主人が嬉しそうだから、嬉しくなっちゃったんだね。

ライゼンも怖がられてはいても、スライムが近くにいてくれるもんだから妙に嬉しそうだ。

なんだよう、私だってむやみやたらとかみついたりしない美少女なのにい。

とはいえ、話ができないのは困るから、私はライゼンを肘でつっついた。

をい、ぽよぽよするスライム眺めて和《なご》んでるんじゃねえ。

私につつかれてはっとしたライゼンは、咳払《せきばら》いして口を開いた。

「まずは自己紹介をさせてくれないか。俺はライゼン、こっちは妹の祈里だ。あなたは？」

するとガイコツがまたカタカタと震えだした。

え、ライゼンとなら普通に話してたじゃないか、どこに怖がる要素が⁉

と思った瞬間、虚《うつ》ろなはずの目から涙があふれていた。どばっと。そりゃもう盛大に。

「ぼ、僕を人扱いしてくれるなんて……な、何十年ぶりだろう……っ」

……もしかしてさっきも今も泣いていたのって、感動していただけ？

ほっとしたとはいえ、なんか言葉の端々から不憫臭《ふびんしゅう》がするんだけど。

「僕はカルモ・キエト。ええと百年くらい前かな、リッチになった元人間だ。どうしてこんなことになっているのか全然わからないんだけれど……」

リッチって、確か強力な魔法使いが多大な未練を残して死んだり、不老不死の研究の末に到達する魔物だったよね。

ん？　カルモ・キエトって名前も、どこかで聞いたことあるな。

あ、そうだ、ナキがやたら熱心に話してた！

「そうだ、百五十年前に活躍したゴーレム使いの名前！」

思い出せた勢いのままに言えば、びくぅっとカルモが震えた。

「知っているのか、祈里」

「知り合いがぞっこんだったんだ。ゴーレム作らせたら右に出る者はいなかったけれど、生前にはほとんど評価されずに、謎が多いまま消えていった不世出《ふせいしゅつ》の天さ、い……」

消えた理由って、まさか。ここに引きこもっていたから？

くるっとカルモを見ると、いつの間にか椅子の裏に隠れてぶるぶる震えていた。

「ぼ、僕はただゴーレム作るしか能がないただの墓守ですからあああ!!」

「はかもり？」

まったく予期しなかった言葉に私は首をかしげた。ライゼンも似たような気分になっていたみたいで、椅子の裏に隠れるカルモへゆっくりと問いかける。

「墓守と言うならここは墓ということになるが、君の家ではないのか」

「せ、正確に言うと、ここは僕の家兼、妻を目覚めさせるための、墓なんだ」

カルモは悩むようなそぶりを見せつつも、言葉を選びながら話し始めた。


ことの経緯はこうだったらしい。

百数十年前に街での自分の扱いに心がくじけた彼は、ゴーレム魔法の研究に集中するために、この地に家を作って住み始めたのだという。けれども寂しくて寂しくて、ふと思い立ったのだ。

そうだ、嫁さんを作ろう。と。

……うん、魔法使いって天才であればあるほど、突拍子もないことをするんだなあ。と思ったのは内緒な。

まあともかくカルモは自分の技術の粋《すい》を集めて、人間とうり二つの女性ゴーレムを作ったらしい。

最高傑作だったと彼はうっとりとした顔で描写してくれたが、美辞麗句が過剰でとにかく私と同じくらい超絶美少女に作れた、というくらいしかわからなかった。

それは置いといて、いざそれを動かそうとしたら精霊が宿ってしまったのだという。

精霊は面食いだ。綺麗なもの可愛いもの、美しいものに惹《ひ》かれてやってきて、好き勝手するのは良くあることだ。

驚いたカルモだったが、彼女の天真爛漫《てんしんらんまん》さに振り回されつつ一緒に暮らしているうちに、想いを通じ合わせて奥さんにしたのだという。そんでもって幸せな時間を過ごしたらしい。

だってのろけに話の八割が持ってかれたんだぞ、割愛して良いだろ。ちえっお幸せで何よりだ！

けれども幸せな生活は、奥さんが宿ったゴーレムが動かなくなったことで終わりを迎えた。

肉体がない精霊には寿命がない。けれども魔力が足りなくなると休眠する。

ゴーレムを動かすために大量の魔力を消費していた奥さん精霊は、眠ってしまったのだ。

けれど。そんな精霊の生態が解明されたのは、ここ十年のことだ。

当時それを知らなかったカルモは、泣いた。

泣いて、泣いて。気が付いたら死霊となった魔法使い、リッチとなっていたそうだ。

「でも、魔物になった僕に、ほかの精霊達が魔力さえあれば彼女は目覚めると教えてくれたんだ。だから地脈から魔力を貰うために、この墓を作った。そうしたら魔物が助けを求めて住み着いたりしてね。内部に入ってきた生物に住処《すみか》を提供する代わりに、魔力を貰う術式を組み直したんだ。このスライム達はその過程で使い魔にしたんだよ」

カルモはそう締めくくった。ぽよぽよ跳ねるスライムを見る彼の眼差《まなざ》しは、使い魔に対するものというより、大事な家族を見る柔らかいものだ。

なるほど。内部がすごく複雑になっていたのは、魔物を住まわせるためだったんだな。

「ちなみに、あの彫刻群は」

「あ、わかりやすいように僕が彼らをかたどって表札を作ったんだよ。つい楽しくなって、飾りとして色んな場所に置いたんだ。妻が僕の作るものを喜んでいたから、寂しくないようにというのもあるんだけどもね」

てれてれと笑うカルモに、ライゼンはそうかと曖昧《あいまい》な表情で応じた。

その気持ちわかるわ。どれがどんな魔物かひとつもわからん。

とはいえ、綺麗さっぱり湯気《ゆげ》が消えたお茶を啜《すす》った私はカルモに言った。

「さっきは悪かったよ。明らかにあやしいものが背後に隠れていたから先制攻撃をしただけで、あんたが死霊だからじゃない」

だって背後にいたんだもん。隠れていたんだもん。そしたら奇襲かけられる前に攻撃しなきゃいけないもん。

怖がられることはわかっていても、言っておきたかった。

それでもちょっとだけ唇を尖らせていれば、カルモは吃驚《びっくり》した顔をしていた。

「あ、あの。僕は君達の魔力を勝手に奪っていたんだよ。怖がったり嫌ったり気持ち悪がったりしないのかい？」

「え、なんでよ。ご飯食べなきゃ生きていけないじゃない。殺されたわけでもないのに。……それとも、あんた人を殺したりは」

「しししししてないよそんな怖いこと！　入ってくる人全員追い返してる！」

私がちょっとすごむと、かたかたと首を横に振るカルモの動揺ぶりはすさまじかった。

だよねえ、だって気絶させたら外に放り投げているくらいだもん。

死亡率0.1％は伊達《だて》じゃない。彼に一切殺意がないのは遺跡のシステムからして明白だ。

というか不法侵入者を穏便に追い返している時点で、彼のお人好しぶりがよくわかるもの。

そこで、さらにライゼンが口を開いた。

「むしろ俺達のほうが謝らなければならないだろう。何せ不法侵入者なのだから」

「あんたの家に無断で入り込んだあげく物を壊して持ち去るなんて、どこの泥棒よって感じじゃない。むしろもっと怒っていい……ってなんでまた泣いてるのよ」

迷宮にテンション上がっていたけど、ゲームじゃないのだ。押し入って壺を壊していいわけがない。

そう付け足せば、彼はまた目の虚《うつろ》から滂沱《ぼうだ》の涙を流した。

「こ、こちらこそごめん。使い魔達を助けてくれたのに、お礼も言えなかった僕なのにいいいい！」

「だーもう！　気が済むまで泣けー！」

諦めた私がゴーサインを出せば、泣き虫カルモはだばだあと泣いたのだった。


「ぐずっほんとに、こんな僕に優しくしてくれてえ」

「もう良いからさ。あ、そうだ。ゴーレムからとった魔法触媒も返しておくよ」

この石城迷宮の主であるカルモがようやく泣きやんだ頃、私は今日かっぱらった魔法触媒を取り出して彼に押しやった。事情を知った上で猫ばばするつもりはない。ちょっと惜しくはあるけれども、今じゃ罪悪感のほうが大きいのだ。

「ゴーレムに対しては、そのすまないが」

「気にしないでいいんだ、君達が対処してくれたゴーレムは一番直しやすいから」

嬉々としてゴーレムを斬り飛ばしていたライゼンが神妙に言うと、カルモは涙を拭《ぬぐ》って応じた。

「それに、使っている魔力結晶は僕が精製したクズ石なんだ。いくらでも作れるしストックは沢山あるから迷惑料として持っていってほしい」

「をいちょっと待て。自分で精製？」

私が突っ込むと、ぐずぐずと鼻を啜《すす》っていたカルモは、使い魔のスライム二匹を見つつ答えた。

「うん、ここは地脈を通じて魔力が豊富だからね。そこで採った小さい魔力結晶をスライム達に育ててもらったんだよ」

「そんな真珠の養殖みたいな方法でできるのかい⁉」

複雑で強力な魔法を組み込むには、より大きくて質の良い魔力結晶が必要だ。けれども自然界から採るしかない以上、大きなものは採れる量も限られている。小さいものを沢山使って力を強くすることもできなくはないけど、一つの大きい触媒の純粋な力にはかなわない。

だから手間と時間がかかっても、大きな魔力結晶を作れるのなら世紀の大発見なのだ！

どれだけ莫大な利益を生んでどれだけ魔法の研究が進むか、というか主にナキが喜びそう。

なんでこんなすごい人が脚光を浴びなかったかなあ。って、十年前まで魔法使いの地位が死ぬほど低かったせいなんだけどね！

技術職って理解されにくいし、魔法使いになれる人に平民出身者が多かったこともある。

ちなみにグランツでは、保護を求めてきた魔法使いや錬金術師をがんがん雇用した。おかげで城どころか都市まで魔改造されたよね。毎日どこかしらで新技術の試験運用がされていて賑やかだよ！　いやいやそれよりも魔力結晶のことだ。

私が身を乗り出してカルモに迫ろうとしたら、ライゼンに襟首《えりくび》をひっつかまれた。

「祈里、食いつきすぎだ。今は休暇中なんだろう」

「でも魔力結晶の人工精製だよ⁉　夢のまた夢でしかなかった技術が目の前にあるんだよテンション上がらないわけがないだろう！」

「い、いやいや違うよ、ただ小さい石を使える大きさにできるだけで、時間もかかるし……」

カルモは戸惑った様子で言うけれど、それがすごいんだとどうしてわかってくれないんだ。

私がつい剣呑《けんのん》に睨《にら》んだら、カルモはひっと息を呑んだ後、しどろもどろに言《い》い募《つの》った。

「ゴ、ゴーレムには、より魔力を多く持つ生物を重点的に狙うように設定していたんだ。君達ばかり狙っていたお詫《わ》びに、魔力結晶くらい受け取ってほしいんだよ」

なるほど、だからゴーレム達は私達を狙ってきたのか。

そんな高度な命令をゴーレムに入れ込めることがすごいんだが。とはいえこれ以上押し問答するのもアレだし。ついでに貰えたら嬉しいし。

「なら遠慮なく懐《ふところ》に入れるけれども」

魔法触媒を鞄《かばん》に戻しつつ、根掘り葉掘り訊《き》きたい衝動を抑えた私は、肝心要《かなめ》のところに踏み込んだ。

「今までの話だとこの迷宮……じゃなくて、この家は防衛体制を整えてなかったっぽいけど。こんなにゴーレムを徘徊《はいかい》させるほど何があったの」

「それは、その。数ヶ月前に人間の集団が攻め込んできたからで……」

「攻め込んできた?」

不穏な単語に私が眉を上げれば、カルモは気弱げに骨の肩を落として頷《うなず》いた。

「何十人だったかは忘れたけど、魔法使いまで交じっていて大変だったんだ。ありったけのゴーレムを使ってなんとか追い返したけど、それでも……」

「それでも？」

「な、なんでもない、それからやたらと人間が入ってくるようになってね。迷宮を閉じたくても、入り口にかけていた魔法が壊れちゃってそうもいかなくて。ゴーレムで穏便に帰ってもらっているんだ」

案の定というかなんというか、すがすがしいまでの認識の違いだ。

「俺達はその駆除をギルドから受注している」

「外にはちょっとした街もできてるよ」

「やっぱりいいいい……」

私とライゼンが口々に言うのに、カルモはがっくりと肩を落とした。

いや、自分の家が見知らぬ人間に我が物顔で出入りされたあげく丹精込めて作ったゴーレムまで壊されているのだ。加害者どころか一番の被害者じゃないか。

そろそろ頭が痛くなってきたけど、でも一応念のため。

「ねえ、外では魔王って呼ばれているけど、心当たりは？」

「ま、まおう？　一度生じると、大陸を呑み込む勢いで瘴泥《しょうでい》を増やすあの魔王？」

それを知っているとは、さすがに元魔法使いなだけある。普通の人はそこまで知らないものだ。

きょとんとするカルモに頷《うなず》いてみせると、彼はぴたりと固まった。ついで汗腺があれば冷や汗でも流れていそうな勢いで、カタカタと震えだす。幻覚かな？　だらだら汗が流れてるぞ？

「ち、ちちちちがうよ⁉　ぼぼぼ僕はそんな大層なものではははは瘴魔《しょうま》どころか瘴気《しょうき》だってどうしようもないのにににに」

カルモの挙動不審ぶりに拍車がかかったから明らかにシロだ。そもそも魔王だったとしたら、使い魔が瘴魔《しょうま》に襲われるわけがない。瘴泥《しょうでい》や瘴魔《しょうま》を制御できるのは魔王だけなのだから。

「ごめんよカルモ、ただの確認だからさ」

私がそう言ってなだめていると、ばたばたとコウモリ型のゴーレムが飛んできた。皮膜の翼がちゃんと羽ばたくなんてすごいな⁉

コウモリ型はまっすぐカルモに飛んでくると、翼をばたつかせて必死に訴え始める。

「うん……うんなんだって⁉」

「どうしたの」

「その、深層に傭兵の六人パーティが来ていたんだけど、壊れた扉から入り込んでいるらしいんだ」

「それは、俺達が壊した扉のことか」

ライゼンの問いかけに、カルモはカタカタと頷《うなず》いた。

「し、しかもいま瘴魔《しょうま》と交戦中みたいで、このままじゃ危ないかもって。どうしよう、出せるゴーレムがほとんどいないんだ、このままだと彼らが死んでしまう」

この迷宮、瘴魔《しょうま》がそんなぽこぽこ出るなんて一体どうなってるんだ。

私は疑問符を浮かべるだけだが、カルモは心臓が潰れそうなほど心配している。いや、彼に心臓はないけれど。まさにそんな感じでおろおろしていた。

まったく、なんでこんなにお人好しなんだか。

ま、疑問はあれどやることは一つだ。

「ライゼン！」

「わかった」

がたっと私が椅子から立ち上がると、ライゼンも当然のごとく続く。

面食らった様子でこちらを見ているカルモに私は言った。

「扉を壊しちゃったのは私だし、責任取って瘴魔《しょうま》を倒すついでにその傭兵達も追い返してくるよ」

「その傭兵は俺達が招いてしまったようなものだからな」

ライゼンの言う通りだ。

昨日、私達が大量の魔法触媒を買い取り屋さんに持ち込んだのを、複数の傭兵に目撃されている。

そんな風に目立つとまあ、不届きな輩《やから》というものは湧いてくるもので。横取りを狙ってくる不穏な視線を迷宮内で感じていたのだ。ちょいちょい注意していたんだが、うっかり頭から飛んでいた。身から出た錆《さび》が迷惑をかけているんなら、自分達で片付けないとね。

けれども私が聖剣を背負おうとすると、ライゼンに止められた。

「人目がある。君が前に出るのは良くない」

「でも瘴魔《しょうま》だよ。私がいないと浄化できないじゃないか」

「わかっている。俺が先に行って瘴魔《しょうま》を傭兵達から引きはがす。君の出番はそこからだ」

もちろん私は抗議したのだが、彼の言葉に口を閉ざす。

確かに私みたいな銀髪碧眼《へきがん》美少女、一目見ただけでがっつり記憶に残っちゃうもんね。

そんな私が瘴魔《しょうま》の浄化までしちゃったら、まあ色んなところに情報行くよねえ。

あのセルヴァのことだ、銀髪碧眼《へきがん》美少女を勇者王と結びつけるくらいしかねない。

だが、ライゼンに一番危険な役目を任せるのは気が引けるというか、浄化の力も持っていない彼に引きはがすなんてできるのだろうか。

目立っても私だとわからなければ良いんだから……ううむ、あ、そうだ！

「ねえ、カルモ、なんか被り物とかないかな？　私の顔が隠せるようなやつ！」

私の提案に、何を考えたのか察したらしいライゼンが眉を寄せた。

「焼け石に水だと思うが」

「いやでも私が誰だかわからなければいいんだし、これで解決じゃない」

何せここにはゴーレムが沢山いるのだ。その中の一つだとごまかせば問題ない。

ライゼンは珍妙な顔になったけれども、文句は言わなかった。よしっ。

「人用ではないけど、かぶれそうなやつならあるにはあるよ、でも、ほ、本当にいいのかい？」

当事者にもかかわらず一人置いてけぼりにされていたカルモが戸惑いの声を上げるのに、私は向き直って請け負った。

「瘴魔《しょうま》と傭兵は任せて。あんたの奥さんの眠りは、私達が守るよ」

「イ、イノリさんライゼンさん……」

ぶわっと泣きかけるカルモに、私は自分の胸をどんっと叩いてみせる。

思いっきりむせた。

☆　☆　☆

私とライゼンはコウモリ型ゴーレムの案内で、問題の現場に向かっていた。

どうやらゴーレム達だけが使う、隠れた道が複数存在するみたいだ。

まあそうだよね、スライム達が回収したゴーレムを運ぶ通路だったり、気絶させた侵入者を外に放り出すための道とかあるもんね。

と、いうか。私はカルモがくれたそれと微妙な気分で向き合う。

いやちゃんと被り物を貸してくれたし。カルモはゴーレムに使う素材に関しても研究熱心だったみたいで、硬めの素材でできたそれは意外と軽くて、まったく負担にならない。まあ脱げないようにちょっと動きには気を付ける必要があるけれど、それくらいだ。

とはいえ……

「これ、ほんとうにかぶるの」

「かぶりたいと言ったのは君だぞ」

「それはそうなんだけれども」

こそこそと言い合っているうちに、ライゼンはあっさりとそれをかぶる。

「呼吸も視界も妨《さまた》げないし問題ない」

ふぐ、と変な声が出かけるのを私は全力で堪《こら》えた。それでも腹筋が死にそうだ。

「ま、まあ、今ここにいるのは私達じゃないしね。じゃあ手はず通りに」

「……ああ」

開き直った私もかぽっとかぶると、ライゼンはその現場に乗り込んだ。

辿《たど》り着《つ》いた広間では、すでに瘴魔《しょうま》と傭兵達の攻防が始まっていた。

瘴魔《しょうま》になっていたのは、人型とトカゲ型のゴーレムだ。

人型はさっき遭遇したのと同じずんぐりした巨人の姿。トカゲ型はコモドドラゴンが一番近いだろうか。四つ足で意外に素早く走り回り、傭兵達を翻弄《ほんろう》している。

「0・1％に出会うなんて運が悪すぎるだろう⁉︎」

頭にバンダナを巻いた青年が、剣でゴーレムの足もとを薙《な》ぎ、一匹しとめた。だが足が止まった彼を、人型の太い腕が吹き飛ばす。

青年の仲間らしい大剣使いの巌《いわお》みたいに大きな青年が、人型ゴーレムの間に割り込む。

そしてもう一人の女性の傭兵が、吹き飛ばされたバンダナ青年に駆け寄った。

「あんたっ」

「くそ、あいつらは逃げたか！」

「とっくにいないよ！　あいつら、分が悪くなったからってあたし達を見殺しにしたんだ」

そういえば、通訳してくれたカルモから六人パーティだって聞いていたのに三人しかいない。

仲間割れをしたのか？　というか、あの三人ナイエスで声をかけてきたパーティじゃないか。

「あの子達は大丈夫かね、こんな瘴魔《しょうま》がうじゃうじゃいるのに」

「あの野郎どもに捕まってないと良いがな」

……え、なんか読めてきたぞ。もしかして、この三人、私とライゼンが狙われていることを知って、悪い奴らを止めようとしてくれた感じ？

仲間になるのを断ったのに、なんてお人好しな人達なんだ。

「二人とも、いちゃいちゃは後でだ！　生きて帰ることを考えろ！」

あの大剣の青年しゃべれたんだ⁉　と場違いに思ったけど、正論すぎる大剣の傭兵の言葉に、私は被り物の中で頷《うなず》いた。

彼らに逃げ場はない。ここは袋小路で、十数体の瘴魔《しょうま》に取り囲まれているのだから。

「瘴魔《しょうま》を斬るなんて初めてだけど、こいつらのこと、地上に知らせなきゃならないものね」

「この剣、いつまでもつかね」

女傭兵が立ち上がって剣を持つ。バンダナのほうも腹をかばいながら武器を持ち直した。

けれど彼らの剣はすでに瘴泥《しょうでい》に侵されて黒ずんでいるし、何より彼ら自身にも濃い瘴気《しょうき》がこびりつき始めている。長くはもたないのは明白だった。

でもね、君達の命運はここで尽きたりしないのだ！

瘴魔《しょうま》達が一斉に傭兵に襲いかかろうとした瞬間、ライゼンが割り込んだ。

トカゲの頭を斬り飛ばした彼に、傭兵達は目を点にする。

そこにいたのはファラオだった。

うん、ライゼンがかぶっていたのは黄金のファラオの棺顔だったのだ。

顔を隠せるものと願った時、カルモが出してくれたのがこれだった。体格にもピッタリで、即席仮面にもかかわらず動きも妨《さまた》げないという素晴らしい一品だ。

カルモは人の顔を意匠《いしょう》化してみたんだと力説していたけれども、私にはどうしてもファラオにしか見えなくて、さっきから笑いを堪《こら》えるのに必死だったのである。

まあだけど、シリアスモードな三人組は驚くばかりみたいだ。

「なっ、壁の彫刻まで動き出すのか⁉」

「瘴魔《しょうま》相手で手一杯だってのに……？」

迷宮内は全体的に薄暗いため、中身が人間だと気付いてないらしい。

青ざめていた傭兵達だったが、すぐに瘴魔《しょうま》が動きを止めたことに面食らっていた。

何故なら瘴魔《しょうま》達の視線はすべて、ライゼンに向いていたのだ。

その大きな隙を逃さなかった大剣の青年が、人型ゴーレムを押し返す。

傷つけられたはずのゴーレムはそれでも大剣の青年には目もくれず、ファラオ顔のライゼンに向かっていった。それに続くようにトカゲ型もライゼンへと殺到する。

「なんで？」

「仲間割れか？」

傭兵達がぽかんとしている。その気持ちは事前に聞かされていた私でもよくわかった。

魔物なら絶対自分を優先して襲ってくるって淡々と言われても、すぐには信じられないさ。

時間もなかったし承諾したけど、私もまさかこんなに劇的だと思わなかった。

だけど、そういえば平原を浄化した時も、風狼の瘴魔《しょうま》はライゼンばかりを狙っていたな。

……ちょっと訊《き》きたいことができたが、まずはこの場を収めなきゃね。

傭兵達の周辺はもちろん、彼ら自身も瘴泥《しょうでい》から噴き出す瘴気《しょうき》に冒され始めている。

特に人型ゴーレムに殴られて、直接瘴泥《しょうでい》を浴びたバンダナ青年がひどい。このままでは迷宮から出る前に力尽きるだろう。

まあこのままだったら、の話なんだけどね。

「と、ともかくお前達、逃げ、ってなんだ、このちっこいの！」

意外と元気そうなバンダナ青年は、躍り出てきた私に目を丸くする。

「……雪だるま？」

大剣の青年の素朴な表現に、私はぶっふぉ！　と噴き出しかけるのを全力で堪《こら》えた。

ライゼンのファラオに対し、私が借りた被り物は大仏だった。

ぬぼーっとした顔に、頭の部分に無数の突起がついて、おっきなお団子頭がのっかっている。

雪だるまも確かに似ているけど、これを初めて見た瞬間、私には大仏にしか見えなくてさ。それがファラオの隣に並んでるんだよ。なんで異世界でエジプトと日本が共演しちゃってるんだよ。笑うしかないだろ。

けれども今の私はゴーレム。ゴーレムはしゃべらない！

「あんなちっさいのにあれだけ頭が大きいなんて、制作者はなんであんなものを作ったんだ」

ごめんね、かぶってるの推定十歳児だから！

そう思いつつ、無言で地面に手をつく。

はい、せーの！

「（浄化！）」

サイレントモードで浄化の魔力を広げれば、瘴泥《しょうでい》が一気に光の粒子に変わって舞い上がった。

「瘴泥《しょうでい》が消えた⁉」

「このゴーレムが浄化したの……」

急に体が軽くなったことに驚いただろう彼らが私を見る。けれども私はゴーレム、私はゴーレム。

さて、あと瘴泥《しょうでい》は残っていなかったな、バンダナ青年のほうも問題なし！　傷は私には治せないから自力でなんとかしてもらおう。

よし、早く瘴気《しょうき》を引きつけてくれてるライゼンを追いかけなきゃ。

「あの！」

大仏顔で走り出そうとした私に、女の人の声がかかった。

「わからないだろうけど、助けてくれてありがとう！」

その言葉に、器物にも精神が宿る国出身な私は、つい答えたくなる。

ゴーレムってどんな動きするんだっけ。うーんとうーんと、よしこれだ！

くるりと振り返った私は、するりと右足を引いて、被り物が落ちない程度に頭を下げた。

はっ。お礼と思ったら、体が勝手に騎士の礼をしちまったぞ。やべえ、めちゃくちゃ恥ずかしい！　こういう時は逃げるが勝ちー！

傭兵達の突き刺さるような視線を避けてきびすを返した私は、脱兎《だっと》のごとく走った。

もちろん道すがらの浄化も忘れない！

一体ライゼンはどこまで行ったんだろうなっ。

羞恥《しゅうち》をごまかしつつ走っていれば、すぐに壁を這《は》う瘴魔《しょうま》になったトカゲ型ゴーレムを見つけた。

私はすぐさま聖剣を抜きはなって、トカゲをぶっ叩く。

浄化の力を込めたバットで殴ればぽふんっと音が響き、へばりついていた瘴泥《しょうでい》が綺麗に霧散した。

その場で機能停止したのを置いてまた走る。

原形とどめていたら直せるから、叩いてくれて良いってお墨付きだからね。

そしたらトカゲ型の群れの先でゴーレム型を押し返すファラオがいた。

笑っちゃだめだぞ、まじめなシリアス！

「ライゼン！」

叫んだ私は、複数の浄化の魔力を含んだ空気の球を精製し、思いっきりぶっ叩く。

カッキーン！　とミエッカの効果音と共に飛んでいった剛速球が人型ゴーレムの胴に着弾した。

瘴泥《しょうでい》が一瞬晴れて止まった隙に、ライゼンがすかさずゴーレムの胸の結晶を抉《えぐ》る。

周囲にはすでに動かなくなったトカゲ型ゴーレムが何体もいた。

多少疲れてはいても、ライゼンに目立った傷はない。

数はそれだけで暴力だ。にもかかわらず危なげなく多方面からの攻撃をうまく捌《さば》いている。

そこからは、彼の技量以上に、こんな状況への慣れを感じさせた。

まあ無事で何よりだ！

私はミエッカを両手で握ると、思いっきり浄化の魔力を込めて振り回す。

一回転して勢いを付けて、せーの！

「浄化、斬《ざん》！」

ネーミングがダサい？　気にするな！

遠心力をつけたミエッカから放出される、大きな刃《やいば》となった浄化の力が嵐を巻き起こした。

ぶわっと、所々へばりついていた瘴泥《しょうでい》を吹き飛ばして突き進み、瘴魔《しょうま》となったゴーレム達を包む。

それは一時、彼らの動きを止めるだけ。けど十分だ。瘴気《しょうき》や瘴泥《しょうでい》に影響されない浄化空間は広がった。

ライゼンの動きが一気に変わる。防戦から、攻勢へ。

無骨な両刃の剣が、四方八方から押し寄せるトカゲを刻んでいく。

私も負けじと、地面に近いトカゲをモグラ叩きよろしく叩いて浄化する。

すぐに浄化するなら叩くのが一番だ！

やがて最後の一匹が倒れたのを確認して、私はようやくミエッカを鞘《さや》に戻した。

いやあ、ミエッカってば器用でさ。明らかに鞘《さや》の口より、バットのほうが大きいのにするっと納まってくれるんだよね。

いつの間にかカルモの使い魔らしいスライム達がするすると現れて、ゴーレム達を回収して隠し通路に運んでいく。私は熱がこもる大仏仮面を脱いで、外の空気を思いっきり吸った。

「つっかれたー！　数多すぎ！」

「さすがに驚いたな。そろそろ剣を砥《と》がなければ」

「まあ、魔力で覆《おお》ってても、あれだけ固いものを斬っていれば刃こぼれするよ、ね……」

何気なくライゼンを見上げたらファラオがいて、ぶふぉっと噴き出す。

や、やば。さっき堪《こら》えていた分だけ笑いがぶり返した。

私が笑いを堪《こら》えていれば、仮面の下からライゼンの不本意そうな声が聞こえる。

「必要だったからかぶっただけだぞ。君だってそうだろう」

「や、それでも、ファラオ……！　体格と顔のサイズが合っていて違和感ないのが最高で……！」

「君の笑いのスイッチがわからないぞ」

「でもうまくいって良かった。ありがとライゼン。正義の味方みたいだったよ」

不満そうな声のライゼンに、ようやく笑いを収められた私はにっこり笑ってみせた。

すると彼は言葉に詰まったように黙り込む。

変なこと言ったかなあ。ってあ、そうだ。

「ねえライゼン、もしかして、あんたが一人で活動しているのって、瘴魔《しょうま》を引き寄せるから？」

気になっていたことを口にすると、ライゼンがあからさまに固まった。

けれども諦めた表情で話し始める。

「……その通りだ。俺は魔物だけじゃなく、瘴魔《しょうま》も引きつけやすいらしい。気味悪がられることも多いから、極力一人で活動していた」

それが、彼が年齢に見合わない実績を持っていた理由なんだろうな。

襲ってくる魔物や瘴魔《しょうま》を切り払っていたら、自然と場数を踏んでいたのだろう。

「それは、小さい頃から？」

「気付いたのは傭兵になった後だな。瘴魔《しょうま》討伐の時は、俺にばかり向かってきて大変だった」

「苦労したねえ」

私がしみじみ言えば、ライゼンのファラオな仮面がこっちを向く。

「俺は重要なことを君に隠していた、と思うんだが」

「その苦労は私も少なからずわかるからね。お疲れ様としか言いようがないわ」

私も覚えがあるんだよね。浄化をしていると、吸い寄せられるように瘴魔《しょうま》が来るんだ。自分にばかり向かってくる瘴魔《しょうま》って、習性とはいえ結構胸にくるものがある。

「ちなみに私が一番きつかったのは、大バッタの瘴魔《しょうま》百匹単位です」

「それはつらい」

神妙なライゼンの声が真に迫っていた。

わかってくれるか、あのつらさを！

人間の赤ん坊くらいはある大バッタが一斉に向かってきた時は、あ、詰んだ。と思ったよね！

虫は嫌いじゃなかったのに、しばらく見るのも嫌だったわ。

あははは……と乾いた笑いを漏らしながら、私は続けた。

「そういう体質ってだけで、あんたのせいじゃないでしょ。それとも呪いでもかけられたの？」

「……いや」

ライゼンはほんの少し、言葉を詰まらせる。

もしかして、バレたら契約切られるとか思っていたわけ？　心外だなぁ……いや待てよ、瘴魔《しょうま》を浄化できなかったらしかたなくはあるのか。でも私、浄化のエキスパートだし。なんなら補えるし。

「私は浄化ができる。あんたは瘴魔《しょうま》を倒せる。何より私のわがままに付き合ってくれるだけじゃなくて一緒にいて気楽！　これ以上の利害の一致はないわ」

だから私はファラオをかぶったままのライゼンを見上げて、きっちりと指を突きつけた。

「こんな良い兄ちゃん、逃す気はないから覚悟しててよ」

あ、でもここ国境だ。事前に話した約束では国内だけ付き合ってもらうつもりだったし、ここでお別れなのか。それを考えたら、ちょっと心がさわっとした。一体なんだ。

「……わかった」

私が内心首をかしげている間に、ライゼンはファラオをかぶったまんま頷《うなず》いた。をいちょっと待て、返事をするのに間が開いたぞ。表情が見えないから理由がわかんない！

「というかいつまでファラオかぶってるのよ、暑いし重いでしょ」

「そろそろこの場を離れたほうが良い。いったんカルモのところへ帰るだろう」

あー！　スルーされた！

けれどもスライム達が全力でぽよんぽよんして、私達を促《うなが》しているのが目に入る。

しょうがない追及は後回しだ。

「うん、色々訊《き》きたいことが山ほどあるし、何より中を探検させてもらいたい」

「正直だな」

だって作った本人に建造物の由来を聞けるとか、最高の贅沢《ぜいたく》じゃない。

「ちょっとお酒交じえて根掘り葉掘り訊《き》きたいわ。調達してこようかな」

「あのガイコツで、酒は飲めるのだろうか……」

「カルモ、受肉していたこともあるって言ってたし、魔力が足りればいけそう」

お酒は一人で飲むのも楽しいけど、一緒に飲んでくれるかもしれない人を逃すつもりはない！

うーん。ここの名物ってなんだったかなあ。こっそり調達して戻ってくる方法ないかな。

るんたった、とこれからの算段をしていた私は、すぐに立ち止まった。

先に歩いていたライゼンは、ついてこない私にすぐ気付いたらしく不思議そうに振り返る。

「どうした、祈里」

「なんか、聞こえなかった？　糸をはじいたみたいな」

さざめきに似た、かすかな気配が過ぎた気がした。

私の言葉にライゼンも耳を澄ませる仕草をしたが、首を横に振る。

「いや、俺には聞こえなかった」

「……そっか。気のせいだったみたい。ついでに泊めてもらえないかな。宿代が浮きそう」

「どんどん厚かましくなっていないか」

いやいやそんなことはないよ、断られたらちゃんと引き下がるもん。

ライゼンに呆れ顔をされつつも、私はスライムの案内する隠し通路に飛び込んだのだった。

☆　☆　☆

「本当にありがとうっ、二人とも！　こんなに安らかに眠れる夜が来るとは思わなかったよ！　僕は眠らなくていいんだけど！」

「私達こそありがとうっ、泊めてくれて！　宿がやったら高かったんだよ！」

死霊ジョークを飛ばすカルモに、私はにこにこ応じながら外から持ってきた荷物を下ろした。

カルモに迷宮内に泊まらせてくれないかと交渉したら、彼は快く承諾したばかりか急《きゅう》遽《きょ》ゴーレムを使って部屋を作ってくれたのだ。

しかも冒険者達が使う入り口以外にも、出入りできる外への隠し通路まで教えてくれた。

私達はいったん表の入り口から出た後、宿を引き払って裏口から迷宮内に戻ってきたのだ。

うへへ、やった宿代節約ぅ！

骨のカルモも、なんだかんだテンションが上がっている。骨だけど。

「お、客さんを泊めるなんて初めてだけど、部屋は用意したから。好きなように使ってほしい」

「早速だが台所はあるか。買ってきたものを温めたい」

「ずいぶん使ってないけれどこっちだ。スライムに案内させるね」

ライゼンが材料の入った包みを掲げると、カルモはスライムを呼び寄せる。屋台のご飯で良いって言ったのに、ライゼンったらそれだけじゃ寂しいって材料を買ってきていたのだ。

「ライゼン、おつまみよろしくー！」

「わかっている。カルモは苦手なものはあるか」

「あ、いや、その僕は体が……」

だが私は、そう言ったカルモが一瞬嬉しそうな顔をしたのを見逃さなかった。

「カルモ、お手」

「へ、あ、こう？」

彼が反射的に差し出してきた骨の手をしっかり握ると、私は自分の魔力の蛇口を緩めた。

リッチって、魔力次第では受肉できるものなんだ。魔力を受け渡すのは苦手だけれども、直接触れてどばっと流し込んじゃえば大丈夫だろう。

私の膨大な魔力が流れ込み、ぼろぼろのローブをまとっていたカルモの骨が魔力に包まれていく。

そうして形作られた男性は、ぱちくりと瞼《まぶた》を瞬《またた》かせた後、呆然と受肉した自分の手と私を見比べていた。

「うわあ受肉できたのなんて、いつぶりだろう……これならご飯も食べられるよ！」

喜ぶ彼はカルモのはずなのだが、私とライゼンはぽかんとする。

誰これとしか言いようがない王子様がそこにいた。

柔らかそうな栗色の髪に、甘やかな琥珀《こはく》の瞳。気弱げな雰囲気はあるものの、整った顔立ちは少女漫画で主役を張る美青年っぷりだ。

これはもしかして、精霊の奥さんが気に入ったのは、ゴーレムじゃなくて本人だった?

いや、まあどっちでも良いか。

私はきゃっきゃとはしゃぐ美青年カルモの前に、ワインをはじめとする酒瓶をどんっと置く。

「カルモ、お酒は飲める? いやどっちでも良いや。飲むよ!」

「イノリさん、飲むんですか⁉」

「大丈夫、昔と許容量変わらなかったから」

「確かに魔力的にはもう成熟してますし。酒精は魔力に変換されるでしょうけど」

さすがリッチになっただけのことはある、私が子供じゃないことはお見通しだ。いやでも言動隠してなかったな、うん。

そんなわけで、ライゼンがご飯を持ってくるのをカルモと共に待ち構えていたのだが。

わりとすぐ、スライムがぽよぽよとテーブルに持ってきたのは、魚の塩漬けがのったサラダだ。

カルモがスライムの伝言を翻訳してくれた。

「『どうせ先に一杯やるんだろう』って先に持たせてくれたんだって」

「ライゼン愛してる！」

本日のお酒はワインとブランデーだ。琥珀色《こはくいろ》に染まっているブランデーは一目惚《ぼ》れだったんだ！

私だって飲めない人には無理に勧めないが、幸いにもカルモはいける口で、楽しそうにワインをくいくい空《あ》けた。

「はー、お酒なんて何年ぶりだろう……」

「おいしーお酒は心をほぐしてくれるよねぇ」

一緒に楽しく飲んでくれる人は、私も嬉しい。

しみじみとサラダをつまんで言い合いつつワインを一本空《あ》けた頃に、ライゼンがスライムと協力してできたてご飯を持ってきてくれた。

「まだ腹は残っているか、飲んべえども」

「にゃー！　待ってましたー！」

「ご飯の匂いだー！　久しぶりだー‼」

私とカルモはもちろん大歓迎だ。

今日のメニューは、さっきのサラダを筆頭に、様々な具材を卵液で焼き固めたキッシュと、じゃがいもにたっぷりのとろけたチーズをかけたもの。ごろごろ野菜のトマト煮込みに鴨肉を油で焼いたもの、もちろんチーズもパンも山盛りだ。

半分は屋台で買ってきたものだけど、ライゼンの盛り付けが半端なく綺麗で食欲をそそった。

カルモなんてもう頬を緩ませっぱなしである。

スライム達が運んでくる皿を受け取って並べていくと、ライゼンがカルモに言った。

「皿は適当に使わせてもらったが、ずいぶん揃っているな」

「ああそれはひま潰しにゴーレム作成の要領で作っていたんだ。まったく使う機会がなかったからどれも新品だよ。使ってくれてありがとう」

いや、ちょっと返す言葉に困るけど、でへへと笑うカルモは陽気だし、まあいっか！

私も配膳を手伝い、ライゼンもテーブルに着いたところで手を合わせる。

「いっただっきます！」

勢い勇んで取ったのはもちろん肉である。

ライゼンが鴨肉だと言っていたそれは、外はかりっと中はジューシーに仕上がっていた。野性味のある食感と共に、うまみがあふれてくる。さっぱりなサラダとよく合うし、キッシュのサクッとした食感とほのかに甘い卵液で固められた食材の複雑な味わいも最高である。

「うっま。え、まってそういえば鴨肉は生肉だったよね。今焼いたの⁉」

「まあ、焼くだけだからな」

「えぐっおいひいよう。ああトマト煮込みおいしいよう」

私がライゼンの料理能力に戦慄《せんりつ》している中、カルモは涙をぼろぼろ流しながらトマト煮込みとパンをかっ込んでいた。

確かにうまいけど、ラタトゥユっぽくてうまいけど。これは、この地方の家庭料理らしいし。

私もまぐまぐ食べていく。席に着いたライゼンは酒の空瓶を見て顔を引きつらせていた。

「もう一本空《あ》けているのか」

「だって二人で飲んでるんだもん、当たり前じゃない」

おいしい料理があればおいしいお酒もすすむってもんだ。

良い感じにできあがったカルモが楽しそうに呟《つぶや》く。

「こんなに楽しいの何十年ぶりだろうなぁ」

「奥さんと飲んだりしたの」

「彼女が人間の感覚を知りたいって言ったからね。摂取したものを魔力に変換できるように作っていたし、ご飯は毎回一緒だったよ。初めてパンをかじったニュケの顔は素敵だったなあ」

奥さんの名前はニュケっていうんだな。

うっとりとするカルモは耽美漫画にでも出てきそうなくらい美しい。絶対そうだ、精霊の奥さんこの顔にやられたんだ。

あ、そういえば訊《き》きたいことあったんだ。

「ねえねえ、前に変な人間の集団が侵入してきたって言ってたじゃない。どんな奴らだったか覚えてる？　目的はなんだったか、とか」

「ううんと。わかんないなあ。とにかく僕達を捕まえたかったみたいだけど。あでも、傭兵達が誰かのことを『トライゾ様』って呼んでいたのを聞いたよ。雇い主だと思う」

「トライゾ……？　メッソ・トライゾ？」

「そこまでは聞こえなかったなあ。ゴーレム越しだったし。僕を魔物扱いしてまじめに話してくれなかった代わりに、ぼろぼろ内情をこぼしてたんだあ。全然役に立たないけどねえ」

そう言って、カルモはしょんぼりしたがとんでもない。

トライゾは、ここレイノルズ自治区の前身である旧レイノルズ王国の王族の名前だ。

レイノルズ王国は瘴魔《しょうま》の集団暴走で壊滅状態になり、当時の王様に助けを求められた私達が国を吸収したという経緯がある。

もともと国として成立していた地域だし、私達は人手が全然足りなかったものだから、統治形態は残したのだ。それでもさすがに王族を領主に付けるわけにはいかなくて、旧レイノルズの王族には爵位をあげて一線を退《しりぞ》いてもらった。

当時の当主は「これで牛の世話に専念できるぞ。ふぉっふぉっふぉっ」なんて言っていた、可愛いじいちゃんだったんだけど。今はその孫が継いでいて、その名前がメッソ・トライゾなのだ。

一応、自治区はうちの国であってそうでもないっていう立ち位置だから、色々覚えてるんだよね。

ふうん、へえほお。

「祈里、その悪い顔やめとけ」

「いやあ私みたいな美少女がそんな顔するわけないじゃないかあ」

にっこり美少女笑顔を向けてやったのに、ライゼンには大層うさんくさそうにされた。

いやね、ちょっと訪問したいなあとか思っただけですよ？

私とライゼンのやり取りが目に入っていないのか、カルモはゆらゆらと体を揺らしてしゃべり続けている。

「それでねえ、彼女の一番好きだった水晶の間に寝床を作ってね、可愛い彫刻を沢山作って並べたんだぞお。僕は生き物をそのまま写すことしかできないのに、作品を作るとニュケはすんごく喜んでくれたんだあ」

酔っ払っているらしく、脈絡なくのろけつつ卑屈な発言をする。もりもり食べていたライゼンが首をかしげた。

「あれだけ躍動的に作れるのなら十分だと思うが」

けれどもカルモはぷるぷると首を横に振る。

「そんなことはあ、ないのだよーへへへ。昔っから僕はゴーレムしか作れなかったから。ただの石像を褒めてくれたのはニュケだけだったんだあ」

「全部奥さんのためだったから、ここの石像や彫刻には愛があふれてたんだね」

「そーなんだよーおおお！　イノリさあああん！　ニュケがいなくて寂しいよぉぉぉ！」

私はべそべそ泣く酔っ払いカルモをどうどうとなだめたが、彫刻は何をモチーフにしているか全然わからないとは言えないわな。

まあ言う必要はないし、笑顔でごまかし話題転換！　私は目の前の興味を優先した。

「というか、水晶の間って何！」

すんごく気になるワードなんだけど！　と、私が前のめりになるとカルモは目を泳がせた。

「ええと、ここの地下に一面水晶が生えている洞窟があるんだ。きらきら光るのが彼女のお気に入りでね。魔力だまりにもなっているから、彼女を眠らせてあげるにも良かったんだあ」

一面水晶の洞窟とかどこの異世界ですか、異世界だった。

うわあなんだよそれー！　そういえば水晶ってどう生えるんだろう。長い時間をかけてでっかくなるらしいとは聞いてるけど！

良いなー見てみたいなーと思うものの、さすがに奥さんが眠っている場所に無遠慮に踏み込むのは気が引ける。カルモもあんまり話したそうじゃない感じだし。

体は十歳児でも中身は大人、空気は読むのです。

まあ話を逸《そ》らすことはできたしいいかと私がいそいそとブランデーを追加していると、今度はカルモが身を乗り出した。

「ねえねえ、二人はいつから付き合ってるの？」

「付き合ってないよ。こいつと知り合ったのも半月前。……ってどうしたよライゼン」

「なん、でも」

ライゼンが食べていたキッシュを喉に詰まらせていた。よく物を喉に詰まらせるな。大丈夫か。

私がライゼンにお茶を出してやっている間に、カルモは心底意外そうな顔になっている。

「ええ⁉　そんな仲良さそうなのに⁉」

「そもそも表向きは兄妹だもん。というか私はおひとり様万歳民だから、こうして付き合ってくれるライゼンは貴重なわけ」

私は平静に返したけど、ちょっと吃驚《びっくり》していた。

城では、セルヴァ以外、恋愛系の話は振ってこないから色恋沙汰の話をするのは久々だ。顔を驚きに染めるカルモは、それでも名残惜《なごりお》しそうに訊《き》いてくる。

「恋愛は良いもんですよお。心が温かくなって世界が色づいてその人が生きているってだけで、幸せになるんだぁ。そんな人、いたことないですかあ」

あはは、完全に酔っ払ってらカルモ。

ないよ、って言ってもいいんだけど、私もちょっと酔っていたのかもしれない。過去に置いてきたグランツの思い出が蘇《よみがえ》り、なんとなく話してみても良い気分になって、気が付くと口にしていた。

「まあ、いなくはなかったよ」

「ど、どんな人だったんだい！」

案の定、カルモが琥珀《こはく》の瞳をきらきらと輝かせて食いついてくる。

これさあ、城の仲間達には気を使われまくって話せないことだったんだよな。

けれどもカルモもライゼンも知らないいんだから、あいつの人となりくらいは話したって良いよね。

妙に穏やかな気持ちで、私は星屑《ほしくず》みたいな銀髪の、少年のような青年を思いかえした。

「ひどい生活音痴だったよ。最初は自分で服を着られないくらい。あと死ぬっほどあやしかった」

事実、なんにも知らなかったんだから当然だ。

旅の途中で出会ったグランツはあやしすぎて、拾った時には仲間達には連れていくことを反対されたもの。

「それで、本当に恋をしたの……？」

「うん、何故か落ちちゃったんだなあ、これが」

おそるおそる訊《き》いてくるカルモに、私は頬を緩ませてそう答えた。

断言できる。あれは一生に一度の恋だった。

今でも思い出せば胸が高鳴るし、ぎゅっと切なくなる。

ぶっちゃけ恋とか愛とかどうでも良いけど、あれだけは特別だ。

なんかね、あれを経験しちゃったから、もう恋なんて良いかと思ったんだよ。

「その人は、どうしたんだい」

「死んだよ。私の目の前で」

え、と目を丸くするカルモに微笑《ほほえ》みつつ、私はブランデーをくいっと傾けた。

まあ、私が手にかけたようなもんだ。

だってね。一生に一度の恋の相手グランツは、魔王だったんだもん。

この世界で私の想いを一番理解して、受け入れてくれた唯一の存在。

私もアラフォーの大人だしね、もう十年も前のことだし心の整理はついている。

今、胸にあるのも懐かしさが大半だ。

あーうん未練があるのは本当だけど、あいつに出会ったおかげで勇者の役目も全《まっと》うしたし、この先もおひとり様でいようって吹っ切れたんだからわりと良い経験だったんじゃないかって思うんだ。

まあ、もう一度魔王討伐やれって言われたら、神様でもフルボッコにするけどな。

「あれ、どうしたのライゼン。手が止まってるよ」

「いや、なんでもない」

ライゼンの顔が、めっちゃこわばっていた。こういうたぐいの話題にはあまり興味を示さないと思っていたのにな。

……いやちょっと待て、なんでカルモが号泣してるの⁉

「もう終わった話なんだから、気にしなくて良いのに」

「だ、だってですねええ、愛する人と永遠に別れるのは死ぬほどつらいことですからああ」

「あんたが言うと恐ろしく説得力があるね」

「それなのに、僕はぁ僕わあああぁぁぁ」

滂沱《ぼうだ》の涙を流してテーブルに突っ伏すカルモに若干引きながらも、私は胸がちょっと軽くなるのを感じた。話せる人が限られていたから、話せて嬉しかったのだ。

私にも案外可愛いところあったんだな。

くすくす笑いつつ、私はライゼンに顔を向けてみる。

「だからあんたもそんな顔しないの。まるでお葬式じゃない。吹っ切れてるから良いのよ」

「しんみりするなというほうが無理だぞ」

「まあ確かに。こういう時は誰かの明るい恋愛話があるといいんだけど？」

ちらっちらっと期待を込めて見てみると、ライゼンは一瞬顔を赤らめる。けれども焦ったようにすぐさま顔を逸《そ》らした。

「黙秘権を行使する」

「その顔はあるんじゃないかー!」

吐きやがれと揺さぶったのだが、残念ながら酔っていないライゼンはまったく取り合ってくれなかった。ちえっ。

こうなればカルモを巻き込んで尋問と思ったが、彼は酔い潰れてべそべそ泣きつつ寝ている。

「ごめん、ごめんよ……ニュケ……」

おーのーれー、役に立たん!

ぎりぎりと歯ぎしりしたものの、まあ別に強《し》いて知りたいわけでもないし。

しゃべり上戸《じょうご》だったカルモが撃沈したため、居間は静かになった。

ちびり、とブランデーをなめるように飲んでいると、挙動不審なライゼンが、自分のお茶のカップをいじっていた。

「なあ、そいつはどんな奴だったんだ」

「え、あー私の初恋のこと? 自分は言わないのに訊《き》くのね」

「はつこっ……」

なんだと、三十路《みそじ》で初恋じゃ悪いかこんちくせう。あ、でもライゼンは私の実年齢知らないか。

目を見開くライゼンにむうっとした私は、ちょいと考える。答えてばかりなのは癪《しゃく》だ。

そうだうん。これだ。

私はライゼンをちろりと見上げて、ゆるりと笑ってみせた。

「ちょっと、あんたに似てるよ」

特にその緑の瞳がそっくりだ。無性に懐かしくなる。

ああそうだ、私の瞳もあいつに似てるなって思ったんだよなあ。

ライゼンは一拍二拍と硬直していたかと思うと、がた、と椅子から立ち上がった。

「……使った皿を片付けてくる」

「あれ、そう？　助かるよ」

私と目を合わせないようにしていても、彼がうろたえているのはよくわかる。

がちゃがちゃとお皿をまとめたライゼンは、早足で台所へ行ってしまった。

「うははは、かーわいい」

いけねえなあと思いつつ楽しい。ついつい若い子をからかいたくなるのは、年を取ったせいかな。

一人でけらけら笑っていた私だったが、思考が現実的なことに戻る。

「気になることが山ほどあるんだよね」

迷宮に押し入ってきたトライゾ家もしかり。この迷宮についてもそうだ。まあ、トライゾについて調べるのはセルヴァだけど。

それに、カルモについてもどうにかしてやりたいと思ったりもする。静かに暮らしていただけなのに、家に侵入されまくるのは災難でしかない。今は膠着《こうちゃく》状態を保っているけど、このままじゃいずれ冒険者達はカルモを見つけて討伐しようとするだろう。

それだけは防がなきゃいけない。

あと、単純にこのゴーレム作りの腕と技術が惜しい。

グランツは優秀な人材をいつでも広く募集しています。ぶい。

たださあ。これをどうにかしようとすると、ライゼンに色々バレてしまうわけで。

「……こっそりやるしかないかなあ」

ちびり、とブランデーをなめた。

ふ、と何かが、よぎる。

あ、またた。

なんだこの耳鳴り。お酒の許容量は超えてないはずなんだけど。

……んーこれ、どっかで似たようなことがあった気がするぞぅ。

「……よし、トイレ」

え、何？　美少女だってトイレ行きますよ？

ぽんっ、と椅子を飛び下りた私は、そうっと部屋から出たのだった。

☆　☆　☆

というわけで私は一人、とことこと薄暗い迷宮の中を歩いていた。

薄暗いと言っても、迷宮内には魔法灯が等間隔に設置されていて視界には困らない。

しかも通路に塵《ちり》一つ落ちていなくて清潔だ。管理が行き届いている証拠である。

カルモはこれを維持しながら、どんどん戦闘経験を積んでいく冒険者相手にゴーレムだけで渡り合っているんだぜ。しかもほぼ殺さずに追い返しているなんて、むしろどれだけ器用なんだ。

まるでゲームのダンジョンみたいだ。

……え、待てよ。

「戦闘経験が積める？」

考えようによっては、ものすごく有用なんじゃないか？

うむうむ、何か見えてきたぞ……とはいえまずは。

「この感覚の正体を知らないとね」

こうして歩いている間も、私に語りかけてくる気配があるのだ。

冒険者達を瘴魔《しょうま》から救い出した時にも感じたもの。一回だけなら気のせいになるけど、今回は二度目だ。私がお酒に酔ったわけでもない。これは精霊に語りかけられている感覚に似ていた。

ひたひたと導かれるように進んでいく。

剣だけは剣帯ごと背負っている。この習慣は王になってからも抜けないけど、まあ良かったんじゃないかなと思う。

何せ、ふわりと漂《ただよ》ってきたのは、瘴泥《しょうでい》の腐臭だったから。

妙だ、とは思っていた。あれだけの瘴魔《しょうま》がいたのだ。

それなら瘴泥《しょうでい》の湧き出る場所があるはずなのに、いくら気配を探っても見つからなかった。

とはいえ、この迷宮のどこかにあるのは確かで。ならば隠されている、というのが順当だ。

「ふうん」

薄暗闇を進んで辿《たど》り着《つ》いたのは、ただの行き止まりだった。

無計画にリフォームをしていたらたまたまできてしまった、とでもいうような意味のない空間。

けれど、漂《ただよ》う濃密な腐臭は間違いなく瘴泥《しょうでい》のものだ。

壁に触れて魔力を通してみればわかる。

私は魔法式を組み上げるのは苦手だけど、読み取るくらいはできるんだ。

案の定、張り巡らされているのは瘴泥《しょうでい》を抑制する魔法式だった。執拗《しつよう》に重ねられたそれはなんとか形を保っているけど、所々ほころびが出てきている。

ぎし、ぎしと、わずかに響く振動は、間違いなく中にいる存在が原因だ。そして何より、魔力が吸われる感覚はここからする。

ここは風の流れが弱い。なら。

「〝水よ〟」

私は迷わず水の刃《やいば》を生み出し解き放った。鋭利な水の刃《やいば》はあっという間に目の前の壁を切り刻む。

内部は淡い魔力の光に包まれていた。

光の発生源は床や壁、天井にいたるまでびっしりと生えている水晶だ。

魔力を帯《お》びて淡く発光しているのだろう。地下とは思えないほど広々とした空間を埋め尽くすように、無色透明あるいは灰がかった大小様々な六角柱がそびえている。中には私の体ほどの太さがあるものもあり、見渡す限りの水晶は圧巻の一言で、いつまでも見ていたくなる。

一方で、その腐臭は拭《ぬぐ》いようもなく強く。

そして中央には水晶で形成された檻《おり》があり、中には長い長い鎖と複雑な魔法陣によって幾重にも縛《いまし》められた人形のようなモノがいた。

『アアァァウ……ウウゥゥ……』

言葉にならない唸《うな》り声を上げるそれは、全身が瘴泥《しょうでい》に埋もれていて判別がつかず、ただ人型、としかわからない。

けれども、私はそれがなんなのか知っていた。

ここが水晶の間で、ここに眠っているのが誰なのか、ついさっき聞かせてもらったのだから。

それは、瘴魔《しょうま》に落ちたカルモの奥さんである精霊だった。

「……見て、しまったんですね。イノリさん」

その震える声に、私は無言で振り返った。さらりと、視界で私の銀髪が揺れる。

入り口には、ぼろぼろのローブに大ぶりの杖《つえ》を持ったカルモがいた。

彼は元の骨に戻っている。その表情は悲しいような、苦しいような、複雑な感情に彩《いろど》られていた。

「カルモ、これは君の奥さんだよね。何があったか教えてくれないか」

背中の剣に手をかけながら問う私に、カルモは体をこわばらせながらも、安易にゴーレムをけしかけようとはしなかった。

さっき、彼はコウモリ型で色々偵察していると言っていた。ならば私がどうやってゴーレムや瘴魔《しょうま》を無力化していたか知っているだろう。

代わりにカルモは泣きそうな声で哀願してきた。

「お願いだ、彼女には手を出さないでくれ。あいつらのせいでこうなってしまっただけなんだ」

「あいつらって、数ヶ月前に侵入してきた奴ら？」

警戒を解かずに問いかければ、カルモは何かを堪《こら》えるようにうつむいた。

「僕も何が起きたか、わからなくて……なんとか目覚めた彼女は僕を守ろうと戦って、そしたらあいつらが『コレでも良いか』って彼女に何かを取り込ませた。たぶんそのせいで瘴泥《しょうでい》に呑まれてしまったんだ」

「それで、こうして隠していたのね。これだけの規模で魔力を集めているのに、あんたが骨のままだったのは、この結界を維持して魔力が枯渇状態だったからね。私達をおびき寄せたのも」

「すいませんでしたーー‼」

私が推測を述べた瞬間、カルモは全力で土下座をキメた。

器用なことに、背後に控えていたゴーレムも全部、それぞれの服従のポーズを決めている。

予想外すぎて、私ががくっとなったのはしょうがないだろう。

「き、君達は魔力が飛び抜けて多かったから、数日くらい滞在してもらって結界の強化に使わせてもらったら良いなあと勝手に思ってましたごめんなさいぃぃ‼」

「え、浄化できる私を生け贄《いにえ》にして相殺しようとしたわけじゃなくて？」

「僕そんなことしなきゃいけないの⁉」

なんで全力でのけぞるのさカルモ。まるで私が血も涙もない鬼みたいじゃないか。

わりとあったんだぞう。聖骸を祀《まつ》れば瘴泥《しょうでい》に悩まされることはないはずー！　とか軽率に言ってくれちゃうマッドな街とか。浄化はあくまで意識的に使わないと意味がないって言ってるのにさあ。

けれどもカルモの様子から見るに、本当にそれだけで解放しようとしていたらしい。思った以上に彼がお人好しすぎて、罪悪感が湧いてきた。うわあ、ごめん。そこは謝るわ。

カルモは土下座ポーズからわずかに顔を上げた。

「彼女が瘴泥《しょうでい》に呑まれてすぐ、動けないゴーレムの中に何重にも封印をかけたんだ。瘴泥《しょうでい》があふれる前に、頑丈なゴーレムに入れ替えて。時間を稼いでる間に、研究用のゴーレムで瘴泥《しょうでい》を引きはがす研究を続けていて。やっと方法がわかりそうなんだけど、今の器《うつわ》を入れ替えなきゃいけない。なのに、魔力が足りないんだ。だから一晩だけ、一晩だけ見逃してほしい。そしたらまた瘴魔《しょうま》は出てこなくなるから」

切々と言《い》い募《つの》るカルモに私は口を開きかけたが、いっそう大きい咆哮《ほうこう》に遮《さえぎ》られた。

振り返ると、元はカルモの奥さんだった瘴魔《しょうま》が、水晶の檻《おり》の中でめちゃくちゃに暴れ回っている。

ぴし、と檻《おり》に細かく罅《ひび》が入り始めていた。

「ニュケ、もうすぐだから、あともう少しで解放してやれるから耐えてくれ！」

「無理だよ」

カルモが駆け寄ろうとするのを、私は遮《さえぎ》って剣を抜く。そして今、彼が思い知らなきゃいけない事実を突《つ》きつけた。

「精霊は剥き出しの魔力の塊《かたまり》だ。瘴泥《しょうでい》に冒されれば変質してしまう。たとえ浄化できたとしても、あれはもう君の知っている奥さんじゃないんだ」

実体を持たない精霊は、息を吸うように魔法を使う。ともすれば神様へと至るほどの強い力を持つ存在だ。けれど、精霊はひどく個が薄い。だから一度瘴泥《しょうでい》に呑まれれば瞬《また》く間《ま》に侵食され、たとえ浄化できたとしても消滅してしまうのだ。

そして、水晶の檻《おり》が砕け散った。

押しとどめられていた瘴泥《しょうでい》が滝となり襲いかかってくるのに、私は即座にミエッカを振り抜く。

「浄化ぁ！」

あふれ出した浄化の魔力は、一時持ちこたえたが、今までになくがりがりと削られていた。

これじゃあ焼け石に水だ。元を叩かないとどうしようもない。

私は意識して魔力を放出しつつ、ミエッカを下段に構えて目の前の瘴魔《しょうま》へ向かって走る。

魔力が多いものほど瘴魔《しょうま》になった時に恐ろしく強くなる。鎖に囚われている今のうちに叩く！

だが、私の横を獣型の優美なゴーレムが抜かしていった。

ゴーレムにまたがっているのはカルモだ。

え⁉

「カルモッ離れて！」

まだ骨という本体があるだけマシだけど、魔物である彼だって呑まれればただでは済まない。

なのに、私が怒鳴っても、カルモはガイコツの顔をこちらに向けて叫んだ。

「それでも、僕の妻なんだっ」

泣きそうな声で、震えていても必死で。

その人が唯一なのだと魂《たましい》の底から叫ぶ声に、私は息を呑んだ。

「ゲニエニュケッ‼」

カルモは、瘴泥《しょうでい》に埋もれたなれの果てに骨の手を伸ばす。

瘴泥《しょうでい》に埋もれたモノが、カルモを映してわずかにためらった気がした。

あれは、願望の私だ、と思った。

泣いて泣いて、声を殺してやっと呑み下した。

もう戻れないけど、もう取り返せないけど。できるならグランツともう少しだけ共にいたかった。

私はもう間に合わない。

けれど、この二人なら、まだ間に合う？

「くっそおおおお!!」

美少女らしからぬ雄叫《おたけ》びを上げた私は、遠心力をつけたミエッカを思いっきりぶん投げた。

浄化の力をマシマシで乗せたミエッカは、カルモをつかもうとしていた瘴泥《しょうでい》の腕を吹き飛ばす。

そのまま彼の乗る獣型のゴーレムの前へ鋭く突き立ち、広がりかけていた瘴泥《しょうでい》をはねのけた。

「へぶっ」

獣型から振り落とされたカルモが、唖然とした顔で地面を転がった。

「祈里、逃げろっ」

突然の声に顔を上げると、部屋唯一の入り口に息を切らしたライゼンの姿があった。

ばっか瘴泥《しょうでい》に耐性のない普通の人間が踏み込むな！

「離れっ……」

言いかけた瞬間、私に影がかかり、四方から瘴泥《しょうでい》の波が襲いかかってきていた。

おうふそうか、手は複数あるもんだな。腹ぁ決めるか。

ミエッカを手放した私は、襲いかかってくる瘴泥《しょうでい》の海に呑まれた。

その三　その正体は銀色の。

カルモ・キエトは、自分が凡人だと知っている。

それでも愛する妻に、もう一度会いたいと願った罰がこれなのかと愕然《がくぜん》とした。

今、彼女が好きだった水晶の間は見る影もなく瘴泥《しょうでい》に呑み込まれ、がらがらと水晶のかけらをまき散らして崩れている。

そして、彼女だったものは、全身から瘴泥《しょうでい》を噴き出して暴れていた。

今しがた、カルモをかばって祈里があの中に呑み込まれてしまった。

たとえ浄化の力を持つ者でも意志を持って使わない限り、効果が発動することはない。

だから銀髪碧眼《へきがん》の、生きて動くことが不思議なほど美しい少女は帰らぬ人になってしまったのだ。

華奢《きゃしゃ》で繊細《せんさい》な外観に似合わない、快活で鮮やかだった彼女は瘴魔《しょうま》に呑まれた。

カルモのような根暗で、しかもリッチになった者と、酒まで酌《く》み交《か》わしてくれたのに。

ニュケがいなくなってから、初めて楽しい時間を過ごせたというのに、自分がすべて台無しにしてしまった。

カルモがなんとか作り上げた、瘴泥《しょうでい》を封印する魔法式も完全に壊れている。

この迷宮はもうもたない。外の人間達に知らせてやらないと。

そして、せめて瘴魔《しょうま》となってしまった最愛の人を抑えて時間を稼がねば。

「ゴーレム、頼んだよ。なるべく多くの人に知らせてほしい」

コウモリ型ゴーレムは、カルモの命令を忠実に実行すべく飛び去っていく。

ゴーレムをすべて動員すれば、少しは時間を稼げるはずだ。

カルモはカタカタと震える骨の体を無視して、自分の乗るフェンリル型ゴーレムに指示を出す。

そしてまた杖《つえ》を構えて立ち向かおうとした時、ぼろぼろのローブの襟首《えりくび》をひっつかまれた。

「ぐえっ」

すでにリッチの体に痛覚はないが、それでも生前の記憶で反応してしまう。

がっと、何かが引き抜かれる音がした。

どうやら誰かに運ばれているらしい。急速に遠のいていく水晶の間では、先ほどまで自分が乗っていたフェンリル型が瘴泥《しょうでい》に呑まれている。

助けてくれた手の主は、祈里の連れであったライゼンだった。

彼は、ぎょっとするくらい鮮やかな緑の瞳を厳しくすがめている。カルモを握ってない片手には、祈里のものであった鉄の棒が握られていた。

あっという間にライゼンが水晶の間から完全に退避した瞬間、カルモは反射的に叫ぶ。

「非常事態パターン精霊級発動！」

とたん、壁がぐにゃりと動き、ゆっくりとあふれようとしていた瘴泥《しょうでい》が見えなくなった。

水晶の間周辺はいつでも最優先で修繕していたため、家屋型ゴーレムがその役目を忠実に果たす。

だが、瘴泥《しょうでい》はこの世のすべての物質を腐らせる。この程度で封じ込められるのであれば、カルモの研究はもっと進んでいたはずだ。破られるのは時間の問題だろう。

「これが内部構造が変わる理由か。迷宮全体がゴーレムだったとは」

感心した声を上げるライゼンを、カルモは青ざめながら見上げた。

恐らく、騒ぎを聞きつけて駆けつけたのだろう。だが先の現場を見たのなら、これほど穏やかに話せるわけがない。

「ど、して。ぼ、僕のせいで」

カルモのしどろもどろな言葉でも通じたらしく、ライゼンがちらと緑の瞳をこちらに向けた。

「祈里が助けたからな」

「でも彼女は」

「死んでない。死んでいればこいつがこんなに暴れたりしない」

「暴れる……？」

意味がわからなかったカルモだったが、ライゼンの片手に握られている鉄の棒が激しく明滅していることに気が付いた。まるで抗議をしているように。

「すまない。俺が持つのは嫌だろうが、もう少し我慢してくれ」

ライゼンが神妙な顔で言い聞かせると明滅はゆっくりになったが、それでも完全には収まらない。

「このミエッカは、彼女と契約でつながっている。どちらかが死ぬか折れるまでそれは続く。ミエッカが主張する時点でまだ生きている」

「あの瘴泥《しょうでい》の中で⁉　どうやって⁉」

あの少女は魔力が膨大で、見かけ通りの年齢ではないが、肉体的にはただの人間のはず。普通の人間は呑まれたら最後、瘴泥《しょうでい》の一部になるしかないのだ。

だがライゼンの表情は変わらず、当然のごとく言った。

「そもそも彼女の浄化は手をかざすだけで事足《ことた》りる。逃げる方法はあったのに、自分から瘴泥《しょうでい》に呑まれに行ったんだ」

「自分、から……？　どうして⁉」

カルモは己の聴覚がおかしくなったのかと思った。

しかしリッチとなって相手の思念を読み取るようになってからは、聞き間違いを起こさなくなっている。

愕然《がくぜん》とするカルモに、ライゼンは走りながらも苦く顔を歪《ゆが》めた。

「君が、いや君達が自分に重なったんだろう。自分と同じ道を辿《たど》ろうとするのが許せなかったのか。それとも君達に自分と違う未来を選ばせたかったのか。彼女はロマンチストだからな」

「ど、どういうことだい？」

「彼女は……大事な人を自分で倒したんだ。瘴泥《しょうでい》の根源になっていたから」

どこか苦しげに、けれどもしかたなさそうに話すライゼンに、カルモは絶句した。先ほど祈里が話してくれた、愛した人のことだとすぐにわかる。あれほど強い浄化の力を持つ彼女のことだ。その存在を自分で浄化したのだろう。

まるで今の自分とニュケのようではないか。

衝撃を受けながらも、こんな時でも研究者気質であるカルモの頭には疑問がもたげる。

彼らは出会ってまだひと月も経たないのだと言っていた。

「君はどうしてそんなに詳しいんだい？　前にイノリから聞いたのかい？」

いやあの席でのライゼンの反応は、彼女の恋の話を初めて聞いたという雰囲気だった。

彼女自身もなんらヒントになるようなことは言っていなかったはず。

カルモの問いに、ライゼンは緑の瞳をそっと逸《そ》らした。

「……いいや。ともかく、祈里の無鉄砲さには腹が立つが、この状況をどうにかするぞ。彼女が戻るまであれを外に出すわけにはいかないからな。それくらいは、手伝ってくれるだろう？」

明言を避けられて気になることが山ほど残ったが、ライゼンの言葉ももっともであったので、カルモは頷《うなず》いた。

「け、けれどもどうするんだい？　彼女がいないと浄化はできないだろう」

「とりあえず、酒を取りに行く」

唐突な言葉に、カルモは虚を衝《つ》かれた。

「さ、酒、で何するんだい？」

「飲む」

「君お酒が飲めないいんじゃないの⁉」

祈里にそう説明されていたため、カルモは彼がお茶を飲むのを受け入れていたのだが。

しかし、ふざけてるのかと疑う余地もなく、ライゼンの顔は大まじめだった。

「酒を取りに行く間、時間を稼げるか」

「押しとどめることはできるけど、瘴魔《しょうま》はきっと外に出ようとするよ」

「いや、俺がここにいるうちは、絶対に出ていかない」

「どうして、言い切っ……うええ⁉」

確信めいたライゼンの言葉に戸惑ったカルモだが、背後を見て戦慄《せんりつ》した。おびただしい量の瘴魔《しょうま》が、壁からゆるりゆるりとにじみ出てきている。

試行錯誤を積み重ねて練り上げた隔壁でも、瘴魔《しょうま》を封じることができないのはわかっていた。

瘴魔《しょうま》は生きたもの、魔力の多いものを目指して襲いかかってくる。リッチであるカルモとライゼンを追いかけてくるのは当然とも言えたが、自分が対峙した時よりもライゼンに向かうそれはずっと執拗《しつよう》な気がした。

理由なんて一つしか思いつかない。

カルモはライゼンをうかがおうとしたが、いきなり投げられた。

「ひえええ！」

「くっ」

カルモがまっさらな廊下を転がるのと、ライゼンがミエッカを振るうのが同時だった。ざん、と蔓《つる》のように伸びた瘴泥《しょうでい》が一気に薙《な》がれて霧散する。

しかし、ミエッカが抗議するように明滅した瞬間、ライゼンはそれを取り落とした。

顔をしかめるライゼンが、片手の手袋を半ばまで外すと、手のひらはやけど状に赤くなっていた。

「ライゼンさん⁉」

「緊急事態でも容赦なしか」

文句をつけるライゼンの声音にはどこか許す気配があって、カルモはますます戸惑う。

けれど、この青年は本気だと理解した。本気で祈里が生きていると信じていて、生き延びるために最善の行動をとろうとしている。ならば、自分はどうする？

カタカタと震えるカルモに、手袋をはめ直したライゼンはかまわず指示を出した。

「カルモ、その剣を持っていろ。持つだけなら許してくれるし、瘴魔《しょうま》は寄ってこない。それから酒を持ってきてくれ」

「そんな怖いもの持ちたくないし、今届いたよ！」

「なに？」

自分の剣を抜いて、瘴魔《しょうま》の蔓《つる》を切り払うライゼンが驚いた顔をして振り返るのに、カルモはちょっと胸がすいた気分を味わった。

すでに酒瓶を握ったスライムがコウモリ型ゴーレムに乗ってやってきていた。使い魔であるスライムとならば思念でやり取りができるため、ライゼンに願われた瞬間、カルモはスライムに酒を運んでくるよう命じていたのだ。

優秀なスライムが、一番移動速度が速いコウモリを選んだことを後で褒めてやらねば。

「僕のパシリ力をなめないでくれよ！」

「なめてないが、ありがたい」

カルモにはスライムの不安が伝わってきたが、スライムはぷるぷる震えながらも、主の指示通り酒瓶ごとライゼンの胸に飛び込んだ。

それを受け止めたライゼンは、褐色《かっしょく》の瓶を受け取る。

だがライゼンは周囲を瘴泥《しょうでい》に取り巻かれていた。

「ブランデーか。すぐに効いてくれると助かるんだが。……すまないが少しだけ我慢してくれ」

腕の中でおびえるスライムへ律儀に話しかけたライゼンは、琥珀《こはく》の液体を一気に呷《あお》る。

まるで水でも飲むかのような勢いで飲み干した彼に、顎《あご》を外したカルモだったが、次の瞬間絶句した。

ライゼンから膨大な魔力があふれ出す。

どこにあったのか、という禍々《まがまが》しい魔力が空間を塗り潰した。

一斉に襲いかかろうとした瘴魔《しょうま》の蔓《つる》が、その魔力に充《あ》てられたとたん萎《しお》れて塵《ちり》と化す。

足もとへ辿《たど》り着《つ》こうとしていた瘴泥《しょうでい》も同じく吹き飛んだ。

あれは浄化ではなく、魔力の圧に耐えられなかったのだ。あの、この世のすべてを駆《く》逐《ちく》するという瘴泥《しょうでい》にもかかわらず、である。

離れているカルモですら、気を抜けば昇天しそうだ。

視界をかすませる苛烈《かれつ》な光が収まった時、そこにはライゼンとは別の何かがいた。

緩やかに背中を覆《おお》うのは、星屑《ほしくず》のように煌《きら》めく銀の髪。健康的だった小麦色の肌は、抜けるような白となり、その横顔は極寒の雪原を思わせる冴えた美しさを誇っている。

圧倒される存在感というものを、カルモは妻である精霊のゲニエニュケに感じたことがある。だが、目の前の存在はさらに無慈悲で残酷な魔力を発していた。

そう、だ。何に似ていると言えば、目の前の瘴泥《しょうでい》と同質の気配をしているのだ。

この存在を元人間であるカルモは知らない。だが、カルモの魔物の部分が彼を知っている。

魔物になった時に、本能にすり込まれた敬慕と畏怖《いふ》。

勇者によって討伐され、この世から消え去ったはずの存在。

「魔王……」

カルモの意思とは無関係に呟《つぶや》かれたその言葉に、目の前の男はこちらを振り向く。

が、その背後にまた瘴魔《しょうま》が迫った。

魔王は、瘴泥《しょうでい》が凝《こ》ることで生まれる、特殊な魔物だといわれている。それは瘴泥《しょうでい》を自在に操り、瘴魔《しょうま》を従えるのだ。

だからこそ、瘴泥《しょうでい》に冒されたものは、何よりも魔王を求める。

形を持たぬ瘴泥《しょうでい》は形を持つ魔王にあこがれと渇望を持っているかのように、瘴泥《しょうでい》に冒されたものは、憎悪と解放を願い殺到するのだ。

瘴魔《しょうま》が銀髪の男に襲いかかるが、男は一言、述べただけだった。

「止まれ」

それだけで瘴魔《しょうま》の勢いが衰える。

だが、それでも拒むようにゆるりと動く瘴魔《しょうま》の蔓《つる》を、眉をひそめた男は剣で薙《な》ぎ払《はら》った。

たったそれだけで、通路を埋め尽くしていた瘴魔《しょうま》の半分が消し飛ぶ。

びちゃり、と返り血のごとく瘴泥《しょうでい》が頬を汚しても、男は無造作に拭《ぬぐ》うだけだ。

魔王は、瘴泥《しょうでい》の影響を一切受けない。何故ならば瘴泥《しょうでい》から生まれたのだから。

「やはり、昔よりは弱くなっているな。それに長くはもたないか」

かたかたと、気が付けばカルモは震えていた。

この男は一体何を考えて祈里の隣にいるのか。どうして人の振りをしているのか。

立ち尽くすカルモだったが、男は手の中にあったものをそっと床に置く。

それは、男に酒瓶を届けたスライムだった。スライムは幾重にも結界で守られており、気絶してはいるものの、あの瘴泥《しょうでい》の中でもなんら影響はないようだ。

「ありがとう、良いふにふにだった。久々に生き物に触れた」

感謝を示すようにスライムを撫《な》でる姿に、カルモは目を点にする。

その木漏《こも》れ日が降り注ぐ森に似た美しい緑の瞳とひどく嬉しげな表情は、先ほどまで共に食事を取ったライゼンのもので。

まじまじと見ていると、ぎょっとするくらい美しい顔がこちらを向いた。

「すまない、瘴魔《しょうま》を外には出さないではいられるが、こちらに入り込んでくる人間の相手はできない。任せて良いか」

どう、答えるか。カルモが悩むことはなかった。

「も、もちろんだよ。もう、ゴーレム達にはスライムを通して指示を出してる。だけど君は大丈夫なのかい」

つい案じて問いかけると、銀の髪の魔王は曖昧《あいまい》に微笑《ほほえ》む。

「祈里には内緒にしておいてくれ。打ち明けられてないんだ」

その思い詰めた神妙な顔は、なんだか怒られるのを隠そうとしている子供のようで。

カルモが面食らっている間に、ライゼンはまっすぐ瘴泥《しょうでい》の海へ進んでいった。襲いかかる瘴泥《しょうでい》を圧倒的な魔力で吹き飛ばし、時折剣で斬り払い、ただひたすらに本体を目指していく。

この人は魔王ではないのだ、とカルモは悟った。

その必死さは、カルモが妻を救おうとした想いと同じだ。ならばカルモもできる限りのことをしたかった。

スライム達を通してゴーレム達に指示は出し終えた。あとは、すべてを見届けよう。

カルモは骨の足に力を入れると、託されたミエッカを握りしめて後に続いた。

このミエッカは、瘴泥《しょうでい》に弱いカルモを守るように、骨の体に触れる隙を与えず浄化していく。

そして舞い戻った水晶の間では、ライゼンと肥大した瘴魔《しょうま》が激しい応酬を繰り広げていた。

魔法式はすでにぼろぼろに崩れていて、瘴魔《しょうま》は地脈を探り当てて魔力を吸い上げているらしく、もはや人型という以外原形をとどめていない。

大量の瘴泥《しょうでい》の蔓《つる》を伸ばし、ライゼンを絡め取ろうと迫るが、彼は剣を振るい一つも残さず薙《な》ぎ払《はら》う。

助太刀など到底入ることのできない、鬼気迫る攻防にカルモは息を呑んだ。

しかし、ライゼンが腕を振るうたびに飛び散るモノはなんだ、と首をかしげた瞬間もともとない血の気が引く。

「ライゼンさんっ、血がっ」

ライゼンから魔力が放たれるたびに、露出している皮膚が裂け血が飛び散っていたのだ。

カルモには、その症状が魔力の過負荷現象だとわかった。肉体があふれる魔力に耐えきれず、内部から破壊されていくのだ。

魔法薬の過剰摂取の副作用としてよく見られ、それが続けば四肢が壊死《えし》し、最悪死に至る。

さらにあの黒ずんだ肌は瘴泥《しょうでい》にも冒されているのだろう。耐性があるだけで、影響を受けないわけではなかった。

たとえ魔王の魔力を持っていても、その身は人のものなのだとカルモにはわかった。

ならばあれほどの魔力を扱うのに代償がないはずがない。

だが助けようにも、カルモはこの禍々《まがまが》しい魔力に吹き飛ばされないでいるだけで精一杯だ。

ライゼンは黒ずんだ手にかまわず、剣を振るい瘴魔《しょうま》を削っていく。

だがその顔に苦しさが見え始めたとたん、銀の髪が儚《はかな》く消えて黒に戻った。

「くっそ、もう少し緩んでいろよ、俺……っ」

あれは理性を緩ませていたのか、とカルモは理解する。攻勢が途切れたとたん歓喜した瘴魔《しょうま》の蔓《つる》がライゼンに殺到した。

「っ、ゴーレムッ」

カルモの号令によって辛《かろ》うじて侵食されていなかった地面が壁となり、ライゼンに襲いかかろうとしていた蔓《つる》をはばむ。

しかし、ゴーレムの壁はあっという間に瘴泥《しょうでい》によって腐食し、ぼろぼろと崩れ去った。

もうカルモにも手はない。自分がこの鉄の棒を振り回したとして助けられない。

膝をつくライゼンの頭上に、絡み合い巨大な手のひらとなった蔓《つる》がのしかかる。

が、その動きが、途中で止まった。

大きな人型の瘴魔《しょうま》がくるおしげに身をよじり、その腹部に、ぴき、と亀裂が走る。

そして響いた声に、カルモは耳を疑った。

「乙女の恋路を邪魔する奴はぁ、全部まとめて消えやがれ‼」

澄んだ声と共に瘴魔《しょうま》の腹から出てきたのは、銀の髪をなびかせ、緑の瞳を鮮やかに燃え上がらせる、幻想のように美しい少女。

祈里だった。

☆　☆　☆

——私が彼に出会ったのは、魔王の居場所を血眼《ちまなこ》になって探していた頃のことだった。

魔王がいるといわれていたその地域は、連日のごとく押し寄せてくる瘴魔《しょうま》のせいで荒《すさ》み、犯罪組織が幅を利かせて人攫《ひとさら》いや盗賊が横行していた。

魔王を早く倒さなければいけない。

けれど目の前の犯罪も放っておけず、その時も私達は犯罪者の根城に乗り込んだ。

しかし、その本拠地はたった一人の少年によって壊滅していた。

銀色の髪に、ぎょっとするような緑の瞳をした驚くほど綺麗な子だ。年は十四、五歳。

身なりから奴隷として捕らえられていたのだろうと察した。

けれど彼の血染めになった手足や、捕まっていた人々のおびえた様子から、彼が何をしたのかも容易に想像がついた。

明らかに訳ありで、どうしようもなく異質で、けれども迷子みたいな目をしていたから。

放っておけなかった。

彼を犯罪者として捕らえるかどうか仲間達が言い争う中、私は旅に連れていくことを強引に決めた。もちろん反対されたけど、当時は純粋な人ではないモノに対する世間の風あたりがきつく、どこに行っても持てあまされるくらいなら、と最後には折れてくれたのだ。

そして私は、名前すらなかった彼を「グランツ」と名付けてかまい倒した。

このくらいの年頃の少年なら、絶対に嫌われるだろうレベルで。

いや、しょうがないだろう。辛《かろ》うじて意思の疎通はできたけど、彼は服の着方もご飯の食べ方も知らなかったんだ。それこそ子供を育てるのと変わらないくらい、教え込んだものだ。

幸いにも、グランツはなんにでも興味を持ったし、そのうち仲間達もほだされた。

ナキは魔力の扱い方を、ムザカは剣の扱い方や荒くれ者達との付き合い方を。……女の扱いを学ばせようとした時は、ちょっと殴り飛ばしたな。

聖女のアルメリアは培《つちか》った所作や教養を。そしてセルヴァは国や人々が生きるために作った様々な仕組みについて。ほかの仲間達もそれぞれの形で可愛がった。

人形のように無表情だった彼が次第に感情を表に出すようになって、私も仲間も弟のことみたいに成長を喜んだものだ。

うん、はじめは弟だった。あるいは子供。

だって下手すると自分の一回り以上下の子だぞ。恋なんてなりようがない。

私も勇者として戦うことに一杯一杯だったし。

なのに、新しいものに出会うたび、きらきらと目を輝かせて魅入るあどけない姿を前にしたら。

あの緑の瞳に、この世界の良いところを見せてあげたいと思っていたら。

彼の側で、一番を共有したいと思っていたんだ。笑って、泣いて、怒って、立ち向かって。

たぶんそこで初めて、私は生き残るためじゃなく、この世界を救いたいと思った。

やるべきことは決まっていた。

世界を救うということは、悪の根源である瘴魔《しょうま》と魔王を駆逐《くちく》することで。

それが、どれだけ的外れだったか知らずに私は突き進んだ。

いや、気付かない振りをしていたんだ。

すべてが終わった後、しかたないことだったと親友のアルメリアは慰《なぐさ》めてくれたけど、違った。

彼がいるところでは、瘴魔《しょうま》の活動が妙に統率されるとか。

彼に動物達がおびえるだとか。

瘴気《しょうき》の気配を感じる時があるとか。

そういうヒントがあったのを私は誰にも言わなかった。

私はそんなに悩むほうじゃないけれど、さすがに悩んださ。

やっと、救いたい理由を見つけたのに、自分で台無しにするのか。

そもそも、彼一人を犠牲にしてまで、この世界を存続させる意味があるのかって難しいことを考えたりもして。

ちょっとやけにもなって、勇者としての力を失えばいいんじゃないかって最後の最後には馬鹿みたいな賭けを行動に移した。いやあ今でもあれは本当に馬鹿だなって思うけど！

私はもういい大人で、自分が死ぬのが嫌で。でも全世界を見捨てるには弱くて。うじうじした私の背中を押したのは、グランツ本人だった。

その頃にはもう、ずいぶん表情が豊かになり、笑って泣いて怒るようになっていたグランツは、いつの間にか自分の頭で考えるようにすらなっていた。

そして、世界を壊すのが嫌だと言ったのだ。

『あなたが生きる世界の一部になれるのなら、どうしようもないおれでも生まれてきた意味があると思うんだ』

馬鹿だった。ほんと大馬鹿野郎だった。恋愛面では私並みにお子様だった。

あんたと一緒が良いんだって言いたかったけど、そんな残酷なことできるわけがなかった。

もう一度会えるのなら、言ってやりたいことが山ほどある。

どんなことかって？　それは——……

いや、待て。違う。これは私の思考じゃない。

「——覗き見するのはやめてくれないか」

ぱちり、と目を覚ました私は、怒りを込めて前方を睨《にら》む。

私はあいつに関して、もしもを考えるのをやめたんだ。

心をしっかり持て。そして浄化の魔力を全身にまとうことを忘れるな。

さあ思い出せ、私は水晶の間で瘴魔《しょうま》に呑み込まれた。それはいるかもしれない彼女に会うためだ。

賭けだったけれど、どうやら勝ったらしい。

目を見開いた先、酔いそうなほど歪《ゆが》む空間の奥に、瘴泥《しょうでい》に埋もれた美しい人形がいた。

水色の髪が清流のように流れ、妖艶《ようえん》と清純が絶妙に混ざり合った繊細《せんさい》な美貌《びぼう》。

瘴泥《しょうでい》のヘドロから出ている肢体だけでもわかる、完璧なバランスで成り立つ少女の体は美しい。

創作者の執念と美意識が見てわかる最高傑作だ。

けれど表情はずいぶんあけすけで、髪と同じ水色の瞳には人の噂《うわさ》を楽しむような下世話な色を浮かべていた。

「とっても悲しくて、素敵な恋物語だね！　やー刺激がなかったからすんごく楽しかったよー！」

「帰って良いかな、ゲニエニュケ」

間違いなく彼女がカルモの妻、ゲニエニュケだ。私が冷めた眼差《まなざ》しを向ければ、少女人形ゲニエニュケは慌てた様子で手をじたばたさせた。

「まってまって、待ってくれよう！　ボクの声を聞いて来てくれたんだろ？　ありがとう話をさせてくれっ」

必死の訴えに、私は彼女の目の前で仁王立《におうだ》ちする。

遺跡内で聞こえていたのは彼女の助けを求める声だった。思念を感知しやすいのも勇者特典だったんだけど、めんどくさい。

「じゃあ百四十字以内にまとめてくれるかな」

「うわ、何それひどっ無理⁉」

「私だってだいぶ無理してここにいるからね」

ここは瘴魔《しょうま》の深部だ。

今の私は酸素ボンベをつけて海の中を潜水しているようなモノで、酸素である浄化の魔力が切れれば、あっという間に呑まれる。

というか薄々わかっていたとはいえ、ゲニエニュケはカルモの話からするイメージとかけ離れていて、現実と想像をすりあわせるのに忙しい。

精霊は幻想的で残酷なまでに無邪気な存在だが、さんざっぱら彼らに関わってきた私に言わせると、ただの自己中な愉快犯だ。特に知性を得た精霊はドリームクラッシャーだと常々思っている。

しばらくあわあわしていたゲニエニュケ——ニュケだったが、律儀に考えをまとめてくれたらしい。

「よーし、じゃあ端的に！　ボクを殺してくれないか」

「却下」

「いやあ、そろそろボクも理性を保つのが限界でさ。その前にカルモを逃がしたいんだけど、ってばっさり⁉」

予想通りすぎた頼み事を両断すれば、彼女は愕然《がくぜん》としていた。

やっぱり、そういうところ精霊だよなあ。無邪気で残酷で、自分本位だ。けれど、何よりも純粋に何かを思う。精霊はやっかいだと思いつつも、嫌いになれないのはこういうところだ。

私は腰に手を当てて、やさぐれた態度で応じてやった。

「あのねえ、私の記憶を覗いといてどうしてそれを頼るかな。あんた達精霊は致命的に情緒と思いやりが足りない！」

「い、いや魔王を倒したのと似たようなことだから要領わかってるだろうし。ボクは君と赤の他人だから思い入れもなくすぱっとやれそうだなって……いでで人間的にはだめなんだねごめんんん」

容赦なく頰を引っ張ってやると、ニュケは涙目で泣きを入れてきた。

まあ、アウトとわかる頭があるだけましだ。それはカルモと過ごした日々で培《つちか》われたんだろう。

ニュケの頰を引っ張っている間に伸びてきた瘴泥《しょうでい》を、私は素早く避けた。なるほど、こうして気を抜くと寄ってくるんだな。

ひりつく頰もそのままに、涙目のニュケは言《い》い募《つの》ってきた。

「で、でもボクも本気でまずいんだ。瘴泥《しょうでい》に吞まれた時に自我だけは避難させたんだけどさ。もうそれにも気付かれちゃって、外に干渉する力も残っていない。このままカルモを殺してしまうかもしれないのに、ボクは自分で自分を消し去ることもできないんだ」

この子は、本当に、カルモを愛していたのだろう。瘴泥《しょうでい》の中で自我を保ち続けるのは、どれだけの力が必要だったか。

カルモが自分を助け出そうとする声も聞こえない中で、抜け出す努力をしたのだろう。

彼を想うニュケは、ぼろりぼろりと真珠のような涙をこぼしながら訴えた。

「なあ頼むよ、異界の勇者。君ならボクを瘴泥《しょうでい》ごと消し去れるだろう?」

異界の勇者、私の称号の一つだ。

やっぱり精霊の情報網は侮れない。

自由で、何にも縛られない精霊が誰かに頼み事をするというのは、それだけ彼が大事なのだ。

私は今も必死に瘴泥《しょうでい》の侵食に抗《あらが》っているだろう、彼女を見上げて訊《き》いた。

「カルモとまた暮らしたくないの」

「暮らしたいよ!　でも無理なんだっ。ボクはカルモを殺したくない‼」

ああもう、この二人はいちいちあの頃の私達と重なる。行き着く未来すらありありと見える。

ただ、あの時の私達に選択肢はなかった。だけどこの二人には私がいるんだ。

「お願いだよ勇者、ボクは……、勇者？」

つかつかとニュケから離れる私に、彼女は絶望の声を上げる。

ちょっと待ってて、助走が重要なんだから。よっし、こんなもん。

ある程度離れた私は、くるりとニュケを振り返り腰を低くして構えた。

「人間ってやつはね、ものすごおく、強欲で諦めが悪い生き物なんだよ。終わったことなのに何度も何度も後悔して、もっと良い方法がないか考えるの」

酒でも飲んで気を紛らわさないとやっていられないくらい。

「ゆう、しゃ？」

戸惑ったニュケの声に答えるように私はぎ、と彼女を睨《にら》んだ。

あれだけ何度も眠れない夜を過ごしたのに、今同じ運命を辿《たど》ろうとしている奴らを見捨てられるわけがないだろう！

「私は、あんたも！　助けに来たのよ!!」

目を見開くニュケへ向け、私は全速力で走り出した。

浄化の力を練り上げると、四方八方から瘴泥《しょうでい》が襲いかかってくる。だが、私はそれすら置き去りにして、ひたすらニュケを目指した。

彼女はいわば瘴泥《しょうでい》に感電している状態だ。ゴーレムという殻があったおかげで瘴泥《しょうでい》に取り込まれていながらも正気を辛《かろ》うじて保っている。

下手に手を出せば私まで呑まれる。なら呑まれる前に彼女をあそこから離せばいい！

はい、ここで感電した人の救出方法。巻き込まれないように接触面は極力減らし、接触も一瞬で終わらせること。

要するにドロップキック！　容赦はいらねえ全力でやれ！

練り上げた浄化の魔力をすべて足に集中させた私は、勢い良く地を蹴った。

「え、ふえ」

「勇者を、なめるなよ‼」

空中で綺麗に揃えた足裏が、狙い違《たが》わずニュケの体に命中する。

彼女に絡みついていた瘴泥《しょうでい》は浄化されながら吹っ飛んだ。

「へぶっ⁉」

よし！　初めてやったけど、最高に綺麗なドロップキックだったさすが私！

多少威力が強かったのは、決して勝手に記憶を覗かれてむかついたからではないのである。

自画自賛しながら着地を決めた私は、地面を転がったニュケの華奢《きゃしゃ》な体を片腕に抱えた。ついでに思いっきり浄化の魔力を流し込んでやる。これでちょっとはましだろう。

だけど核を失った瘴泥《しょうでい》が、再びニュケに殺到してくる。ちっくしょ、そう簡単には逃がしてくれるわけないか。

どこかもろいところを浄化すれば、外に出られると思うんだけどなあ！

ひたひたと忍び寄ってくる焦燥を押し込めて脱出ルートを探していると、視界の端でちかりと何かが光った。

白……？　いや、あれは銀色か。

なんだ、あれ。でもなんか懐かしい。たぶんあそこに行けば良い。

私は迷わず拳《こぶし》を握る。

推定十歳児の小さな拳《こぶし》だ。けれども絶対に折れない勇者の拳《こぶし》だ。

「乙女の恋路を邪魔する奴はぁ、全部まとめて消えやがれ!!」

私は懐かしい気がする銀の光へ向け、全力で拳《こぶし》を振り下ろした。

ありったけの浄化の力を込めれば、小さな点だった光が罅《ひび》になり、亀裂になり。そしてぼろぼろと崩れ去る。

悲劇なんざもう二度とごめんなんだ。

嵐に似た衝撃に揉《も》まれながら、私はニュケの体だけは離さなかった。

☆　☆　☆

瘴魔《しょうま》の中から舞い戻った私は、素早く状況を把握した。

美しかった外観は瘴泥《しょうでい》に侵食されて見る影もないけど、場所は水晶の間で間違いない。

私の腕にあるのは全身に亀裂が走った美しい少女人形のニュケだ。意識を失っているのかそれとも損傷が激しすぎて動けないのか、人形は沈黙している。

そして目の前にいるのは、腕から足から血みどろになったライゼンだった。右手に握った剣はすでに用をなさないほどぼろぼろに腐食している。

疲労困憊《こんぱい》といった感じの彼は、私を見るなり心底ほっとした顔になった。

「祈里……」

荒い息をつくライゼンに、私は思わず怒鳴る。彼の怪我のしかたに見覚えありすぎたからだ。

「無茶しやがって魔法薬何本飲んだのさ⁉」

魔法薬の中には、体内魔力を補充するエナジードリンク的な物がある。

物理的に丸一日戦えますだったり、魔法の効果を何倍も増幅できますだったり重宝されていた。

だが、使いすぎれば肉体が耐えきれずに自壊する劇薬で、使用制限がかかっている代物《しろもの》なのだ。

ライゼンは面食らったみたいに瞬《まばた》きをしたけど、何故かおかしそうに笑った。

を、い、てめー私が心配してるっていうのに！

「大丈夫まだ一本だ」

「嘘つけそれ五本は飲んでるだろう馬鹿！」

血管どころか皮膚まで裂けているのをごまかせると思っているのかっ⁉　大方騒ぎを聞きつけてから私が出てくるまで時間稼ぎをしてくれたのだろう。それでも過剰摂取いくない！

まあ？　浄化の支援もないのに瘴魔《しょうま》を止めるんなら、それくらい必要だったろうがそもそもね！

「なに踏みとどまっちゃってんの！　逃げるのが普通でしょう⁉」

「はは、祈里だな。やっぱり抜け出してきた」

状況も忘れて怒鳴ったのに、疲れた顔でそれでもほっとしたようにライゼンが笑うから。私は思わず言葉に詰まった。

私があえて瘴魔《しょうま》の中へ潜り込んだのだと、あの一瞬で理解してくれたのがわかったからだ。

あああもうっ。こいつはなんで私が外見十歳美少女って忘れてくれるかな。

こんな風に信じられたらもう怒れないじゃないか！

あふれそうになる感情を自分の銀髪を乱暴にかき回すことで紛らわせて、私はライゼンにニュケの人形を押しつけた。

「この子を持って下がってて、私の剣は……」

「後ろだっ」

ライゼンの警告と同時に、私は振り返り両手を突き出す。

「浄化ぁ！」

振り下ろされた蔓《つる》を浄化の魔力で受け止めた。が、質量を伴うそれを止めきれず飛びすさる。

ライゼンが下がる時間を稼げたから良いとはいえ、さすが精霊を取り込んでいた瘴魔《しょうま》だ。核を失っても崩れないなんて。

まあでも核がないんだから、あとはこの瘴魔《しょうま》が核を作る前にぶっ飛ばせばいい。

とはいえ、これをぶっ飛ばすだけの浄化の力を乗せた攻撃魔法なんてぶっ放したら、私達まで生き埋めだよなあ！　物理的な被害を出さないように、瘴魔《しょうま》と瘴泥《しょうでい》だけぶっ飛ばすとなると……

「イノリさんっ。これっ」

カルモの声と共に飛んでくるモノを、私は半ば無意識に受け止めた。

それはカルモを助けた時に手放した我が相棒、聖剣ミエッカだ。

確保していてくれたらしい、瘴泥《しょうでい》の中を探さずに済んでありがたい！

「二人とも、後で私の文句をたっぷり聞いてもらうから覚悟しててよ！」

骨のカルモへ向けて宣言した私は、強く聖剣の柄《つか》を握りしめた。

地脈に根ざしてしまった瘴魔《しょうま》を倒すには、ただの浄化では圧倒的に足りない。

「ミエッカ、撲滅《ぼくめつ》モード起動」

どっと、魔力を吸われる感覚と共に、ミエッカの刀身が脈動する。

そしてミエッカは鉄バットから美しい両刃の剣へと姿を変えた。

ドワーフ最高の鍛冶職人によって打たれたこの剣は、私の浄化の魔力を増幅し、洗練し、最も必要な形に変化するのだ。

私は強化魔法で四肢に力をみなぎらせ、ミエッカを構えて突進する。

瘴魔《しょうま》は私を飛び越えて、もう一度ニュケを取り込もうと蔓《つる》を伸ばすが、私はミエッカを一閃《いっせん》しすべて叩き切った。

ぱっと瘴泥《しょうでい》のよどんだ色が私の色——輝く銀の魔力に塗り潰される。蔓《つる》は剣圧に充《あ》てられただけでぼろぼろと崩れ去った。

何せ魔王との最終決戦でミエッカが披露してくれた対瘴魔撲滅形態《しょうまぼくめつ》だぞ！

私の周囲にいるだけで浄化される上に、このミエッカに斬れない瘴魔《しょうま》はない。

そんな私を無視しようなんて何様のつもりだ、てやんでい。

とはいえただ斬るだけじゃ、いたちごっこだ。だって相手はいくらでも地脈から魔力をくみ上げられるんだからな。

私はぐっと柄《つか》を握る手に力を込めた。

まったく気に食わないけど、私もしんどいしライゼンを早く浄化してやらなきゃいけない。

一気にしとめるにはコレしかない。

後のことは後で考える！　と私は剣を掲げて叫んだ。

「〝我が身に宿るは聖なる光。清浄と正常を導く使命において振るいしは勇者なり！

眼前の瘴魔《しょうま》を討ち果たすため、今ひとたび森羅万象を守護する剣とならん！〟」

天地に言祝《ことほ》ぎの聖句を唱えたとたん、冒されていたはずの地脈から、魔力になる前の純粋な力が流れ込んできた。可視化されるほど濃密な魔力の奔流《ほんりゅう》が、私の銀の髪を舞い上げる。

勇者として召喚された私はこの世界と、世界の守護者になる契約をした、らしい。

いやわかんねえもん。はいよろしく、って言われた覚えがないし。

まあでも、世界にとって脅威となるものに対してならば、この世界そのものの力を借りられるのだ。ぶっちゃけ体が壊れるから瞬間的にしか使えないけど、言うなれば無敵モードである。

神に等しいモノですら討ち果たすこの剣に、斬れないモノはない。

ただね、聖句に「勇者」って入っているもんだから、唱えたとたんもろバレなんだけれども！

ぽっかーんとしているカルモの顔を横目に見ながら、私は走る。

残った瘴魔《しょうま》は私を薙《な》ぎ払《はら》おうとするけど、体に触れる前に浄化され霧散した。

体を包む光を剣に移行させ、巨大な刀身を作り出す。

まずは足もと！

低い身長を生かして、地面すれすれを薙《な》ぎ払《はら》う。

身をよじる瘴魔《しょうま》の足もとが根こそぎ浄化され、つながっていた気脈から切り離された。

供給元を断っとかないと二の舞だ。

でも、あれ？　なんかちょい前より光が派手じゃない？

まいっか。眼前の瘴魔《しょうま》を睨《にら》み上げた私は、足りない身長を跳躍で補い、光の剣を振り上げる。

「はあああああっ‼」

全力で振り下ろした光の剣は、瘴魔《しょうま》を真っ二つにした。

怨念のような声なき悲鳴が響き、膨大な瘴泥《しょうでい》が浄化の光に塗り潰されていく。

だけでなく、洞窟全体が光で見えなくなった。

いやちょっ⁉　仕事しすぎ⁉

思わず顔をかばいかけた私は、最後の抵抗か背後のニュケとライゼンへ瘴泥《しょうでい》が腕を伸ばすのを見つけた。

「往生際が、悪いぞっ‼」

すぐさま聖剣を振るって両断すると、その切り口から浄化の魔力が勢い良く広がっていく。

浄化の光にすべて呑み込まれた瘴魔《しょうま》は、質量を伴うほどの勢いで魔力を放出した。物理的には問題ないんだけど、とにかくまぶしい。

そして光が収まると、洞窟内は一変していた。そのきらきらしさに私はあっけにとられた。

「何このきらきら空間」

見るも無惨《むざん》に破壊されていたはずの水晶の間は、新たな水晶で満たされていた。

露出していたはずの岩肌は、透明な水晶で覆《おお》われ、壁天井床に至るまで、色とりどりの透明な水晶がにょきにょきと生え……てこれなんか別の貴石混じってない？

あんなでっかい瘴魔《しょうま》が暴れられるほどの広々とした空間に、いくつもそびえる水晶柱は圧巻だ。

「今の魔力で、魔力結晶が急速に成長したの、かな」

カルモの呟《つぶや》きに、私はほんのちょっぴり顔を引きつらせる。

そんなカルモもこの魔力のおかげか受肉して、また栗色の髪に琥珀色《こはくいろ》の瞳の耽美系青年に戻っていた。

だがそっちよりも地脈からあふれているらしい魔力で、石がきらきらと煌《きら》めく様《さま》は美しいの一言で、私は思わず魅入った。

「ん……」

そんなかすかな声で私は我に返る。

振り返ればライゼンが地面に寝かせていた少女人形が身じろぎをしていた。カルモが必死の形相で彼女に駆け寄った。

「ゲニエニュケっ」

察したライゼンがすぐに場所を譲る。

カルモが彼女を抱えると、ニュケは水色の瞳に彼を映し、ぎこちないながらも表情を動かした。

「カルモ、ごめ、ん。もう、しばらく、かかり、そ……」

瘴魔《しょうま》によって侵食され痛めつけられた体は動かすことすらつらいだろうに、必死に訴えるニュケの手をカルモは握る。彼は何度も唇を開こうとして言葉に悩んでためらった後、にっこりと笑ってみせた。

「大丈夫、僕は君が目覚めるまで待てるんだよ。なんせ今は骨だからね」

明らかに無理やり浮かべたものだけど、心から相手を思いやった笑みだった。ぽろぽろとカルモの涙が、ニュケの頬へと落ちていく。

ニュケは申し訳なさそうに、けれども嬉しそうにうっとりと笑った。

「あい、してるね」

吐息のようなその言葉と共に、かたり、と少女人形の活動が止まる。

ミエッカを鞘《さや》に収めた私は、ニュケの側に膝をついてそっと体に耳を当てた。

「大丈夫、まだちゃんとここにいる」

弱々しいけれど、確かに精霊が宿っている。休眠に入ったんだろう。

なんせ私がドロップキックしたのだ。生きていてもらわなきゃ困る。

何度も何度も頷《うなず》いたカルモは、くしゃくしゃに顔を歪《ゆが》めて私とライゼンに言った。

「ありがとう。ニュケを助けてくれて。でも、僕は、僕は……」

半ば嵌《は》めるようなまねをしたことに、罪悪感と悔恨を覚えているのだろう。

全部が全部呑み下せるわけではないけれど。

私はこて、と首をかしげてカルモの顔を覗き見た。

「ねえカルモ、後悔してる？」

「……ニュケを、助けるためだったから。でも、君達を巻き込んでしまった責任は取る。気が済むまで骨をばらばらにしてくれてかまわないし、できる限りなんでもす、る……？」

カルモの思い詰めた言葉は、にひゃあと笑う私を見たことで途切れた。

「よおし、言質《げんち》は取った！」

ライゼンがあちゃーって顔をしているけれども、失礼な、そんな変な提案はしないよう。

王様というやつは、多少あくどくないとやってられないのです。

「んじゃあカルモ、ちょっとグランツ国と契約しよう」

「け、契約?」

きょとんとするカルモに頷《うなず》いてみせる。

「そ、この石城迷宮を冒険者や兵士達の訓練施設として開放する契約。具体的にはアミューズメントパーク化」

ここに来る間にちょっと考えたのだ。

元々死人が出ない迷宮だったし、カルモ達が静かに暮らせないんなら、いっそのこと冒険者の鍛練《たんれん》場として大々的に管理してしまえば良いんじゃない? って。

グランツは元々害獣や魔物が多い地域だ。冒険者と兵士はいくらでも必要だから、命の危険が低く実戦経験が積める場所はものすごく大事なんだよ。

ムザカあたりは嬉々として攻略してくれそうだし、経営については経済大臣のシアンテに丸投げすればいい。エルフなのにお金大好きな彼なら楽しく算段をつけて、経営者の卵達を送り込んでくれるだろう。レイノルズは自治区だけど、今回だいぶあやしいことがわかったこともある。どうなるにせよ、セルヴァがなんか考えるはずだ。

「ア、アミューズ?」

はてなマークが浮かんでいるカルモに、私は懇切丁寧にプレゼンしていく。

「要は、冒険者や兵士達を計画的に入れないかってこと。今まで通りゴーレムを配置して、罠を張って脱落者の回収作業もする。その代わりグランツから必要な物資と資金の提供をする。魔力結晶の精製方法について技術特許も取ろう。大丈夫、グランツでは魔物でも特許を取れるし、全力で権利を守れるから」

具体的には物理で。

「へ、あの、でも」

ふふん、と私が得意げにしてみせると、カルモは急展開についていけないのかおろおろしている。

色々言っているけれどもね。何より一番大事なのは。

「冒険者達から魔力もたっぷりとれるから、ニュケが目覚める時を早められるかもしれない」

その一言に、カルモが目を見開く。

ニュケに足りないのは疲弊《ひへい》した精霊としての魂《たましい》の修復をする時間だ。それは安定して魔力の濃い場所で時間をかけて過ごすしかない。

だってねえ、ここまで大きな騒ぎを起こしちゃったらどうしたって表沙汰にするしかない。

レイノルズも微妙に不穏だってわかっちゃったしね、その前に別の巨大な権力の庇護下に入れなければ。

まあ色々思うところはあれ、私はそれはそれ、コレはコレと区別できるアラフォーですから。というかこんな良い人材、価値もわからない馬の骨にかっ攫《さら》われたくないわけで。

「君って、一体なんなんだい？　さっきの浄化の力も尋常じゃなかったし」

カルモの当然の疑問に、私はちらっとライゼンを見る。

もう名乗りを上げちゃったしね、ぐだぐだしているのもかっこ悪い。

私は仁王立《におうだ》ちで胸を張った。

「グランツ国の勇者王ってやつをやってる通りすがりの美少女だよ」

ぱっかん、とカルモの顎《あご》が外れた。

おうふ。驚きすぎて一瞬骨に戻ったぞ。物理で。ここまで良い反応だと楽しくなってくるな。

「ゆ、勇者⁉　やっぱり、その、あああの⁉　魔王を討伐したって」

「あ、やっぱり知ってたかー。それはニュケからかな」

彼女も普通に私を「異界の勇者」って呼んでいたし。

「いいやそれはその」

案の定、驚き絶句しまくっているカルモは、何故かちらちらとライゼンを見てる？

くるっと振り返ってみても、ライゼンの表情は変わっていなかった。

いや、変わっていないのもおかしいな。

「ねえライゼン、驚かないってことは疑ってる？」

「疑ってもいないし、十分驚いているとも。あの聖句を唱えて力を使えるのは勇者だけだ。子供でも知っているさ。たとえ勇者王が男といわれていても、今が少女になっていても疑いようがない」

なんか言い訳めいているけれども、ならいいんだ。今はカルモの説得のほうが大事だもの。

ライゼンの態度は保留にした私は、カルモに向き直った。

「だから、うちにおいで。カルモ」

そう、誘うと、カルモの琥珀《こはく》の両目にみるみる涙が盛り上がる。

「ありがどうっ二人とも、助けてくれてありがとうっ」

美人が台無しの大泣き顔に、私は親指を立ててみせた。

「良いってことよ！」

「大したことじゃない」

はからずともライゼンと声がかぶり、思わず顔を見合わせた私達は笑い合う。

「ありがどおおお、ありがとどおおわーーーん！」

「って、ここで全力で泣くのやめよう、めちゃくちゃ耳に響く！」

「うわぁあああああん!!」

「聞こえてないしー!!」

これじゃあ、私達の耳が死ぬ！

わんわん響くカルモの泣き声を止めるために、私はもう一度全力ドロップキックをキメるはめになったのだった。

☆　☆　☆

「グランツから独立宣言なんてしようとして、あんた馬鹿なの。ほんと馬鹿なの」

「もご、もごもご！　もももご!!」

「もごもご星人の言葉なんてわっかんなーい♪」

私はきゃぴっとしながら、もごもご星人——もとい、動けないメッソ・トライゾを煽《あお》っていた。

ただいま私とライゼンは、ソリッドの高級ホテルでメッソ・トライゾを尋問中である。

あ、覚えてない？　カルモの石城迷宮に押し入ってニュケに何かをするよう指示した男だよ。

いやあ、本当はトライゾの屋敷まで殴り込みかけようと思ったんだよ？　だけど、石城迷宮で瘴魔《しょうま》が湧いたって騒ぎを聞きつけたご本人が、わざわざ視察と称して近くの街まで来てくれたのだ。

これ幸いとその日の夜に乗り込んだよね。

え、護衛？　全部素敵に縛り上げてますが何か。今日は時間がなかったからテキパキ拘束するだけだったのが残念だったぜ。どこぞのアマチュアと違って、しびれなんて残しませんとも。

ホテルの人に気付かれるなんてまねするわけないじゃーん！

そして、こんな時でも愛人とにゃんにゃんしようとしていた半裸のメッソを無事気絶させてふん縛り、今に至るのだった、まる。

ちなみに私は大仏マスク、ライゼンはファラオ仮面である。いや便利だよこれ。

まあふん縛ったものの、実は彼と部下との会話を盗み聞いて大体のことはわかっている。

「あんたの罪は数え切れない。犯罪組織と手を組んで誘拐に荷担したあげく、レイノルズの税収をちょろまかし、自分がやらかした瘴泥《しょうでい》の流出を隠すために見て見ぬ振りをした。どれもこれもグランツでは許されざる罪だ」

ソリッドで私達がぶっ潰した誘拐組織。その国外密輸ルートになっていたのがここレイノルズだったのだ。セルヴァとの話題にまったく上がってこなかったから小物だと考えていたけど、こんなにやらかしてくれていたとは。

いや実際、メッソは犯罪組織に不利な取引条件を呑まされていることにも気付いていない小物だったんだけど、思いきりが良すぎて被害がひどい。どっちにしろ見逃したのは反省反省。

「こ、この平民風情《ふぜい》が！　私を誰だと思っている！」

私が脳内反省会を繰り広げていると、自力で猿ぐつわを外したメッソが大声でわめき散らした。

まあこのホテル、高級なだけあって防音しっかりしてるし、私がシスティ仕込みの防音魔法を重ねがけしているから誰も気付かないんだけど。

「レイノルズの王族だぞ。そしてここは我が国レイノルズだ！　生きて逃げられると思う……」

「はいはいそれ私の台詞《せりふ》ー。立場わかってる？　私達は今、あんたを好きにできるんだけど」

私の意を得たライゼンが新調した剣を首に当てたとたん、メッソはひ、と言葉を詰まらせる。

こういう扱いをされたことがないんだろう。

メッソ・トライゾは二十代後半の酷薄そうな顔つきをした青年だ。頭の良さを鼻にかけた、甘やかされた感じの坊ちゃんと言えばわかるだろうか。

さらに言うなら、自分では頭が良いと思っていても誰かに利用されて使い捨てられる系の小物というのが私の印象だ。見た目で判断するのは良くないとは思いつつ、一介の貴族なのに「我が領地」と言っちゃうのはねえ。

「ここをまだ自分の国だとでも思ってるの？　勇者王とグランツ国が援助する前は、草も生えない荒野になってたのに」

「何を、ただの子供が偉そうに……」

「その子供に良いように縛られちゃったおじさんはどこの誰かなー？」

ま、実年齢は私のほうが上だけど、そんなことわかるわけないからおちょくってやろう。

顔をどす黒くして怒りをあらわにするメッソを煽《あお》るのは、めっちゃ楽しい。

こんな孫を持ってトライゾさんも大変だったろうな。草葉の陰で泣いていそうだ。

「お爺様の判断こそが間違いだったんだ！　こんな豊かな土地なら誰にでも復興できるだろう‼」

いやあ、豊かになったのはその土地に暮らしてた人達が頑張ったからだし。その支援の仕組みを作るのがどれだけ大変だったか知らねーだろ。こんちくしょう。

まあ、遊びまくって楽しいことを聞けないのも困るし、私はもう良いと本題に入ろうとしたのだが、メッソはさらにわめいた。

「それに何が王だ。勇者など魔王を倒すだけの存在でしかないのに偉そうに！　浄化だけやってすぐに帰れば良かったんだ！」

「だめっ！」

私が制止の声を上げた時には、ライゼンがメッソに殴りかかるところだった。

剣を使わず、拳《こぶし》をメッソの鼻先で止めたが、理性が効いてるのかいないのか！

しかし乱暴に動いたせいで、ごろん、と彼の頭からファラオの仮面が外れる。

さらりと、滑り落ちる黒髪にメッソの目が見開かれた。さらに、ライゼンの顔を見るなり顔色を紙のように白くする。

……お、おや？　これは、まさか……

「異界からやってきた勇者が故郷へ帰ることができないのは、十歳の子供でも知っている話だ。お前程度が気軽に口にして良いことじゃない」

「勇者、王……!?」

あー……そうだよね。勇者の話で黒髪で男だったら、そう思うよねー！

ライゼンは実年齢より落ち着いて見えるから、年齢不詳（笑）なんていわれていた勇者王と結びつけられる外見だ。

私自身は何度もそうやって罵《ののし》られたものだから、もうこれっぽっちも心は動かない。とはいえ、誰かが怒ってくれるのを見ると、ちょっと嬉しいもんだね。

いやいやそれでもライゼンがマジギレしているのなんで？

いつもの平静さをどこかに放り投げた彼は、大仏マスクの私をちらっと見ると乱暴に引き寄せる。

「あの迷宮に押し入った理由はなんだ。魔法触媒を手に入れるためか。それとも」

そのまま、尋問役を代わったライゼンの詰問に、メッソはぶるぶる震えながら話し出した。

「わ、私は頼まれただけだ！　言う通りにすれば支援すると!!　本当だ、私は悪くない!!」

百パーあんたのせいだけれども、まあ聞いといてやろう。

「こ、この国には勇者王がいるから、多少瘴魔《しょうま》が増えたとしても大丈夫だろう⁉」

ライゼンが剣をちらつかせて促《うなが》す必要もないくらいメッソの口は軽い。

って。


「は？」

私は自分の声が、低く響いたことにちょっと驚いた。

でもそれ以上に、メッソがのたまったことは聞き捨てならない。

「瘴魔《しょうま》を増やす、だと」

呆然とするライゼンをどう思ったのか、メッソは洗いざらいぶちまけ出したのだった。

☆　☆　☆

必要なことを必要なだけ訊《き》いた私とライゼンは、わめくメッソを置いて窓から脱出した。

「ははは私はここだ！　さあ、あの不届き者を……」

「メッソ・トライゾ、貴様を国家反逆罪で拘束する！」

「な、何故だ⁉　私はこの土地の領主だぞ」

「この署名が目に入らぬか！　勇者王よりの下知《げじ》であるぞ！」

「なんだとー⁉」

「貴様の悪事の数々、つまびらかになるまで拘束する‼」

水戸のご老公様なやり取りが繰り広げられるのを背中で聞きつつ、私達はさっさと街中に紛れた。

ホテルに乗り込む前に警邏《けいら》隊にさっくさくと通報したからなー。王様の署名付きの投げ文で。

署名専用のインクで魔力を込めてサインすると、偽造不可な証明書になる。

そして王様の署名というやつは、どこのお役所でもちゃんと照会できるようになっているのだ！

だって平原が瘴泥《しょうでい》に冒されていたのを放置していたのは明らかに怠慢だったしね。ソリッドの誘拐組織との癒着があったって、ついでに知らせておいたほうがセルヴァの仕事もはかどるだろう。

「まさか、瘴泥《しょうでい》を広げようなんて馬鹿げたことを考える奴がいるとは」

夜が明けて白み始めた空の下、人気のない道を歩きながら私は独りごちた。

くあと、あくびを一つ。

今歩いているのは、ナイエスの街門へつながる道である。追加でナイエスのお役所に投げ文をしてすぐに出てきたのだ。

それだけ、メッソがげろった話は予想外というか、何考えてるのお前らという内容だった。

奴が任されていたのは、瘴魔《しょうま》になる素《もと》を強い魔物……つまりカルモに仕込むことだったらしい。

その素《もと》になるものがどんなものかはまったくわかっていなかった。それを仕込んだ奴は瘴魔《しょうま》になる素《もと》を持ってきた使者で、メッソは石城迷宮について情報を教えただけだ。

まあただ、彼の根城が謎の爆発を起こして、誘拐されていた子供達が発見されたけど。たまたまね。あくまでたまたま。いやあ、また夜通しで疲れた……

ともかく、瘴魔《しょうま》を増やそうなんて馬鹿なことを考える人間がいるなら、王としても勇者としても見過ごせない。

「衝撃だったか」

「いやあ。大体どういう奴らがそんなことを考えたかは、わかるからさ」

ライゼンに尋ねられた私は、気楽にそう返した。

魔王がいて瘴魔《しょうま》が活性化したことで、被害を被《こうむ》った人々が大半だったけれど、その中で莫大な利益を得た奴らもいなくはない。

そういう奴らに恨まれて、私も色々やられたものだ。

グランツ建国の時に邪魔をしてきたのもその手の奴らだもん。彼らの思考回路からして、自分達が儲かるならばあの時代をもう一度なんて思うだろうというのは想像がついた。せっかく平和になったっていうのに、まったくもう。

ともかく、国として警戒し、調査すべき案件なのは確かなんだ。

いやそれは置いといて、目下の悩みは。

私はちら、と隣を歩くライゼンを見上げた。

左腰には新しく買った真新しい長剣を佩《は》いている。魔法触媒を売り払ったおかげで資金は潤沢《じゅんたく》だったから、ちょっといいやつ買ったんだぜ。

じゃなくて、ライゼンと同行の約束をしたのは、「グランツを出るまで」なのだ。

ついでにこんなやっかいな案件が出てきた以上、私は城に戻るべきじゃないかとも思っている。

旅を続けるにしても、しないにしても、ライゼンとはここでお別れだ。

それに、ライゼンに私が勇者王だって知られちゃったし。

迷宮の修繕だったりメッソについての調査をしたりして後回しにしていたけれど、正直気まずい。ライゼンが、私に対して何もリアクションしてこないのもちょっとそわそわしていた。

あともう少し歩けば街門だ。荷物は全部自分で持っている。なのにまだ私は別れの言葉を言えずにぐずぐずしていた。

すると私の視線に気付いたらしく、ライゼンがこちらを見おろす。

「やはり、勇者王としては気になるか」

「うえっうう、うん」

訊《き》きにくそうではあるもののライゼンが話題に出したことに、私は驚いて妙な声が出た。

うっそだろ、そんなさらっと持ち出すのか⁉　何この二十歳とは思えない落ち着きっぷり。

お、落ち着け私。

「……気付かれたか……？」

「なんか言った？」

「いやその。これからどうする」

自分のことで手一杯で、ライゼンがぼそっと呟《つぶや》いた言葉を聞き逃す。が、問いかけは聞こえたから、往来のない静かな道の中で立ち止まって彼を見上げた。

「無責任だって思わないの？　私、仕事をほっぽり出して城を抜け出してきちゃったんだけど」

なんだかんだで、この国には愛着がある。

仲間達が楽しく暮らせるように、お世話になった人達が笑顔で暮らせるように、苦労をして創り上げたこの国を脅《おびや》かすものがあるんなら、徹底的に撲滅《ぼくめつ》したい。

さすがに、仕事を全部投げてきたのはまずかったかなーと思い始めていたのだ。セルヴァ怒ってるだろうし。

「それだけのことがあったのだろう。その姿も理由があって」

「いや、見合いが嫌でさ。ちょっと疲れていたし、やけになって実年齢に戻れる薬を飲んだらこうなってたんだよね。んでこの美少女姿なら誰にもバレないんじゃない？　って勢いで」

「見合い⁉」

だよねー。さすがにやりすぎだよねー。

目を丸くして血相を変えるライゼンに私はあははとごまかし笑いをしつつ、肝心なところを切り出せずにいた。なんでだろーなー。決断は早いほうだと思っていたんだけど。

速攻で旅に出たくらいだし。まああれは酔った勢いだけど。

首をかしげている私に、こほんと咳払《せきばら》いしたライゼンが言った。

「色々気になるところがなくもないが、君こそ俺を疑わなくていいのか。俺は君の秘密を知ってしまっているんだが。王に取り入りたい人間はごまんといるだろう」

「あんたねえ、そうやって馬鹿正直に訊《き》いている時点で意味ないんだよ？」

私は呆れて腕を組んだ。

「あんた、まったく地位に魅力感じてないでしょ？　それなのに私にどんな利用価値があるのよ。元々まったく利益のない旅に付き合ってくれてる時点で、あんたのお人好し加減は振り切れてるんだから自覚しなさい」

「一応俺にだって思惑《おもわく》があるんだぞ？」

「どんな思惑《おもわく》よ。美少女を愛《め》でたいとか？」

疑わしげに見上げると、ライゼンは困ったような表情で、けれども緑の瞳は真剣だった。

「できればもう少し、君と旅を続けられたらいいと思う」

その言葉は予想外で、私はぽかんとした。

彼の表情に冗談の色はみじんもなくて、だけどほんの少し照れが混じっているように思える。

「それってつまり、この後も付いてきてくれるってこと？」

「グランツから出たとしても、隠《かく》れ蓑《みの》があって困ることはないだろう？」

「いや、でも」

「俺とならこの旅も楽しめる、と言ったのは君だったと思うが」

そう畳みかけるライゼンの口角が、ほんの少し楽しそうに上がっていた。

こっちの返事はわかっているとでも言いたげなそれには、ちょっとむかついたけど。

かちり、と心の中でピースがはまり、もやもやが晴れてしまっていた。

はじめはグランツとの約束を果たす傷心旅行のつもりだった。けれどいつの間にかライゼンとやいのやいの言い合いながら旅をするのが楽しくなっていたんだ。

そっか、私もまだライゼンと旅を続けたいのか。

ならば私、アラフォーですし？　けれども推定十歳児の子供ですし？

わがままを通して、かつ責任を果たす方法を全力で選んでみせようじゃないか！

というかまだ休暇半分以上残ってるのに帰るなんて、どこの仕事人間だよ。

よーしスイマリアの天燈祭《てんとうさい》を見るまでは、絶対に帰らない！

気分が晴れ晴れとした私は、にいっと笑ってライゼンを見た。

「自分から言い出したんだから、天燈祭《てんとうさい》を見るまではとことん付き合ってもらうよ？」

「俺も勝手に楽しむから安心しろ」

くそう、腹立つけどちょっと嬉しい。

まあそうと決まれば、改めてセルヴァに手紙を出しとこっと。

石城迷宮についての提案書もがっつり作って投げ入れて、あと瘴魔《しょうま》を増やそうと企《たくら》む奴らも調査させなきゃ。

セルヴァは私を鬼のごとく探しているだろうから、王の署名入りの手紙なんかあったら速攻で転送されるようにしているだろう。そしたら怒って唸《うな》った後にしっかり調査して、有用だと判断したら色んな調整をしてくれるはず。

うちの宰相世界一有能だからね！

うん、よくよく考えてみたら、私帰らなくて良くない？　休暇楽しんでいくない？

「なあ、祈里」

私が一人で納得していると、ライゼンが妙に改まった態度で訊《き》いてきた。

「もし、もしだぞ。魔王が復活することがあるとしたら、どうする」

彼の妙に真剣な面持《おもも》ちに、私は目を丸くする。

まるで、重大なことを打ち明けるみたいにそわそわしてるけど、一体どうした？

いやでもそうか。こんだけ瘴魔《しょうま》が騒ぎになっているんだもん。魔王が出てきてもおかしくないと考えるのも無理ないか。瘴魔《しょうま》の親玉だもんね。

それを勇者である私に訊《き》きたいと思うのは自然だな。

瘴泥《しょうでい》がそんなにすぐたまるわけがないとか、念入りに張り倒したからとか理由は色々あるけど、勇者としてなら、こう言うのが正解だろう。

私はぐっと力こぶを作ってにっかりと笑ってみせた。

「もしそんなことになりやがったら、私がまた全力でぶん殴るわ。ミエッカで」

「ゑ」

私のフルスイングは魔王ですら吹っ飛んだもの。二度目になるし、グランツじゃなければ遠慮なく瞬殺できるよ。

ってライゼン、なんでショックを受けた顔してんの。

「当たり前でしょ、魔王なんて瘴泥《しょうでい》を活性化させるんだもの。いないほうがずっといいもんよ」

「そ、そうか。そうだよな……」

「それに今の私は勇者じゃなくて旅の美少女なのよ？　あんたとの旅を楽しむほうが優先よ」

そう、私の隣にいるのはグランツじゃなくて、黒髪のちょっと今どきの子にしては落ち着いてるライゼンだ。やったら可愛い生き物好きの、だが安心して背中を預けられる相棒だ。

草葉の陰で羨《うらや》ましがれ、グランツめ！

こんな風に思えるようになったんだから、私が勢いで城を抜け出したのも良いことだった。セルヴァにはそう書いて送ろう。うん。

「そういう殺し文句をあっさり言わないでほしいものだ……」

いや別に事実を言っただけじゃない。それとも楽しみたくないとでも？

押し殺したライゼンの声を聞いた私は振り返る。

けれどすぐに息を呑んだ。

少し照れたように微笑《ほほえ》んだライゼンの髪が、朝日に透《す》ける。

ほんの少し頬が染まっている気もしたけど、何より。きらきらと輝くそれが一瞬、銀色に見えた。

ぱちぱちと目を瞬《またた》くと、普通に陽《ひ》に透《す》けた黒だったんだけど。

私がまじまじと見ていたのがわかったのか、ライゼンが訝《いぶか》しそうな顔をする。

「どうした、祈里」

「……ううん、なんでもない」

グランツに重なったけど、気のせいだよね。

思い直した私はライゼンの腕を取った。

「よーし、じゃあライゼン行こっ。スイマリアまではまだまだ時間がかかるんだからねっ！　旅の醍醐味《だいごみ》を全力で味わい尽くすよ！」

「ああ。君になら、どこへでも付き合おう」

さあ、まだまだ旅を楽しむぞ！

私はきゃっきゃとはしゃぎながら、頼もしいお供と共にソリッドを出発したのだった。

閑話　一方その頃宰相殿は。　その三

自宅で祈里からの手紙を受け取ったセルヴァは、ぶるぶると震えていた。

傍《かたわ》らでは、鳥型のゴーレムが不思議そうに首をかしげている。

手紙を運んできたそのゴーレムは驚くほど精巧に作られていたが、それを鑑賞する余裕もない。

先日、レイノルズ自治区の森で生じた瘴泥《しょうでい》汚染の報告が上がってきた矢先である。街

道から見えるほど派手な浄化が行われていたという報告に、セルヴァが祈里だと確信して天を仰《あお》いだのは当然だろう。

しかも、この手紙という名の事後報告書で答え合わせまでできてしまった。

「一体何をしてるんですかあの王は……」

最近これしか言っていない気がする。

いや、それよりもこの迷宮のことだ、とセルヴァは思考を切り替えた。

「石城迷宮」というのも初耳だが、管理者のリッチの妻だという精霊が瘴魔《しょうま》に変貌《へんぼう》し、それを浄化したこと。そして故意に瘴魔《しょうま》を増やそうとしていたメッソ・トライゾを捕らえさせた、と手紙には書いてある。

普段の祈里なら考えられないほどの強権行使だが、それをしてでも解決したいほど許せないことが起きたのだろう。

そう確信するくらいには、セルヴァは彼女の人となりを理解していた。

この手紙が来たということは、今日にでも現地から急報が届く。

トライゾ家のぼんくら当主に関してはこちらでも調査を進め、処罰の機会をうかがっていたため、多少時期が早まったと思えば問題ない。

と、思うしかない。思わないとやっていられない。

だが、石城迷宮にいるリッチについては、慎重に事《こと》を進めなければ。

何せ祈里は、魔王の化身であった少年まで懐《ふところ》に入れて、惚《ほ》れてしまった女性なのだ。

結局悪いようにはならず人を見る目は確かといえなくもないが、万一を考えるのは彼の性分だ。

決意したセルヴァは、身支度を調え城へ出勤した。

しかしその決意は、執務室の前でうろうろとしていた獣耳の女性を見つけたことで罅《ひび》が入る。

「ナキ・カイーブ。そこで何をしています」

セルヴァが声をかければ、ぴくんっと獣耳が動き、そろりと褐色《かっしょく》の肌をした気弱げな顔立ちの美女が振り返る。その拍子に、癖のあるオリーブグリーン色の髪がぞろりと揺れた。

今年で二十六歳。メリハリの利いた肢体を包むゆったりとした衣は魔法使いの証《あかし》だ。

事実、このグランツ国一の魔法使いであり、祈里失踪の間接的な原因となったナキ・カイーブだった。

「セルヴァ様ぁ良かったあ。お会いできて助かりましたあ」

心底ほっとした顔でへにゃりと微笑《ほほえ》むナキに、セルヴァは困惑する。

「すでに部下達が出勤しているはずですが。声をかけなかったのですか」

「その、話しかけるのが怖くて、迷彩魔法使ってましたぁ……」

「城内で高度すぎる隠れ方しないでください」

てれてれと眉尻を下げるナキに、セルヴァは肩を落としつつも嫌な予感がよぎった。

恐ろしく臆病で気弱な彼女は、普段は衣食住完備の研究塔に全力で引きこもっており、余程のことがないと出てこない。

案の定、応接間に案内したとたん、ナキは褐色《かっしょく》の肌を色濃く染めて迫ってきた。

「あああのセルヴァ様、カルモ・キエト様がまだ存命でいらっしゃったというのは本当ですか！」

「どこでそれを……もしや、やたらと精巧なゴーレムが使いに来ましたか」

「はい！　ほんとはゴーレムを解体して調査がしたかったんですけど、お手紙にイノリ様からのお願いが書かれてたので、セルヴァ様にご相談に来ました！」

「あなたも成長しましたね……」

にここにこと笑うナキにセルヴァは思わず生ぬるい眼差《まなざ》しを向けてしまう。

昔は興味が湧いたことにわき目もふらずに没頭して、周囲の声が聞こえなくなっていたものだ。しかし祈里が彼女にもわかるよう懇切丁寧に言い聞かせた結果、今はわずかながら優先順位を考えられるようになっていた。

だが、セルヴァはナキがこの場に寄越された理由を薄々察し始めていた。それでも訊《き》かなければ始まらない。

「それで、イノリはなんと」

「キエト様についてセルヴァ様に教えてあげてくれと！　なので急いで資料を作ってきました！」

セルヴァが訊《き》いたとたん、ナキはオリーブの瞳を輝かせて、どこからか分厚い紙束を取り出した。

「カルモ・キエト様は約百五十七年前に活躍されたゴーレムマスターなのです。残されたゴーレムを解体しても誰にも再現できなかったと思えば、どうしてこのような簡略化した魔法式でこれほど複雑な動きができるのかわからないゴーレムを作られていたり、すごいんですよ！　あの方の執筆されたゴーレム論は、今でも必須履修本として利用されてますっ！」

紙束を示しつつ語る彼女は、日頃からは考えられない熱意にあふれている。そして明《めい》晰《せき》な頭脳を持っているセルヴァは、不本意ながら大方のことを理解した。

「なるほど。実績がありながら歴史に埋もれていた魔法使いなのですね」

「はい！　晩年の記録がなくて、学会で評価されないことを苦に、どこかへ隠遁《いんとん》したのではないかといわれていました。まさかリッチとなっていらっしゃったなんて……うふふぜひゴーレム作成術についてお話を聞かせていただきたいのですぅ」

「彼には奥方がいるそうですよ」

「奥方様が目覚められるように、お手伝いさせていただきたいです！　現在のほうが精霊について研究が進んでいますから。特にゴーレムの同時使役はセルヴァ様から言われていた、物資の大量運搬の方法について糸口になると思うのですよ！」

一抹の不安を覚えたセルヴァは釘を刺したが、ナキに完全にスルーされる。

彼女達魔法使いの生態は未だにセルヴァには理解できない。

祈里は「『恋愛』と『萌え』が違うようなものだよ」と説明してくれたが混迷を極めただけだ。

それにしても、祈里の根回しに抜かりはない。ナキを釣り上げることで、彼女を通してカルモ・キエトの有用性を語らせ、何より……

「あとは、この資料に一杯書いてきたので、見てくださいね！　それからそれからセルヴァ様」

セルヴァに分厚い紙束を押しつけると、ナキはまるで恋をするように熱っぽい眼差《まなざ》しで言った。

「ま、魔力結晶の人工精製の方法が確立されているかもしれないって、書いてあったんです！　それが本当なら、予算が足りなくてできなかった魔法の実験とか、たくさんたくさんできるんです！」

ああ、やはり祈里はそこまで暴露していやがったか。セルヴァは舌打ちしたい気持ちになった。

魔法馬鹿であるナキを止めるのは非常に骨だ。何より最近の彼女の興味の一つであった魔法触媒の改良に役立つだろうことであれば、彼女はてこでも動かない。

「セルヴァ様、セルヴァ様、いつ石城迷宮に行ってもいいですか！」

もはや彼女の中では決定事項なのだろう。獣耳を動かして目をきらきら輝かせるナキが、すっ飛んでいきたいのを全力で堪《こら》えているのは容易に想像がつく。

これはまずいと悟ったセルヴァは、興奮する彼女にさりげなく持ち出した。

「私の馬車にキエト氏作の鳥型ゴーレムを置いてあります。調べてくださいませんか」

「っ！　私のところに来たのはコウモリ型だったんですよ！　はい喜んで！　失礼いたします――！」

獣人族ならではの軽やかな足取りで去っていったナキに、セルヴァは息をついた。

これで一日程度は持つ。彼女が一通り調査をし終えて我に返り、当初の目的を思い出してもう一度来る前に、方針を固めればいい。

セルヴァとて、魔力結晶の人工精製ができれば、よりグランツ国を豊かにできることは確信しているのだ。だが何事も順番というものがある。

早速部下に命じて石城迷宮についての情報を集めさせようとすれば、思わぬ方向から情報がやってきた。

「何故シアンテから来るんです……」

セルヴァが頭を抱えたのも無理はない。

どうやら祈里は経済大臣をしているエルフ族の男、シアンテにも手紙を送っていたらしい。

内容は、ちょうどセルヴァが欲しかった石城迷宮周辺で起きた事件についてだ。

流麗な文字にもかかわらず、書いてある内容は冗談だったら良かったと思いたくなるものだった。

「マスク仮面って、一体何やっているんですか、あなたは……！」

昔から愉快なことには全力投球すると思っていたが、これは極め付けだった。

しかし、シアンテの情報のおかげで一つの推論に信ぴょう性が出てくる。

「浄化をしていったマスク仮面の二人組のうち、どちらかがイノリで間違いないでしょう。あんな馬鹿げた浄化ができるのは彼女くらいですから。ただメッソ・トライゾが『勇者王が現れた』と証言しているのが、二十代の黒髪の男というのが気になりますが」

「実年齢にモド～ル」は、宿った魂《たましい》に刻まれた年齢にふさわしい姿に戻るよう調整されたものだという。

だからこそ、今の今までセルヴァ達は、彼女が元の年齢である四十代女性に戻っていると考えていた。しかしその前提が違っていたとすれば。

「とにもかくにも、イノリはレイノルズ自治区にいますね。早急に追手をかけなければ」

黒髪の青年というだけでは少々範囲が広いのは確かだが、顔の造作が変わるわけではないだろう。地域が絞れたのであれば、充分捕まえられるはずだ。

改めて手配をしようとしたセルヴァだったが、窓が叩かれてぎょっとした。

そこには箒《ほうき》に乗って空中に浮くナキが涙目で必死に手を振っていたのだ。

確か彼女は飛行用の魔法式を開発していたと思ったが、まだ未完成だったはず。

ともかくセルヴァが急いで窓を開けると、ナキは箒《ほうき》ごと派手な音を立てて滑り込んできた。

そもそも何故箒《ほうき》なのかよくわからない。

「わーんセルヴァ様気付いてくださって良かったですー。思い出したはいいんですけど、また表から行くのが怖くて近道しました！」

「あなたは臆病なのか思いきりがいいのか、時々よくわかりませんね……」

「一番大事なことを言い忘れてたんですっ！」

セルヴァの呆れ顔も目に入っていないようで、ナキはぱっと表情を輝かせて言ったのだ。

「手紙の中のイノリ様、とっても楽しそうでしたね！」

虚を衝《つ》かれたセルヴァは、その場で硬直した。

「それが嬉しくて嬉しくて！　久々にイノリ様、羽を伸ばせること見つけたんだなぁって。あ、そうだ、私もイノリ様のためにも全力で解体して調べますね、では！」

まくしたてたナキが、再び箒《ほうき》にまたがって去っていった後、セルヴァはようやく動き出した。

広げたのは祈里からの手紙だ。分析に回して精査するために持ち込んでいた。

必要な要件は頭に入れていたが、もう一度読み直す。

そこには彼女のセルヴァへのお願いという名の相談のほかに、近況を伝えるものがあった。

土地で出会ったおいしいご飯。水月花《すいげつか》に、水晶の洞窟。どうやら街に立ち寄るたびに地酒を楽しんでいるらしい。

生き生きとその土地を楽しむ彼女の様子が伝わってきて、セルヴァは我知らず表情を和《なご》ませた。

国王業を当たり前のようにこなしていた彼女が、初めて仕事抜きに余暇を楽しんでいる。

これはもしや、セルヴァが彼女に過ごしてほしいと願っていた休暇ではないか。

「いえ、騙《だま》されてはいけません。こんな勝手に仕事を作ってくるんですから。気遣いは無用です」

そう、何せ放り出された案件がどれだけたまっていることか。

ふつふつとした怒りを思い出したセルヴァは、手紙を折りたたんで封筒に戻すと、新たな指示を出すために執務室へ向かう。

しかし祈里がいなくともあともう少し。——具体的には二ヶ月ほどは問題がないように、計画を立てることに決めたセルヴァの顔は、安堵《あんど》に笑んでいたのだった。

書き下ろし番外編

ヘアアレンジは任意です。

「うぎゃっ」

色気もくそもない悲鳴と共に、私はすってんころりんと転がった。

芝生の上だから体は痛くはないが、引っ張られた地味な痛みが頭皮に広がる。綺麗な銀髪が視界の端で散るのがちょっぴり恨めしい。

「いったた……」

「大丈夫か祈里」

「あんまりだいじょばない」

もだえていると、ライゼンが声をかけてくれた。が、なんとなく声に呆れが混じっている気がする。

じろりと見上げると、案の定彼の深緑の目には、おかしげな色がにじんでいた。

「なにさ、銀髪美少女が痛がっているのにその目は！」

「一応案じているつもりだったんだが。自分の髪を自分で踏んで転がるというのは端《はた》から見てると、どうにも珍妙だぞ」

そう私は今、自分の銀髪をうっかり押さえたまま立ち上がったせいで痛い目を見たのである。小さい体になってから色々と仕様は変わったが、この銀髪の扱いはどうにも困っていた。

私がまとめて自分の髪を持ち上げると、日差しに透《す》けてきらきらと輝いた。こうして見るとやっぱ綺麗なんだよなあ……！　資金調達のために髪を売ろうとした時に一度は諦めたけれど、やっぱり切るのが一番だろうか。

真剣に検討しつつ眺めていると、ライゼンが素朴な疑問を投げかけてくる。

「そもそも、邪魔だと感じているのなら、どうして髪をまとめようとしないんだ？」

ぐりんとライゼンを向いた。その勢いに彼はたじろいだけれども、私はそれどころではなかった。

「その手があったか！！！！」

「流したままなのはなにか意味があるのかと思っていたのだが、本当に考えていなかっただけなんだな」

☆☆☆

その日の夜に泊まった宿の室内。ライゼンの微妙な視線を無視して、私はテーブルの上に本日街で入手してきた髪飾りを嬉々として広げていた。

「しょうがないだろう、今まで短髪だったたんだ。結ぶという手段があるなんて頭になかったんだよ」

なにせ十年間ずっと男として生活していたからな。しかも髪を梳《と》かすのもメイドさん頼みだったから、自分で髪を整えるなんて機会がなかったんだ。

「でも今の私は、推定十歳の美少女だ。この魅惑の銀髪を良い感じに結び上げて、動きやすくするだけでなくさらに可愛くなってみせよう！」

と、いうわけで、私はヘアメイキャップ会を開くことにしたのだ。

準備を終えてにんまりとした私は、ブラシで自分の髪を梳《と》かし始める。自分の剣の手入れをしながらライゼンは、なにも言わず見守っている。

にしても私の銀髪とぅるっとぅるだな。そうだ、この手触りが良すぎてなにもしなくて良いかって思っちゃったんだった。

だが痛い思いをしないためにも、まずはまとめ髪にしないとな。

銀髪を一つにし高い位置で押さえた私は、根元に髪紐をぐりぐりっと巻き付けていく。

「まずは王道ポニーテール！　うなじの華奢《きゃしゃ》さが強調されて、青少年を惑わす魅力を放つのだ！」

私が振り返ってみせると、顔を上げたライゼンは戸惑った顔になる。

「俺になにを求めてるんだ」

「可愛さへの感想！　あんたが一番側にいるんだから、意見を聞くのは当然かなって。ね、どう？　どう？」

わくわくと身を乗り出して迫ってみると、彼は少々困ったように眉をハの字にした。

「気の利いたことなんて言えないぞ。それに……もう落ちそうだ」

「へ？」

ライゼンに指摘されたとたん、髪紐が緩む感覚がして、ポニーテールは無残にほどけてしまう。

「おっかしいな。結び方が緩かったのかな……。じゃあ次はツインテールにして……あれぇ？」

今度はきゅきゅっと髪を二つに分けて結ぼうとしたのだが、どうにも同じ高さにならない。

ツインテールは高い位置で二つに結い上げることで、女の子の可愛さを引き立ててくれる素晴らしい髪型だと思っている。あっ低い位置でももちろん可愛い。きっと今の私にだって似合うだろう。そう思ったのに、何故かうまく同じ高さになってくれない。やっと片方を結べたと思ってもう片方に取りかかるとたちまちほどけてしまうのだ。

最初は混乱したが、私は徐々にあることを思い出しつつあった。

神妙な気持ちでいったん手を止めると、剣の手入れを終えて手を洗っていたライゼンがどことなく配慮するような声音で聞いてきた。

「君は、髪をまとめるのが得意じゃないのか」

「じゅ、十年ぐらいぶりだししょうがなくない⁉　しかもこの髪さらさらすぎて、かえってまとまりづらいんだもん！　初心者には荷が重いよ！」

あっ勢い余って初心者とか言っちゃった。まあしょうがない本当のことだ。認めよう。

この髪、あんまりにもつるさらすぎて、いうこと聞いてくれないのだ。

「ぐぬぬ……ならば、私が野宿で鍛《きた》えたテクニックで三つ編みにしてやれば……」

縄は束ねて編み込むと強度が増す。だから三つ編みはしっかりできるのだ。

「どう？　これなら良いんじゃな……へぶっ」

どや顔で振り返ったら、毛先が勢い良く顔面を直撃した。

ポニーテールの時はさらさらだったけど、編み込んで強度が増したせいで地味に痛かった。

「…………」

「……ライゼンそんな哀れんだ顔しないで、素直に笑ってくれたほうが断然ましだよ」

「いや、そういうつもりはなかったんだが」

私もだいぶテンションが普通に戻って恥ずかしくなってるから。

顔を押さえた私が懇願すると、目の前のライゼンが息をついて立ち上がった。

「祈里、俺に貸してみろ」

「えっなんで」

「良いから。そうだな、君は確か先ほどの雑貨屋で手に付けるクリームを貰っていただろう。それも貸してくれ」

ブラシを手に取るライゼンに催促され、私は釈然としないながらも、荷物から見つけた容器を渡す。

受け取ったライゼンは、ハンドクリームを手に伸ばすと私の髪を弄《いじ》り始めた。

鏡の中では彼が器用にブラシと、どこからか取り出した櫛《くし》を操り、髪を二つに分け、編み込んでいく光景が広がっている。その手際は私なぞより数段良い。

「君の髪は柔らかいから、少しだけ油を使ったほうが良い。ハンドクリームでも代用はできるからな」

「油を足すというのは盲点だった……」

自分の女子力の低さを思い知るが、ライゼンこそそんな豆知識、一体どこで手に入れたんだ。

ぽかんと見ている間にも、あれだけいうことを聞かなかった私の髪はライゼンの手ですするすると編み込まれ、一つにまとめられていく。時折首筋にライゼンの手の気配を感じるのがくすぐったい。

「君は良く動くから、頭の高い位置に結ぶよりも低いほうが、頭が振られずに済むんじゃないか……よしできた」

ライゼンは独り言のように言いながら、サイドを編み込みしっかりと紐で結んだ。

私が鏡を覗き込むと、髪は見事に美しくまとめられていた。両サイドは綺麗に編み込まれ、後ろで先が束ねられていた。けれどその束ね方も、私じゃ言葉の説明ができないくらい複雑にアレンジされている。

試しにぶんぶん頭を振っても、髪の毛が散る気配はあるが、顔にかかることはない。

編み込まれたことによって髪も短くなっているから、うっかり手で踏むこともないだろう。私の理想とするまとめ髪がそこにあったのだが、信じられない思いでライゼンを振り返った。

「どうしてそんな手慣れてるの⁉」

「まあ傭兵をしているとな」

「普通に傭兵してたところで、こんな技術身につかないだろ」

若干得意げにも見えるすまし顔のライゼンへ、かみつくように反論する。

これだけ綺麗に結ぶなんて、女を口説く以外にあるのか？　あるいは姉妹がいたとかだけども、それはそれとして技術は素晴らしいものだ。

「まあどっちでもいいや、ありがとうライゼンめちゃくちゃ可愛い！」

にっと笑ってお礼を言うと、ライゼンはなんでもないように頷《うなず》いた。

「気に入ったのならなによりだ。あとは君自身でうまく結べるようになるだけだが」

「そうなんだよねー。この複雑な髪型をマスターしようとすると、かなりの修練が必要だろうし、まれに見る難題ではある。とはいえこの髪型は良いな。まとまっているけど自分の髪が見えるのが気に入った」

お団子にしたら見えないなあ、残念だなと思ってたんだよね。

くるくると回って流れる銀髪を楽しんでいると、ライゼンが不思議そうにした。

「君は自分の髪が好きだな」

私はいったん止まると、銀髪を一筋すくって言ってみせる。

「うーん綺麗だなって思うのもそうなんだけどね。この銀髪が見えると、大事だった人を思い出すんだ」

思い出すのはグランツだ。あの子も綺麗な銀髪だった。自分の隣をちょこちょこ歩いてくるたびに、長い銀髪が揺れるのを見るのが好きだったんだ。

けど、さすがにそこまで言うのは恥ずかしいから、にへへと笑ってごまかす。

ライゼンは緑の瞳を瞬《まばた》くと、すっと顔を背けた。そして無言で道具を片付け始める。

なんだか言いたいことを呑み込んだような反応だ。

私が先回りをして顔を覗こうとしても、ライゼンは器用に逃げる。

「ライゼン、どうしたんだよ」

「……いやなんでも」

なんでもって反応じゃないんですけど？　不満な私に、ライゼンは落ち着くように一呼吸入れると、ぽつりと言った。

「なら、結ぶ修練じゃなくて、長髪の扱いに慣れるのも良いんじゃないか」

ようやくこっちを見たライゼンは、はにかむように少しだけ笑う。

「俺も、君の髪が日差しに輝くのを見るのは好きだ」

まぶしげに細められた緑の瞳がはっとするほど優しくて、先に目を逸《そ》らしたのは私だった。じんわりと、気恥ずかしさに似たものがこみ上げてきて、自分の髪を握る。

残念ながらまとめられているせいで顔が隠せない。う、思わぬ欠点だぞ。

「時々あんたたらしなことというね」

「……先に言ったのはどっちだ」

「なあに？　文句があるならはっきり言ってもらわなきゃ聞こえないぞ？」

私が耳に手を当てて聞き返すと、ライゼンはふいっと顔を背けた。

ふん、まあいいや。私はちょっともったいないけれど髪紐を解き、編み込みをほぐしていく。

銀髪がざっと広がると、なんとなく落ち着いた。

「まあでも、まとめるのはたまにしよう。やっぱり髪が背中にあるほうが安心するし、あんたも気に入っているんだしね」

「そうか。君が良いのなら良いんじゃないか」

素知らぬ顔でライゼンが言う。

その耳がほんのりと赤い気がして、私はにんまりと笑ったのだった。

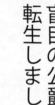

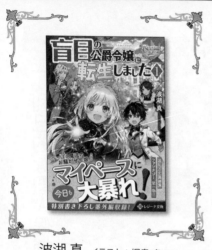

本書は、2019年12月当社より単行本として刊行されたものに書き下ろしを加えて文庫化したものです。


この作品に対する皆様のご意見・ご感想をお待ちしております。

おハガキ・お手紙は以下の宛先にお送りください。

【宛先】

〒150-6008 東京都渋谷区恵比寿4-20-3 恵比寿ｶﾞｰﾃﾞﾝﾌﾟﾚｲｽﾀﾜｰ 8F
（株）アルファポリス　書籍感想係

メールフォームでのご意見・ご感想は右のＱＲコードから、
あるいは以下のワードで検索をかけてください。

アルファポリス　書籍の感想　検索

ご感想はこちらから

レジーナ文庫

アラフォー少女《しょうじょ》の異世界《いせかい》ぶらり漫遊記《まんゆうき》 1

道草家守《みちくさやもり》

2022年10月20日初版発行

文庫編集－斧木悠子・森順子
編集長－倉持真理
発行者－梶本雄介
発行所－株式会社アルファポリス
〒150-6008 東京都渋谷区恵比寿4-20-3 恵比寿ｶﾞｰﾃﾞﾝﾌﾟﾚｲｽﾀﾜｰ8階
TEL 03-6277-1601（営業）　03-6277-1602（編集）
URL https://www.alphapolis.co.jp/
発売元－株式会社星雲社（共同出版社・流通責任出版社）
〒112-0005 東京都文京区水道1-3-30
TEL 03-3868-3275
装丁・本文イラスト－れんた
装丁デザイン－AFTERGLOW
（レーベルフォーマットデザイン－ansyyqdesign）
印刷－中央精版印刷株式会社

価格はカバーに表示されてあります。

落丁乱丁の場合はアルファポリスまでご連絡ください。

送料は小社負担でお取り替えします。


ISBN978-4-434-30990-8 C0193